SENİN CAHİLLİĞİN BENİM YAŞAMIMI ETKİLİYOR

Nehir Söyleşi

A. M. CELÂL ŞENGÖR

masa
"okuduğun her şeysin"

Masa Kitap | İstanbul
MMXXIII

masa
"okuduğun her şeysin"

A. M. CELÂL ŞENGÖR | SENİN CAHİLLİĞİN BENİM YAŞAMIMI ETKİLİYOR
Masa Kitap (№: 6) | Tür: **Nehir Söyleşi** (№: 1)

Genel Yayın Yönetmeni: **Gamze İyem**
Söyleşi: **Damla Karakuş**
Son Okuma: **Cansu Canseven**
Kapak Fotoğrafı: **Murat Arık**
Sayfa Tasarımı: **Yağız Uyar**

1. Baskı: **Temmuz 2023**
130. Baskı: **Ekim 2023**

Yayıncı Sertifika No: **53696**
ISBN: **978-605-73018-5-7**

Teşvikiye Mah. Ferah Sok. No. 13/B
Nişantaşı - Şişli 34365 - İstanbul, Türkiye

Kitap Toplu Alım Talepleri İçin
(+90) 539 520 40 40
info@masakitap.com
masakitap.com
@masakitapcom
@masakitapcom
@masakitapcom

Yurtiçi ve Yurtdışı Genel Dağıtım:
Başarı Dağıtım
(+90) 212 655 38 88

Baskı ve Cilt: **İmak Ofset Basım Yayın Anonim Şirketi**
Akçaburgaz Mah. 137. Sok. No:12 Esenyurt - İstanbul, Türkiye
(+90) 212 656 49 97
Matbaa Sertifika No: **71320**

@damlusk

A. M. CELÂL ŞENGÖR

SENİN CAHİLLİĞİN BENİM YAŞAMIMI ETKİLİYOR

SÖYLEŞİ
DAMLA KARAKUŞ

masa
"okuduğun her şeysin"

Masa Kitap | *İstanbul*
MMXXIII

Kitabımızın yol arkadaşı sevgili
***Oya Şengör**'e,*

İÇİNDEKİLER

ÖNSÖZ

Bu kitabın bir derdi var.

Celâl Şengör'ün bilgisiz insanları ötekileştirdiği ve elitist olduğu söylemi, kalabalık bir kesim tarafından sıkça eleştirilerek dile getiriliyor. Bunun yanı sıra varlıklı bir ailenin üyesi olarak dünyaya geldiği için bilim insanı olabildiğini söyleyenler bile var. Kendi adıma, tanıdığım Celâl Şengör'den ve ailesinden yola çıkarak bu yanlışları düzeltmek istiyorum.

Biliyorsunuz ki ülkemizde birçok zengin iş insanı var. Hatta birçoğu, Şengör Ailesi'nden daha varlıklı ve geniş imkânlara sahip. Birçoğu da oldukça meşhur, ailelerinden aldıkları soyadı vesilesiyle televizyon ekranlarında kendileriyle sık sık karşılaşıyoruz. Yalıları, sosyetik partileri, yatları ve jetleriyle ışıltılı hayatlarına tanıklık ediyoruz. Peki Celâl Şengör'ün evinin kütüphanesinde yapılan videolu söyleşileri dışında, nasıl bir evde yaşadığını biliyor musunuz? O, gençliğinde bir sosyete partisinden çıkarken kameralara yakalanmış mı hiç? Arabasının modeliyle ya da başka bir maddi gücüyle kendini övdüğüne şahit olanınız var mı? İşin aslına bakarsanız; onun bugünkü Celâl Şengör olmasının sebebi parası değil, merakı ve bilgisi. Üstelik, ülkemizin tek zengini onun ailesi değil elbette ama o, ailesinin "Profesör Doktor" ve "Bilim İnsanı" unvanlarına sahip olan tek ferdi. Kendilerine bunun tam tersi bir hayat kuran ünlülere defalarca kez şahit olduğumuz ülkemizde Celâl Şengör işte bu yüzden kıymetli.

İnsanın ailesinden gelen imkânları nasıl ve ne için değerlendirdiği önemlidir. Başarılarının onun önüne gümüş bir tepside sunulduğunu sananların aksine, hayatı altın değerine çevirmek için gösterdiği gayrete bu kitap boyunca şahit olacaksınız.

Öte yandan; bilgisiz insanları ötekileştirdiği eleştirisinin aksine, bu kitapta o insanları da bilgili kılmaya ömrünü adamış bir öğretmen tanıyacaksınız. Kendimden biliyorum, onun derdi bizim bilmediklerimizin üstünü çize çize kendisine bir üstünlük sağlamak falan değil. Celâl Şengör buna ihtiyacı olmayacak kadar büyük bir bilim insanı. Onun amacı, bizim de bilgi sahibi olmamızı sağlamak. Yoksa koskoca fabrikatörün oğlu, üniversiteden aldığı akademisyen maaşı için 40 yıl boyunca Anadolu Yakası'ndan Avrupa Yakası'na her gün Teknik Üniversite'ye gidip gelir miydi hiç?

Öyle ki Celâl Bey sohbetlerimiz arasında sıkça "Biliyorsun ki Milattan Önce 570 yılında Anaksimandros'un yaptığı gibi..." minvalinde, cümleler kurarken ben "Bilmiyorum," demekten usandım ama o, bana öğretme aşkından usanmadı. Ben sayısalcı değilim, haliyle jeoloji bilimine hâkim olmayı bırakın herhangi bir bilim dalıyla içli dışlı olduğum da söylenemez. Zordur beş ülkenin Bilimler Akademisi üyesi, dört lisanı ana dili gibi konuşan ve dünyanın iki buçuk milyar yıllık tarihini adı gibi bilen bir bilim insanı olarak bir sözelciyle sohbet etmek. Bu yüzden her şeyden önce, bana katlandığı için kendisine teşekkür ederim.

***

Her türlü imkânsızlık algısına rağmen, insanlık tarihi boyunca dünyayı yeniden şekillendirmek amacıyla yola çıkanlar olmuştur. Sayıları azdır ama tarih, onların şanlı hikâyeleriyle anlam kazanır. Onları yakından tanıdıkça, imkânsız sandıklarımızı kıran mucizevi başarılarına öykünürüz. Deneyimleri, bakış açıları ve bugünlere uzanan öğretileri bize güç aşılar. Mustafa Kemal Atatürk, Karl Popper, Johannes Kepler, Isaac Newton gibi isimlerin başı çektiği bu liste uzar gider. Şanslıyız ki onlardan aldığı meşaleyi yarınlara taşıyan, çağımızın en önemli bilim insanlarından Celâl Şengör'le aynı coğrafyada ve aynı dönemde yaşıyoruz. Bu sebeple de bize düşen, onun sözlerine kulak vermek, tecrübelerinden yararlanmak ve yöntemlerini örnek almak olmalıdır diye düşünüyorum.

İşte bu kitap, tam da bu niyetle hazırlandı. Celâl Şengör bu kitapla ister mütevazı ister elitist olsun, hepimizi kıymetli bir işbirliğinden yararlanmaya davet ediyor. O her fırsatta, zekâsında bir üstünlük olmadığından ve dünya üzerindeki bilgilerin pek azına vâkıf olduğundan dem vuruyor. Nihayetinde de bir kimse için mümkün olanın, herkes için mümkün olabileceğine inanıyor. Bu yüzden tecrübelerini kapalı kapılar ardında değil, gözler önünde yaşıyor. Her fırsatta yazarak ya da ekranlarda anlatarak, bildiklerini bugüne ve yarınlara aktarmak için çabalıyor.

Biz de *Masa Kitap* olarak, bu aktarma gayretinin kalıcı bir aracı olmak için kollarımızı sıvadık. Aylar süren çalışmalardan sonra, Celâl Şengör'ün biyografisini bu kitaba sığdırdık. Söz konusu kişi Celâl Şengör olunca da kitap, salt bir biyografi kitabı olmadı elbette. Bazı insanların neden daha başarılı olduklarına ve başarılarını artırmak için hangi yollardan yürüdüklerine dair bir yöntem kitabına dönüştü. Hayatımızı nasıl planlamalı, nasıl bir eğitim almalı, meslek seçimine nasıl karar vermeli, aşkı nerede aramalı, çocuğumuzu nasıl yetiştirmeli, hangi kitapları okumalı, hangi müzeleri görmeli, hangi sokaklarda yürümeli ve –tabii şaşırmayacağınız üzere– nerelerin lezzetlerini tatmalı gibi birçok soruya yanıt bulacaksınız. İnsan ömrünün son derece hızlı aktığı, tüketildiği ve verimsiz kullanıldığı bu çağda; zamanı efektif kullanmanın mihenk taşı Celâl Bey'in cümlelerini okurken yaşamaya dair yeni metotlar keşfedeceksiniz.

Meraklılara, öğrencilere, gençlere, yanlış meslekte ömrünü heba edenlere ve tadını çıkara çıkara güzel bir yaşam sürmek isteyenlere yol arkadaşı olması dileklerimle...

Unutmayın, herkes kendi şansının mimarıdır.

Gamze İyem

İstanbul, 2023

SUNUŞ

6 Şubat sabahı, 11 şehri etkisi altına alan ve sonradan asrın felaketi olarak kayıtlara geçen bir depreme uyandık. Hayat başka türlü akıyor ve büyüdüğüm şehirde yaşıyor olsaydım, ben de bir depremzede olacaktım ama ben hayallerimin şehri İstanbul'daydım. Şimdiyse bunları size hayallerini gerçekleştirmek için çırpınan o kız çocuğu olarak, 2023 depreminde yaralanmış tüm kalpler için yazıyorum.

Bir gün kitabım için bir sunuş yazmanın hayalini çok kurdum ancak bu kadar yaralı bir başlangıç yapacağımı hiç düşünmemiştim. O zamanlar yaşadığım ülkeyi daha kolay bir yer zannediyordum çünkü Adana'da anne yarım Ummuş'la kurduğum hayat, küçük ve belli ki bir masaldı. Yıllar sonra masalların bizi nerelere getirdiğini de Celâl Şengör'den öğrendim.

"Ben her gün cehaletim altında eziliyorum."

Aklımdaki sunuş bölümünü her zaman ilk karşılaşmamızla başlatıyordum. Ama sonra asrın felaketi yaşandı ve Celâl Hoca konuşmalarımızdan birinde bu tılsımlı cümleyi kurdu. Biz bu yola Gamze'yle (İyem) birlikte çıktık. Şimdi ikimizin adına bu cümleye, ondan ne çok şey öğrendiğimizi mühürlemek istiyorum. Artık hayatımızda "Celâl'den Öncesi" ve "Celâl'den Sonrası" diye bir gerçek var; bundan böyle hiçbir şey eskisi gibi olmayacak. Cehaletimizin altında ezildiğimizi bilerek başladığımız her gün, hayatın aslında bir "hiç" olduğumuzu kabul etmekten geçtiğini de biliyoruz. İkimiz de Celâl Hoca'nın kütüphanesine adım attığımız o ilk anki insanlar değiliz. Bu kitabı okuyup

Celâl Şengör'ün dünyasına bir pencere araladıktan sonra, sizin de böyle hissedeceğinize eminim.

Bu kitap ne tek başına jeolojiyi ne de Celâl Şengör'ün biyografisini anlatıyor; kapağını kapattığınızda çok fazla yeni şey öğrenip alanında başarılı olmuş ve kendi şansını kendisi yaratmış birçok isimle tanışacaksınız. Bir yandan Suess'un bilim insanı olurken harikulade bir aile kurmasına hayran olacak, bir yandan Popper'i okumaya başlamak için sabırsızlanacaksınız. Jules Verne en sevdiğiniz yazarlar arasına girecek. Thales, Anaksimandres, Einstein, Newton ve daha nicesine yeni bir gözle bakmak isteyeceksiniz. Okunacak kitaplar, seyredilecek filmler ve gezilecek yerler listeniz anlam kazanacak. Ekrem Akurgal'ı anmadan yeni bir yer gezemeyeceksiniz. İhsan Ketin'in suskunluğundan alacağınız ilhamla Ali Polat'ın başarılı yükselişinin izlerinin takibi birleşince benim gibi başka türlüsünün de mümkün olduğuna inanacaksınız. Hayatın tek bir yönde akmadığını kabul etmek, artık o kadar zor olmayacak çünkü hocası İbrahim Sürmelihindi'nin "Çatlak Profesör" diye andığı Celâl'in dünyasına giriş yapıyorsunuz. Bu demektir ki artık gökyüzünde, jeolojiye ve elbette ülkemizin gerçeklerine dair izler aramaya ilk adımınızı atıyorsunuz.

Bazı yerleri iki kez okuyacağınızı biliyorum, ben de yazarken öyle yaptım. İtiraf etmeliyim ki bu kitabın hazırlığı bizim için pek kolay olmadı. Her şeyden önce kendi cehaletimizin altında eziliyor olmak, mahcubiyetimizi artırdı. "Nasıl daha az mahcup oluruz?" düşüncesinin peşindeyken daha çok soru sormanın, yanıtlara ulaşmak için hep sormaya devam etmenin ve belki bir meşale yakacak olmanın lezzetine vardık. Jeoloji alanında dünya çapında başarı elde etmiş bir bilim insanıyla tanışacağımızı düşünürken çok daha fazlası oldu; kendimize yeni bir arkadaş edindik. Bize yeni yollar gösteren, "Buradan geçerseniz benim gördüklerimi görebilirsiniz," diyen ve bir kez olsun "kötü" hissettirmeyen gerçek bir arkadaş...

Aklımdaki başlangıca gelirsek, daha çok bir müzeyi andıran o kütüphaneden alt kata inerken Celâl Hoca'yı çalışma masasında, "computer"inin başında gördüğüm ilk an, dün gibi hatırımda. Biliyorum ki bende hep aynı hisleri uyandıracak; göz pınarlarımda bekleyen bir damla, onunla bu kadar yakın olabilmenin ve onu anlayabilmenin gururu... Biliyorum, buraya gelene kadar çok çalıştım, çok çalıştık. Hissettiklerimi Celâl Hoca'dan öğrendiklerimle de teyit ederek ve yine onun cümlesiyle söyleyebilirim: "Şans, hazırlıklı zihinleri tercih eder." Celâl Şengör'le nehir söyleşi fikrinin doğduğu an anlamamışım ama evet, biz kendimizi hep bu adımları atmak için hazırlamışız. Şanslıydık ki karşımızda her şeyi sorabileceğimiz, tartışabileceğimiz ve bizi her seferinde coşkulu sesiyle karşılayan bir Celâl Şengör duruyordu. Havacılıktan söz ederken gözleri doluyor, bir komutanı aradığı zaman telefonda "hazır ol"da konuşuyor ve sorularımızı, aspergerli olmanın da etkisiyle nefis bir hafızayla yanıtlıyordu.

Bu kitapta kalbini gökyüzüne kaptırmış, eşi Oya Hanım'ın hakkını her fırsatta teslim etmek isteyen, oğlu Asım'a her zaman kalbi açık bir baba olan, bahçesindeki yaprakların bir gün fil, bir gün kelebek oluşuna şaşırmayı ve onlardan ilham almayı hiç bırakmayan, "Ben hep tatildeydim," diyerek sevdiğin işi yapmanın değerini gösteren, her ne kadar "Cehaletim altında eziliyorum," dese de yaşayan bir kütüphane olarak kendisinden çok şey öğrendiğimiz ve biliyorum ki bunun sonunun olmadığı bir Celâl Şengör'le tanışacaksınız.

Hazır mısınız?

O halde sayfayı çevirin ve bütün önyargılarınızı bu kitabın dışında bırakın da başlayalım.

Damla Karakuş
İstanbul, 2023

BÖLÜM I

KENDİ ŞANSINI YARATMAK

"Bilgili bir insan her şeyi yapabilir, yeter ki bilgili olalım."

Celâl Bey, sizin sırrınız yetenek mi, ilham mı, yoksa çok çalışmak mı?

Benim sırrım öncelikle çok çalışmaktır. Çünkü yeteneğinizi kullanmak için bir sebebinizin olması gerekir, bunu sağlayan da ilhamdır. Yani hepsi bir arada gereklidir insana.

Benim ilhamım çok erken yaşta geldi. Ben henüz okula başlamadan önce annem bana bir dinozor kitabı almıştı, kitaptaki hayvanlar benim çok ilgimi çekti. Hepsi çevremizde görmediğimiz hayvanlardı, "Bu hayvanlara ne oldu?" sorusu aklıma takıldı. Artık çevremizde yoklardı ama hepsi gerçekten yeryüzünde yaşamış hayvanlardı ve işin kötüsü, ailemde bu konuyla ilgili bilgisi olan kimse yoktu. Aklımda birçok cevapsız soruyla kalakaldım. Belki de soru sormanın gücünü de bu kitap sayesinde keşfettim.

Küçük bir çocuksunuz, buna takılmanız ilginç değil mi?

Evet, tabii ilginç. "Nasıl yaşıyorlardı?" ve "Onlara ne oldu?" gibi soruları günlerce düşünüp durdum. Şişli Terakki İlkokulu'nda birinci sınıftayken Şahika isminde çok iyi bir sınıf öğretmenimiz vardı. Bana Doğan Kardeş Yayınları'nın *Fen ve Tabiat Ansiklopedisi*'ni hediye etmişti. Onun içinde paleontoloji maddesine rast gelince zihnimdeki sorularımın yanıtlarını buldum. Bu ansiklopedide bütün hayvanlar vardı ve öğrendiklerim beni çok heveslendirdi. Yine o günlerden bir gün ailecek dedemin oturma odasındaydık ve bana "Büyüyünce ne olacaksın?" diye sordular. "Taşlarla ve kemiklerle uğraşan bir adam olacağım," cevabını verdim. Babam da bunun üzerine "Galiba onlara 'jeolog' diyorlar," demişti. Neredeyse ailemin benden bir önceki neslinin erkek mensuplarının hepsi üniversite mezunu olsa da evimizde jeoloji konusunda bir cehalet hâkimdi.

İşte o ansiklopedi, bendeki fitili ateşledi ve tutkumu keşfettim. Ardından da Jules Verne'den *Arzın Merkezine Seyahat* kitabını okuyunca kendi kendime "Adam olacaksan işte böyle bir adam olman lazım!" dedim. Jules Verne'in kitaplarını okuyunca insan öncelikle yaşadığı coğrafyayı iyi bilmesi gerektiğini öğreniyor.

Mesela ben ilkokuldayken *Kuroşivo*'yu bilirdim. *Kara nehir* demektir, Japonya'dan güneye doğru akan soğuk bir akıntıdır. Çoğu insan bugün bile bilmez... Benim bilmemin de tek sebebi, *Denizler Altında Yirmi Bin Fersah*'taki Kaptan Nemo karakterinin bu nehri anlatmasıydı. Örneğin; *Benguela Akıntısı* da Güney Atlantik'te, saat yönünün tersine dönen bir soğuk su akıntısıdır ve güneyden gelir. Ayrıca Thor Heyerdahl'ın *Kon-Tiki* kitabını okuyup ondan da *Humboldt Akıntısı*'nı öğrenmiştim. Kitapta, Mikronezya'ya sal üzerinde *Humboldt Akıntısı*'nı takip ederek gidilebileceğinden söz ediyordu. Bu da beni çok etkilemişti çünkü bu kez de Güney Amerika'nın ve Pasifik adalarının hem mitolojisini hem de coğrafyasını öğrenmiştim.

Jules Verne'in *Arzın Merkezine Seyahat* kitabı, benim için en önemlisidir. Kitabın ana karakteri Prof. Lidenbrock, jeologdur ve müthiş de kültürlü bir adamdır. Her şeyden önce beni büyüleyen yönü, coğrafya bilgisinin gelişmiş olmasıdır. Ayrıca bir polyglottur, yani bir sürü dil biliyor; Yunanca, Latince, İbranice, Danca ve İzlandaca konuşabiliyordur. Kendisi de zaten

Alman'dır. Hatta kitapta yeğeni onu "Dayım dünya üzerinde konuşulan dillerin hepsini bilmiyorduysa bile pek çoğuyla tanışıyordu," diye anlatır. Hikâyeye göre Prof. Lidenbrock eve bir gün elinde çok eski bir kitapla gelir ve kitabı yeğenine gösterir. "Bak, Yahudi Hevelius'un dükkânında ne buldum," der. Bulduğu kitap, Snorri Sturluson'un kitabıdır ve İzlanda'da hüküm süren Norveçli Perslerin hayatını anlatır. Yeğeni de "Benim bu kitapla ne alakam var?" diye düşünür ve "Peki dayıcığım, baskı iyi mi?" diye sorar. "Baskı mı? Ne baskısından bahsediyorsun, bu el yazması ve Runlarla[1] yazılmış," cevabını verir Prof. Lidenbrock. Bakar yeğeninin yüzünde bir ifade değişikliği yok, "Şimdi herhalde Runların ne olduğunu bana sormak istiyorsun?" der ve anlatmaya başlar: "Runlar, eskiden İskandinavya'da kullanılan bir alfabedir ve efsaneye göre Odin'in[2] kendisi tarafından icat edilmiştir." Tabii Profesör, Run alfabesini de okuyabiliyordur.

İkisi konuşurken kitabın içinden küçük bir parşömen kâğıdı düşer, üzerinde de yazılar vardır. Yeğenine "Şimdi sana buradaki harflerin Almanca karşılıklarını söyleyeceğim; otur, yaz," der. Yeğeni yazar ama anlamsız bir şey çıkar ortaya. Prof. Lidenbrock bakar, "Bu bir şifre. Kitaptan yaklaşık 200 sene sonra yazılmış olmalı, şifrenin ilk harfi çift M. Kitapta bu yok çünkü çift M İrlanda alfabesine daha sonradan girmiştir," der. Böyle bir bilgiyi düşünebiliyor musun? Bu adam aslında jeolog! Daha sonra şifreyi çözerler. Şifrenin sonunda *"Cesur yolcu, temmuz ayının ilk günlerinden önce Sneffels Yanardağı'na çık, Scartaris Krateri'nden içeri gir, burası seni dünyanın merkezine götürecektir,"* yazıyordur.

Profesör de "Bizim gidip bunu yapmamız lazım!" der. Tabii yeğeni dehşete düşer çünkü dayısı volkandan içeri girmekten bahsediyordur. Ama o an konuşmayı tehlikeye atmaması gerektiğini düşünür çünkü dayısı kolay parlayan bir adamdır ve

[1] Run Alfabesi, Kuzey Avrupa ülkelerinde kullanılmış bir alfabedir.
[2] Odin, Cermen mitolojisinde yer alan baş tanrının adıdır.

yavaş yavaş söylemesi gerektiğine kanaat getirir. "Dayıcığım," der, "burada bazı kelimeler geçiyor, ben anlamlarını bilmiyorum. Mesela Yöcul, Sneffels ve Scartaris." Profesör, "Şimdi sen git; büyük kütüphanenin Z bölümünden, dördüncü atlası al ve gel," der.

Yerini ezbere mi biliyor?

Evet, sonra Axel atlası alıp İzlanda haritasını açar. Profesör, "Bak bu Henderson'ın[3] haritasıdır. Yani İzlanda'nın hazırlanan en son haritasıdır," der. Henderson da gerçek bir kişidir. Benim kütüphanemde Henderson'ın kitabı var ve ben o haritayı gördüm. Harita da gerçek Henderson da gerçek. Daha sonra Prof. Lidenbrock, "Axel, İzlanda'nın başkenti Reykjavik'i bul," der. Axel bulduktan sonra da "Şimdi oradan kuzeye doğru git, ne görüyorsun?" diye sorar. Axel, "Dayıcığım Faxa Körfezi var," der. "Hah, onu dolan, onun kuzeyinde ne görüyorsun?" Axel, "Dayıcığım sanki üzerindeki etler sıyrılmış diz kemiğine benzer bir yarımada var," der. "Tamam, onun sonunda ne var?" Axel, "Onun sonunda denize doğru uzanan bir dağ var," der. Profesör, "İşte o Sneffels Yanardağı'dır. İzlanda'da bütün yanardağlar buzulların altında faaliyet gösterir. Onun için İzlandacada buzula, Yöcul denir," diye açıklar. Axel, "Fakat dayıcığım bu bir volkansa lavlarla dolu, nasıl..." derken, Profesör "Aaa, bu sönmüş bir volkan," der. "Dünyada şu kadar volkan var, o volkanların pek çoğu sönmüştür ve Sneffels da bunlardan biridir," diye uzun uzun anlatır. Ama orada bir tarih verir, o tarih yanlıştır. Ben o tarihi kontrol ettim, Jules Verne tarih konusunda hata yapmış ama o hatayı da affetmek gerekir. Çünkü Thoroddsen[4] isminde meşhur bir coğrafyacı vardır, İzlanda'nın yanardağ ve deprem kuşaklarının kataloglarını yayımlamıştır ama bu kitaptan yıllar sonra. Yani Jules Verne onu görmedi.

---

[3] Ebezener Henderson, 1784-1858 İskoç dil bilimci. Haritası 1819 tarihlidir.
[4] Thorvaldr Thoroddsen, 1855-1921, İzlandalı jeolog ve coğrafyacı.

Daha sonra Profesör Lidenbrock, Axel'e Sneffels Yanardağı'nın üç tane bacası olduğundan bahseder ve hikâyeye göre bu bacalardan bir tanesi dünyanın merkezine gidiyordur. Profesör, Scartaris Tepesi'nin zirvesini güneş saati olarak kullanır ve ne zaman gidilmesi gerektiğini hesaplar. Dünyanın merkezine giderken de bir sürü tuhaf şeyle karşılaşırlar. Prof. Lidenbrock her şeyi tanır. "Bak, şimdi geçiş bölgesindeyiz," der, taşları ve mineralleri söyler. Sonra Lidenbrock adını verdikleri denizi keşfederler. Orada jeolojik zamanlarda yaşamış hayvanlar bulurlar ve onları da tanır Profesör. Ayrıca Jules Verne bu kitapla birlikte bir tartışmayı da gündeme getirmiştir: İnsanlar, Kuvaterner hayvanlarıyla yani mamutlarla bir arada mı yaşadılar, yoksa bu hayvanlar kaybolduktan sonra mı insan yaratıldı? İnsan sonradan yaratıldı denilince evrimden uzaklaşıyorsun. Jules Verne ve kahramanı Prof. Lidenbrock, evrimcilerin tarafında yer alır. Hatta Jules Verne, bu tartışmaları sürdürmek için kitabın 1867'de yapılan ilk resimli baskısından itibaren iki yeni bölüm bile ilave eder.

İnsanların "çocuk kitabı" diyerek geçtiği bir kitaptan bahsediyoruz, ilginçmiş...

Evet, tabii ama Jules Verne bunları çocuk kitabı olarak yazmamıştır. Türkiye'deki başlığı bu olabilir ama sen bunları bırak, Jules Verne'in yazdıklarına bak. Mesela *Balonla Beş Hafta*'yı okuduğun zaman Afrika'nın coğrafi keşfi ve bir balonun nasıl yapıldığı hakkında bir sürü şey öğrenirsin. Bunlar, çocuklar için yazılacak şeyler değildir. Ya da *Denizler Altında Yirmi Bin Fersah*'ı oku; bir denizaltının nasıl yapıldığını kitabın ana karakteri Kaptan Nemo gayet detaylı biçimde anlatır. Ayrıca dünya coğrafyasını da öğrenirsin. Bunlar çok önemli şeylerdir.

Kaptan Grant'ın Çocukları'ndaki coğrafyacı Paganel'in verdiği bilgiler de bir çocuk kitabına girecek şeyler değildir.

Dolayısıyla Jules Verne bir çocuk kitabı yazarı değildir. Fakat onun kitaplarını bir çocuk da okuyup eğlenebilir, yazdıklarından yetişkin de bir şeyler öğrenebilir.

Nihayetinde ben bu karakterler gibi biri olmaya ve tüm dünyayı tanımaya karar verdim. Henüz ilkokul öğrencisiydim ve bu kitapların bende uyandırdığı merakın peşinden gittim. O yıllarda rahmetli Ramazan Arkın Bey, Arkın Kitabevi'nde İtalyan ansiklopedilerini çevirtip yayımlatıyordu. Bunlardan bir tanesi de *Gökkuşağı*'ydı. Bu ansiklopedinin coğrafya cildinin dörtte biri tamamen jeolojiye ayrılmıştı; jeolojik zamanlar, hayvanlar ve kıtaların eski yerleri anlatılıyordu. Bana aldılar, ben de heyecanla okudum ve böylece tüm jeolojik zamanları öğrendim. Bizim üniversitede ikinci hatta üçüncü sınıftaki öğrencilere dahî zor öğrettiğimiz jeolojik zamanları ben daha ilkokulu bitirmeden öğrenmiş oldum.

Beşinci sınıftayken sınıf öğretmenim Fahamet Hanım, bir derste Ankara Meydan Savaşı'nda Bayezid'in daha önce geldiğini fakat erkekliğe sığmaz düşüncesiyle Timur'a saldırmadığını anlattı. Ben de "Hocam öyle bir şey yok, daha önce gelen Timur'dur," dedim. "Sen sus, o öyle değil," dedi. Bizim evde Şerafeddin Ali Yezdî'nin *Zafernâme* kitabının eski Türkçe baskısı vardı. Eve gelince ona baktım ve kendi bilgimi teyit ettim. Ertesi gün de okula götürdüm ama ben nereden bileyim hocamın kitabı okuyamayacağını... Ben okuyabildiğim için herkes okuyabilir sanıyordum. Fahamet Hanım, okuyamayınca kitabı alıp attı. Ben de "Cahil karı!" dedim, o zaman da beni sınıftan attı. Arkamdan da çantamı attırmış. Okul müdürü ertesi gün annemi ve babamı çağırıp "Celâl'i okuldan alın, bundan sonrası tatsız olur," demiş. Böylece Beyazıt İlkokulu'na geçtim. Bu okulda ise jeolojik konulara büyük bir ilgi ve destek olduğunu gördüm. Mesela *Denizler Altında Yirmi Bin Fersah*'ı o yıllarda okudum ve Kaptan Nemo'ya hayran oldum. Kendisi Hintli olmasına rağmen İngilizce, Almanca, Fransızca ve

Latinceyi çok rahat konuşabiliyordu. Benim birçok yabancı dili öğrenme hevesimde bu karakterlerin epey etkisi oldu. Kitapta bir denizaltını nasıl yaptığını anlatıyordu ve böylece denizin altındaki dünyayı tanıyordun.

Daha sonra *Esrarengiz Ada*'yı okudum. Orada da hayran olduğum mühendis Cyrus Smith vardı. Kitapta Amerikan İç Savaşı esnasında bir grup Kuzeyli, Güney'e esir olurlar. Bir balonla kaçarlar fakat büyük bir fırtına onları Pasifik'in ortasına atar ve ıssız bir adaya düşerler. Üzerlerinde köpeklerinin çelik tasması ve ceplerindeki saatlerden başka bir şey yoktur. Bu adamlar adadan ayrılırken adada iner kalkar köprüler, telgraf ve cam gibi birçok şeyi arkalarında bırakırlar, yani bunların hepsini üretirler. Bunları Cyrus Smith'in mühendislik bilgisi sayesinde üretebilirler. Adam önce "Bir kıtada mıyız yoksa adada mıyız, bunu tespit edelim," der. Peki nasıl tespit edeceksin? Önce bulunduğun enlemi bulman gerekir. Cyrus Smith, bir direk diker ve onun gölgesinin uzunluğundan enlemi hesap eder. Fakat saatlerinin kronometresi durduğu için boylamı hesap edemez. Yine de biz herhalde Pasifik'te bir yerdeyiz diye tahmin yürütür. Ekiple birlikte yüksek bir tepeye çıkarlar ve oradan bakıp adada olduklarını anlarlar. Sonra yiyecek bir şey aramaya karar verirler ama Cyrus Smith düşmenin etkisiyle hafif yaralı olduğu için Gideon Spilett isimli muhabir, "Ne olur ne olmaz ben mühendisle kalayım," der. Böylece yemek aramaya diğerleri gider. Döndüklerinde, mühendis ve gazetecinin ateş yakıp ısındıklarını görürler. "Nasıl yaktınız?" diye sorarlar ve mühendis, "Çok kolay," der, "cep saatlerimizin camlarını çıkardık, aralarını suyla doldurduk ve mercek olarak kullandık."

Sonra adayı dolaşırlar; Mühendis, adayı dolaşırken gördüklerinin neler olduğunu herkese söyler. Mesela kuvars kumu, çok iyi bir kil, av hayvanları ve kuş pisliği bulurlar. Bunların önemi tabii onlar için büyüktür. Örneğin kükürt buldukları için oranın volkanik bir ada olduğunu anlarlar ve kuş pisliğinin içinde güherçile (potasyum nitrat) olduğu için dinamit yapabileceğini biliyorlardır. Sonra bir göl bulurlar ve Mühendis, "Bu gölün belli ki aşağıdan bir çıkarı var çünkü yüzeyde gözükmüyor," der. Gölü boşaltıp çıkarı nereye gidiyor bakmaya karar verirler. Çünkü çıkarın olduğu yerde kendilerine barınak da yapabilirler. Gölü boşaltmak için dinamit yapıp gölün kenarını havaya uçururlar. Ok ve yay yapıp adadaki hayvanlardan birkaçını avlarlar. Köpeklerinin çelik tasmasını açıp düzeltirler ve taşla bileyleyip bu bıçakla avladıkları hayvanların derisini yüzerler. Kuvars kumuyla cam yaparlar ve daha bir sürü şey geliştirirler.

Bu kitaplar, bana bilgili bir insanın her şeyi yapabileceğini öğretti. Yeter ki bilgili olalım diye düşündüm. Karakterlerin hepsinin muazzam bir tabiat bilgisi vardı ve her birine hayran oldum. Hepsi insanın nasıl bir tabiat içinde yaşadığını keşfetmesine olanak sağlayan muhteşem kitaplardır. Yine söyledim kendi kendime: "Ulan böyle bir adam olmak var be! Gittiği her yerde şöyle bir etrafa baktığında ne var ne yok anlamalı insan." İşte bu kitaplar benim ilham kaynağım oldu.

Çocuklara hitap edecek hangi kitapları okurlarımıza önerirsiniz?

Mesela *Tommiks* kitabı benim çok hoşuma gider çünkü hikâyedeki Kulver Kulesi'ni bizim Yeşilköy'deki filoya benzetirim. Doğan Kardeş Yayınları'ndan Carl Ewald'ın yazdığı *Tabiat Ana Anlatıyor* da şahane bir kitaptır. Çocukken *Red Kit* ile *Tenten*'i çok severdim. Okurken çok dikkatimi çekmişti, *Tenten*'deki uçaklar gerçek uçaklardı ve ben hepsini tanıyabiliyordum. Seneler sonra da doktora hocamı *Tenten*'le tanıştırdım. O da trenleri çok severdi ve bütün lokomotiflerin gerçek lokomotifler olduğunu söyledi. Düşünebiliyor musun, bu kitabı yazabilmek için Hergé müthiş bir araştırma yapmış. Bunların yanında *Asteriks* de son derece önemli kitaptır.

Dadım Elizabeth'i tanıyabilmenizi çok isterdim. Yirmi yaşında bir kadındı ama bana çok şey öğretti. Ben daha beş yaşındayken *Grimm Kardeşler*'in masallarını anlatan, renkli resimli kitaplar getirmişti. Bir de plaklar vardı o masalları anlatan ama bununla da kalmıyorduk; evde hepsinin tiyatrosunu yapıyorduk. Dedemin evinde büyük bir yemek odası vardı ve bir kısmı perdeyle ayrılmıştı. Elizabeth burayı sahne olarak kullanıyordu, bütün aile de gelip beni seyrediyordu. Almanca sahneliyorduk tabii, dayım ve annem hariç kimse bir şey anlamıyordu ama gelip yine de seyrediyorlardı. Sahnelediğimiz masallar: *Bremen Mızıkacıları, Hansel ile Gretel, Rapunzel, Kırmızı Başlıklı Kız, Kurt ile Yedi Keçi Yavrusu*'dur.

İlhamınızı aldıktan sonra da size çok çalışmak kaldı o zaman...

Evet, ben ilhamımı bulduktan sonra da çok çalıştım. Jeolojiye iyice merak saldım ve daha ortaokuldayken kendi kendime taş türlerini öğrendim.

İlham beklenmesi gereken bir şey değildir ve en çok da hazır olan akıllara gelir.

Ama ilham mistik bir şey değildir ve tanımı da çok basittir. Örneğin, ben bazen çıkıp bahçedeki yapraklara bakıyorum ve "Bir fotoğrafını çekeyim," diyorum. Bir gün fil şekli, bir gün timsah, bir gün de dinozor kafası görüyorum. İlham budur. Bir şey sende bir çağrışım yapar, bir kıvılcımdır ilham. Herhangi bir şey bunu verebilir, bunun ne olacağı hiç belli olmaz. Yani ilham beklenmesi gereken bir şey değildir ve en çok da hazır olan akıllara gelir.

İnsan geleceğini kurmak için ilhamı beklememelidir, elindeki ve elde edebileceği imkânlara dayanarak iyi plan yapmalıdır. Ayrıca bu planın tutmayabileceğinin de farkında olmalıdır. Bunun için planın tutmadığı yerlerde yeni bir plan kurmaya hazır olmalıdır. İşte bunu yaparsan geleceğini kurtarırsın.

CELÂL ŞENGÖR'DEN ÇOCUKLARI BİLGİLENDİRECEK VE MESLEK SEÇİMİNDE YÖNLENDİRECEK KİTAP ÖNERİLERİ

- Jules Verne - *Arzın Merkezine Seyahat*
- Jules Verne - *Denizler Altında Yirmi Bin Fersah*
- Jules Verne - *Esrarengiz Ada*
- Jules Verne - *Kaptan Grant'ın Çocukları*
- Jules Verne - *Balonla Beş Hafta*
- Grimm Kardeşler - *Hansel ile Gratel*
- Grimm Kardeşler - *Kırmızı Başlıklı Kız*
- Grimm Kardeşler - *Rapunzel*
- Grimm Kardeşler - *Kurt ile Yedi Keçi Yavrusu*
- Grimm Kardeşler - *Bremen Mızıkacıları*
- Thor Heyerdahl - *Kon-Tiki*
- Carl Ewald - *Tabiat Ana Anlatıyor*
- Rene Goscinny - *Red Kit*
- René Goscinny - *Asteriks*
- Hergé - *Ten Ten*
- Essegesse Yayınları - *Tommiks*

Eğitim hayatınıza başladıktan sonra jeolojiyle ilişkiniz nasıl şekillendi?

Ortaokulda benim en büyük şansım, tabiat bilgisi hocam Nuriye Güneyi'ydi. O bana "Bak sen zengin çocuğusun; seni işletmeci, iktisatçı, bilmem ne yapmaya kalkarlar, sakın ha! Sende bu iş için yetenek var, mutlaka jeolog ol!" dedi.

Ben orta ikideyken lise üçe giden Emel Abla vardı. O yıllarda liselerde jeoloji dersi okutuluyordu, Emel Abla da benim bu konuya ilgim olduğunu biliyordu. Bir gün bana "Nuriye Hoca bize ödev verdi, sen yapar mısın?" diye sordu. "Yaparım," dedim ve yapıp verdim. Sonra onun arkadaşları da istediler, onlara da yaptım. Tabii Nuriye Hanım enayi mi, bakmış hepsi tek elden çıkma. Sıkıştırmış öğrencileri ve onlar da benim yaptığımı söylemişler. Beni öğretmenler odasına çağırdı. Önce "Kopya vermek, kopya çekmek kadar ahlaksızlıktır, bir daha yapma," dedi. Sonra "Senin baban jeolog mu?" diye sordu. "Hayır hocam," dedim. "Ailede var mı jeolog?" diye sordu, "Yok hocam," dedim. "Peki, sen nereden biliyorsun bunları?" diye sordu. "Meraklıyım hocam," dedim. "Sen gel benimle o zaman," dedi.

Işık Lisesi'nin şahane bir biyoloji laboratuvarı vardı ve orayı bir tek Nuriye Hanım kullanırdı dersleri için. Köşede bir dolap vardı, onun üst çekmecesini açtı; içinde bir sürü taş... "Bunları sınıflandır, zorluk çıkarsa haber ver," dedi. Zevkten dört köşe oldum. O muazzam laboratuvarın anahtarını bana verdi, bunun bende çok büyük etkisi oldu. Nuriye Hanım'ın bana gösterdiği itimat çok kıymetliydi.

Ortaokulu bitirdikten sonra sınavları kazandım ve artık Robert Kolej'e gidecektim. Nuriye Hanım bana "Senin için çok sevindim ama bu okul için üzüldüm," dedi. Orta üçteki adama söylüyor bunu... Robert Kolej'de de büyük bir şans eseri coğrafya hocam Tarık İnözü'yle yollarım kesişti. O da bana ders notları hazırlatmıştı. Ben de öğrenciydim ama coğrafya dersinde benim hazırladığım notlarla ders işliyorduk.

Geçtiğimiz yıllarda eşim Oya'yla beraber, Işık Lisesi'nde Nuriye Hanım adına bir ödül ihdas ettik. Nuriye Hanım'ın adını ölümsüzleştirmek amacıyla, doğa bilimleri ve fiziki coğrafya alanında en başarılı öğrenciye ödül olarak 1.500 dolar veriyoruz. İşte ben, bu insanların sayesinde bu yolu böyle yürüyebildim.

Öğretmen bir yetenek avcısı gibi olmalıdır. Bu durum İhsan Ketin için de olmuş. Onu da öğretmeni Yunus Kâzım Köni yönlendirmiş. Bu öğrenci ve öğretmen ilişkisinin şu an olmayışı ülkemizin en büyük problemlerinden biri sanırım.

Benim hayatımda bu iki öğretmenimden sonra en önemli rolü oynayan kişidir İhsan Ketin. Ben onunla lise üçte tanıştım, günlerden 10 Mayıs 1973'tü. Hatırlıyorum çünkü tanıştığımız gün bana kitap hediye etmişti ve imzalarken de tarih atmıştı. Hâlâ saklıyorum. *"Kalbi jeoloji ateşiyle tutuşmuş genç meslektaşım Celâl Şengör'e başarı dileklerimle,"* diye yazmış. Düşünebiliyor musun, lisedeki çocuğa diyor meslektaşım diye. Bu inanılmaz bir şey.

Annemin, Amerikan Kız Koleji'nden sınıf arkadaşı Müjgan Teyze, benim jeolojiye olan merakımı biliyordu. Bir gün "Bizim apartmanda sessiz sakin bir adam oturuyor, o da jeologmuş, tanışmak ister misin?" diye sordu. Ben de "Kim?" diye sordum. İhsan Ketin deyince "O sessiz sakin dediğin adam Türkiye'nin en iyi jeoloğudur," cevabını verdim. Gittik o 10 Mayıs akşamı. İhsan Hoca bana "Git tahsilini yap, ben seni asistanım olarak yanıma alacağım," dedi. "Hocam dokuz sene sonrayı konuşuyoruz," dedim. "Orasını sen düşünme," dedi. Hakikaten ben doktoramı bitirdim ve kadrom hazırdı. Hemen İhsan Bey'in asistanı oldum. Ama belirtmeliyim ki ben her derste iyi bir öğrenci değildim. Coğrafyada ve biyolojide iyiydim, kendimi bu konulara verdim. Açık söyleyeyim, diğer dersler pek hoşuma gitmiyordu.

Çünkü siz ana merakınızı keşfetmişsiniz. Peki insanlar meraklarının üzerine gitmeye ne zaman başlamalı?

En geç lisede başlamaları gerekiyor. Herkesin tutkuyla bağlanacağı bir merakı mutlaka vardır. Şans eseri de oldu tabii ama ben merakımı çok erken yaşıta keşfettim. Tabii bunu çok büyük ölçüde Jules Verne'e borçlu olduğumu söyleyebilirim. Ondan sonra da bütün tahsil hayatımda hocalar açısından inanılmaz şanslıydım.

Aslında insan kendi şansını da kendisi yaratır derler, siz bunu yapmışsınız. Çünkü sizin gittiğiniz okullarda başka öğrenciler de vardı...

Tabii vardı ama benim sınıfımdaki hiçbir öğrenci benim kadar meşhur olmadı. Ben ABD Ulusal Bilimler Akademisi'ne ve Rusya Bilimler Akademisi'ne seçildim. Dünya çapında kendi konusunda benim yaptığım etkiyi yapan -benim bildiğim kadarıyla- bizim okullardan hiç kimse yok.

Siz ailenizden, öğretmenlerinizden ve Hava Kuvvetleri'nden aldığınızın üzerine ekleyerek hayatınızı kusursuzca dizayn ettiğinizi söyleyebilir miyiz?

Benim ailemde beni yönlendiren kimse yoktu. Babam üniversite mezunu ama annem okulunu orta birde terk etmiş. Üstelik şımarıklıktan okumamış. Dayılarımdan Melih üniversite bitirmiş, Semih bitirmemiş.

Kendi hayatım için mükemmel diyemeyeceğim ama beni mutlu edecek şekilde dizayn ettiğimi söyleyebilirim. Aslında dizayn mı ettim bilmiyorum, tabii tesadüfler de insanı yönlendiriyor. Mesela İhsan Ketin, Sırrı Erinç, Kevin Burke ve John Dewey'i tanımasaydım ne olurdu benim jeologluğum ve ne kadar başarılı olurdum, hiç bilemiyorum. Jeolojiyi çok seven bir adam olarak başarılı olurdum belki ama sanıyorum bugünkü konumuma gelemezdim.

Elbette ama siz de çok çalışmışsınız. İnsan çok çalışınca fark edilmesi de kaçınılmaz oluyordur muhakkak. Bence buna "kendi şansını yaratmak" diyebiliriz.

Bu da doğru, kendi şansımı yarattım diyebiliriz. Ben Amerika'da Houston Üniversitesi'nde henüz birinci sınıftayken Walter Pitman ve John Dewey, kısa bir seminer vermek için gelmişlerdi. Hemen kayıt oldum, bu sayede onlarla tanıştım ve hayatım boyunca da onlardan çok şey öğrendim. Kişi meraklıysa ve çalışkansa şansının kendi önüne koyduğu fırsatları değerlendirebiliyor. Ama bence hiçbir hayat mükemmel değildir.

Kişi meraklıysa ve çalışkansa şansının kendi önüne koyduğu fırsatları değerlendirebiliyor.

Eksik kaldığını düşündüğünüz neler var?

Sorma bu soruyu.

Peki tamam, Hava Kuvvetleri dışında?

Şimdi soru doğru oldu. Mesela And Dağları'nı göremedim. Belki hâlâ giderim ama sağlığım elvermiyor. Orayı görmeyi çok arzu ederdim. İkincisi, eşim Oya'ya biraz daha yardımcı olabilmeyi isterdim. Ben evliliğimiz boyunca bütün yükü onun sırtına attım. Bu durum da beni bazen üzüyor.

Bir de Oya Hanım'ın hayatını kitap yapmak lazım.

Hakikaten doğru. Ama tabii Oya'nın fedakârlığı bir kitaba sığmaz.

Eksik kalanlar dışında yanlış yaptığınız bir şey var mı?

Benim bugün olsa başka türlü yapardım dediğim hiçbir şey yok. Nietzsche'nin üstün insan tanımı vardır: "Dünyaya gelse tekrar aynı şeyi yapacak insana üstün insan denir." Ben bugün dünyaya gelsem yine yaptıklarımı yaparım. Küçük bir farkla...

BÖLÜM II

DOĞRU EĞİTİM MODELİ

"Tutku, merak duygusunu tetikliyor
ve merak da başarıyı getiriyor."

Sizin ortaokul ve lise yıllarınızda ülkemizde eğitim daha kaliteliydi. Bugünkü öğrencilerin bu konuda bir şanssızlığı var. Yeniden o kaliteyi bulabilir mi okullarımız, yoksa imkânsız mı?

Bir kere hiçbir şey imkânsız değildir, bunu kafaya koymak lazım. Çocuk çok meraklıysa mutlaka onun elinden tutan birisi çıkar. Ama öncelikle küçük yaştaki çocuklara yüz tane din dersi okutmamalı ve eleştirel düşünceyi öğretmeliyiz. Bırakalım din kültürünü ailesinden alsın.

Ben hatırlıyorum, Şişli Terakki Lisesi'nde din dersi vardı ama öğrenci isterse o dersi almıyordu. Mesela gayrimüslimler almıyordu ama bizim sınıfta Ediz isminde bir arkadaşımız vardı, o da almıyordu. Onun annesi ve babası almasını istememiş. Ben aldım ama memnun da oldum. Birçok sure ezberledim ve bu bazen çok faydalı oluyor, birisi bana din âlimliği tasladığı zaman ben de güzelce cevap verebiliyorum.

Ayrıca günümüzdeki eğitim fakülteleri çok kötü eğitimci yetiştiriyor. Bu yüzden işe eğitimciden başlamalıyız, eğitimcilerin Fen Bilimleri Enstitüsü'nde yetişmeleri gerekiyor. Bunları yeniden kurabilmek için de metazori lazım. Bu, demokrasiyle olacak iş değildir, zorlanmalıdır çünkü başka türlü yapamazsın. Ülkemizde bazı kişiler kızlarını okula göndermiyor, zorlamazsan bunun önüne nasıl geçebilirsin ki? Dünyada bunu yapabilen ülkeler var, onları örnek alabiliriz. Mesela Çin'de diktatörlükle yapıyorlar.

İşin özünde bizim milletimiz demokrasiyi de yanlış anlıyor. Geçen gün gazetede okudum; Adana'da bir vatandaş bir gazimizin ayağına basıyor ve gazi ayağıma bastın diye uyarıyor. Adam, "Ne var yani demokrasi geldi!" diyor. İşte bizim milletimizin demokrasi anlayışı budur. Yani demokrasiyi, hödüklüğe serbestlik vermek olarak anlıyorlar. Aslında tabii demokrasi bu değildir, bunun adı ohlokrasidir.[5] Türkiye'de demokrasi hiçbir zaman olmadı, Atatürk'ün dâhi diktatörlüğünden sonra pat diye ohlokrasiye geçtik.

Yeri gelmişken demokrasiyi tanımlar mısınız?

Demokrasi, belirli kurallar ve kanunlar çerçevesinde halkın katıldığı bir yönetim şeklidir. Bunun içerisinde karşılıklı kontrol unsurları, yani güçler ayrılığı olmalıdır. Ohlokraside ise neyin ne olduğu belli değildir.

Demokrasi, ayaktakımının rejimidir.

Demokrasi kısacası ayaktakımının rejimidir. Benim demokrasiye olan antipatim, kalifiye veya kalifiye olmayan herkesin lafının geçmesinden kaynaklanıyor. Genel olarak oy veren insanların belli bir görgü ve bilgisinin olması gerektiğini düşünüyorum. Aksi takdirde nasıl seçim yapabilecek? Oyunu hangi kritere dayanarak verecek? İşte sonunda "Sen dinsizsin, ben dindarım. Onun için oyumu dindar kişiye veriyorum!" demeye geliyor iş. Oysa "Senin dinin nedir?" diye sorsak onu bile anlatamayacak durumda birçoğu.

[5] Ohlokrasi (Yunanca: Okhlokratía; Latince: Ochlocratia), bilgisi ve yetkinliği olmayan geniş insan kitleleri ya da yığışımları tarafından desteklenen popülist siyasetçilerin devlet yönetiminde mutlak güç elde etmesiyle oluşan bir yönetim şeklidir.

Geçenlerde Sultanahmet'te Cuma namazı çıkışında yapılan bir sokak röportajında "Hz. Muhammed ne zaman doğmuştur?" sorusunu namazdan çıkan hiç kimse doğru yanıtlayamadı.

Neden bilsin ki adam? Onun camiye gitme sebebi, öteki dünya korkusundan başka bir şey değil. Bir de tabii başka yapacak daha iyi bir işi yok. Camiye gittiği zaman üç beş tanıdığını görüyor, sohbet edip vakit geçiriyor. "Böyle bir soruyu nasıl bilmez?" demekte haklısın ama bu yayımlanmış ve okunması gereken bir bilgidir. Oysa o kişiler hayatlarında hiçbir şey okumamıştır belki de. Zaten niye okusun?

Bu durum diğer dinlerde de aynıdır. Ben bir keresinde söyleşi yapmak için Floransa'ya davet edilmiştim. Enstitüye doğru yürürken katedralin önünde kısacık etekleriyle oturan üç genç kız gördüm. Katedralden bir papaz çıktı ve kızları görür görmez kafasını çevirdi. Adam, günah işliyorum diye hızlanarak uzaklaştı. Çok gülmüştüm. Tabii biliyorsun, Katolik papazlara seks yasaktır. Aslında bu direkt tabiata karşı gelmektir ama zaten bu yüzden bazı papazlar korumasız çocuklara yaklaşıyorlar. Çok büyük bir felaket bu, korkunç bir şey.

Demokrasideki eşit oy hakkına karşısınız. Karşı önermeniz aristokrasi sınıfının ülkeyi yönetmesi mi?

Bir nevi oligarşinin oy vermesi gerekiyor ama işte yumuşak bir demokrasi de olmalıdır. Çünkü köylünün de derdi vardır, o da derdini anlatmak ister. Onların elinden de oy hakkını tamamen almak doğru değildir. Nasıl olacak bilmiyorum ama bir yolu bulunmalıdır çünkü meclise gelecek kişilerin okur yazar olmaları çok önemlidir.

Eğitim konumuza dönelim, eğitimci nasıl olmalıdır?

Eğitimci öncelikle ders vereceği konuyu çok iyi bilmelidir. İkincisi çocuğu heyecanlandırabilecek yeteneğe sahip olmalıdır. Ben meslektaşlarıma hep söylüyorum; her profesör yarı yarıya aktör olmak zorundadır. Yalnız bilgi yeterli değildir, çocuğu eğlendirmek de gerekir. Eğitimci derste öğrenciyi uyutmamalı ve ilgisini çekmelidir. Onlarla şakalaşmalıdır, böylece çocuğun derste hatırlayacağı şeyler kalır. O hatırlayacağı şeylere dersin geri kalanını asabilir.

Mesela ben öğrencilere sataşmayı çok severim. Çünkü öğrenci bunu hatırlar ve bunu hatırlayınca dersin kalanını da hatırlar. Geçenlerde evime bir grup lise öğrencisi geldi ve benimle röportaj yaptı. Oğlanlardan bir tanesi çok yakışıklıydı. Diğerlerine, "Aman bu çocuğu koruyun!" diye takıldım. Onlar da "Hocam sormayın zaten bütün kızlar ona gidiyor," dediler. "E yani hiç şaşırmadım," cevabını verdim. Bu konu da çocukların dikkatini çekti. Arada şakalaşıyorduk da. Şimdi bu çocukların hayatları boyunca o günü unutmayacaklarına eminim.

Peki eğitimci kendini nasıl yetiştirmelidir?

İlk olarak kendisini sürekli yenilemeli ve bol bol kitap okumalıdır. Örneğin Nuriye Hanım lisede ders verirken biz o tarihte çok yeni bir bilgi olan "kıtaların kayma teorisi" ve "levha tektoniği" hakkında onunla sohbet etmiştik. Bu konu yeni olduğu için Jeoloji ders kitaplarında yoktu. Nuriye Hanım, bu teorinin de derslerde öğretilmesi gerektiğini söylüyordu. Zaten kendisi Milli Eğitim Bakanlığı'nın müfredatını takip etmiyordu, alanıyla ilgili bol bol okuyor ve araştırıyordu.

İkinci olarak dünyayı gezmesi de çok faydalı olur. Lisedeki coğrafya öğretmenim Tarık İnözü, yıllar boyunca bana sık sık dünyanın farklı ülkelerinden kartpostal gönderdi. Örneğin Pirenereler'deyim, etrafta bol bol şist ve granit var gibi şeyler yazardı. Seyahatlerinde kendi alanıyla ilgili konuları incelerdi.

Biz bir gün Doğan Hoca'yla[6] birlikte Paris'in en büyük kitapçısı olan Gibert Joseph'e gittik. O kitapçıda, ortada bulunan masalarda zaman zaman sergiler yapılırdı. O gün de yemek kitapları sergisi vardı. Doğan Hoca yemek kitaplarının hepsine baktı. Bana dönüp "Bak Celâl, bu kültürde birisi bir şeyi merak ediyor, onu inceliyor ve bazen ömrünü ona adıyor. Ondan sonra yeni şeyler gördüğünü veya bulduğunu farz ettiği zaman oturuyor bir kitap yazıyor. İşte bizde bu eksik," dedi. Çok haklıydı, beni çok etkilemişti bu sözleri.

Çok güzel ve gerekli. Hem kalıcılık hem de yeni tartışmalar için bir altyapı oluşturmuş oluyorlar. Kayıt altına almak bizde yok değil mi?

Yok, gözlem bile yok... Yine Doğan Hoca'yla bir gün bizim terasta oturuyorduk, boğazı izledi bir süre, sonra nereden çıktı bilmiyorum; bir toplumun yaşamında resim ve heykelin önemini anlattı. "Resim ve heykel yapmayan toplum bilim yapamaz," demişti. "Çünkü resim ve heykel yapabilmek için dış dünyayı görmek ve gözlem yapmak gerekir. Buna göre resim ve heykel üretebilirsin. Gözlem yaptığın zaman dış dünyayla ilişki kuruyorsun," diye devam etmişti.

Doğan Bey'in bu sözlerini duyunca modern sanatı neden sevmediğimi anlamıştım. Çünkü modern sanat, sadece sanatçının iç dünyasını anlatıyor ve dış dünyaya temas etmiyor. Bu sebeple ben çocukluğumdan beri bu modernist şeyleri sevmemişimdir.

Bir keresinde New York'taki Metropolitan Sanat Müzesi'ne gitmiştim; duvar boyutlarında bir tablo çeşitli renklerde, bir taraftan bir tarafa çekilmiş çizgilerden oluşuyordu. Yani sadece üç parmak kalınlığında çizgiler... Bir buçuk milyon dolara satılmış. Ben bunu görünce derhal dışarı çıktım ve müzenin

[6] Doğan Kuban, mimar ve akademisyen. Türkiye'nin ilk ve en önemli mimarlık tarihçilerinden.

kalanını gezmedim. Kısacası, modern sanat sanatçının marifetli olmasını gerektirmiyor ve bu durum beni çok kızdırıyor.

Gerçek bir olay anlatayım sana. Bir gün bir arkadaşı Picasso'nun evine gitmiş, dış kapı da açıkmış. İçeri girmiş ve salonda Picasso'nun yaptığı birçok tablo öylece açıkta duruyormuş. Arkadaşı, bunlar çok değerli tablolar diye düşünmüş ve Picasso'yu evinin kapısını açık bırakmaması konusunda uyarmış. Picasso'nun cevabı ise net olmuş: "Onları henüz imzalamadım." Yani sanatta esas olan sanatçının değeridir, sanatın değil. Bu kadar basit.

Eğitimci, uzmanlığı dışında alanlarla da ilgilenmeli midir?

İngilizce öğretmenim Jim Lovett vardı mesela, okuldaki tiyatro kulübünün de danışmanıydı. Bir gün bir kapı gıcırtısı taklidi yaptı sınıfta, aklımız durdu. İtalya'daki göçmenlerin taklitlerini yapardı ve sınıfça çok eğlenirdik. Columbia Üniversitesi'nden master'ı vardı. Henüz lise ikideyken bize aydınlanma çağı edebiyatını okuttu. Rousseau'yu ve Voltaire'i ben onun sayesinde tanıdım. Edebiyat öğretmenim Münir Aysu, Tahran'da master yapmış biriydi. Arapça ve Farsça biliyordu, bize Divan Edebiyatı'nı tüm inceliğiyle öğretmişti. Düşünebiliyor musun, aslında bir lise öğretmeniydi. Münir Bey, Robert Kolej'de meşhurdu, onun öğrencileri her zaman "Biz Münir Bey'den Türkçe dersi gördük," diye iftihar eder.

Bir de Işık Ortaokulu'nda rahmetli Yusuf Ziya Efe vardı. Benim gördüğüm en iyi matematik öğretmeniydi. Lisede hem matematik hem fizik derslerime gidiyordu. Ben mezun olduktan sonra Amerika'ya gitti ve elektronik profesörü oldu. İnanılır gibi değil, düşünebiliyor musun adamdaki kaliteyi... İşte Ziya Bey, Enstitü'de yetişmiş bir eğitmendi. İlber (Ortaylı), "Eğitim Enstitüleri çok kaliteliydi, onları kapatmakla büyük kötülük ettiler Türkiye'ye," der her zaman.

Nasıl geri getireceğiz Enstitüleri?

Ben de bilmiyorum. Bir gün Doğan Hoca'ya bir eğitim reformu yapılması gerektiğini söylemiştim. "İyi de kimle yapacaksın, öğretmen mi kaldı?" demişti. Çok haklı, temel sorun buradan kaynaklanıyor. Eğitim reformu nasıl yapılacak? Bunun için çok ciddi bir irade gerekli. Atatürk'ün yaptığını yapmak lazım. Örneğin İhsan Ketin'in ilkokul hocası Yümnü Tolga Bey, Sivas Eğitim Enstitüsü'nden Kayseri Lisesi'ne gelmiş. Yöntemini anlatmadı ama hocasının onlara eğitimle ilgili muazzam bir heyecan verdiğini söylemişti İhsan Bey.

İlginç bir anı anlatayım; 1981 yılında TÜBİTAK, İhsan Ketin'e bilim ödülü verdi. Biz de tüm öğrencileri olarak salondaydık, hoca konuşmasını yaptıktan sonra dinleyicilerin arasına geldi ve yaşlı bir adamın elini öptü. O yaşlı adam, Yümnü Bey'di. İlkokul öğretmeninin kendisine verdiği heyecanı hiç unutmamıştı İhsan Bey ve 67 yaşındayken aldığı ödüle onu da davet etmişti.

Eğitim sistemimizde gördüğünüz hatalar nelerdir?

Konu azaltarak giden ezbere dayalı bir sistem uyguluyoruz. Bu Amerikan modelidir. Ülkemizdeki bu ezbere dayalı eğitim modelinin kullanılmasının en önemli sebeplerinden birincisi, iyi eğitimcinin olmaması, ikincisini de eğitim modeli geliştirebilecek görgü ve bilgide hükümetlerin gelmemesi olarak değerlendiriyorum. Maalesef bizde olduğu gibi dünyada da son derece kötü yetişmiş insanlar başbakan ve cumhurbaşkanı oluyor. Kendilerinin altındaki bakanlıkları da onlar seçiyor. Dolayısıyla biz hep kötünün kötüsünü görüyoruz.

Bizim dışımızdaki ülkelerin eğitimde bugün bulundukları durum nasıl?

Yurtdışındaki eğitim de giderek kötüleşiyor, dünya olarak da iyi bir yere gittiğimiz söylenemez çünkü yurtdışı da eğitim konusunda büyük ölçüde Amerikan sisteminin başarılı olduğunu zannediyor. Bilhassa üniversiteler Amerikan tipi eğitim sunmaya özeniyor ama göz ardı ettikleri bir şey var; Amerika'nın üniversitelerdeki başarısı İkinci Dünya Savaşı'ndan sonradır. Bunun sebebi Almanya'dan ve Avrupa'nın geri kalan kısmından kaçan Yahudilerin, homoseksüel ve solcu hocaların Amerika'da temerküz etmesidir. Çünkü onlar oraya Almanların "Grossprojekt" dedikleri fikri götürdüler, yani devletin desteklediği büyük projeleri. İşte bu sayede Amerika iyice parladı ve üniversitelere dışarıdan büyük paralar verildi. Oysa söz konusu adamlar öldükten sonra Amerikan üniversiteleri yavaş yavaş eski hallerine döndü. Haliyle Türkiye'ye benzemeye başladılar. Mesela kadınların önüne çıkan şanslar bir erkeğinkinden çok daha fazla ve maalesef kaliteye bakılmıyor. Örneğin bu yıl, beni Amerika'da bir madalyaya aday göstermişler. Jüri üyesi bir arkadaşım arayıp madalyayı benim alacağım konusunda hiç ümitli olmadığını, bunun için cinsiyetimin yanlış olduğunu söyledi. Çünkü iki tane kadın rakibim varmış ve işin acı tarafı, onlar benim kadar iyi de değilmiş. Tek konumuz kadın olmaları! Bir de şu var; geçen yıl madalyayı bir erkeğe vermişler, artık bu sene de veremezlermiş.

Mesela Amerikan Jeoloji Derneği'nin başında bu sene bir kişi vardı. Bu kişi dört sene jeoloji okumuş ve hayatında bir daha jeoloji yapmamış. Oysa burası bilimsel bir kurum ama burada bile pozitif ayrımcılık yapılıyor. Bunu öğrendiğimde çok şaşırmıştım, ne yaptı da başkan seçildi diye. Hatta onun konseyinde yer alan bir arkadaşım vardı, ona sordum. "Çünkü siyahi bir o vardı, onu seçtik," dedi. "İyi halt ettiniz," dedim ben de.

Peki Amerikan eğitim modeli olmuyor, bir başkası olmuyor. İyi bir eğitim modeli nasıl olmalıdır?

En iyi eğitim modeli Humboldt'un modeliydi. Eğitim konusunda araştırmaların yapıldığı, bunların öğrenciye yansıdığı ve hükümet tarafından desteklendiği bir sistemdi. Bu sistemin altında "Gymnasium" olarak adlandırılan liseler vardı. Bu liseler de kendi içlerinde ayrışıyorlardı, en altta meslek liseleri vardı. Meslek lisesinde eğitim aldıysan üniversiteye gidemiyordun. Dolayısıyla senin ve ailenin bu konuda mümkün olduğu kadar erken karar vermesi gerekiyordu. Sonra klasik liseler vardı, orada klasikçiler yetişiyordu. Yunanca ve Latince öğreniyor, oradan da üniversiteye gidebiliyorlardı. Gymnasium ise en yukarıdaki liseydi; oradan mezun olduğun zaman istediğin üniversiteye girebiliyordun. Mesela Almanya'da şu an bu uygulamayı kaldırmaya çalışıyorlar. Burada da pozitif ayrımcılıktan söz ediliyor ve "İyi okumuş ve zeki insanlara niye ayrıcalık yapalım?" gibi aptalca bir soru soruluyor ama işte bu da Amerika'dan miras alınıyor.

Humboldt modelini şu an dünyada uygulayan ülke kalmadı mı artık?

Koskoca dünyada bir tek Rusya var. Çin'de olmasını beklersin ama Çin'in o kadar kötü bir kültürü var ki o da işte tamamen otoriteye ve itaate dayanıyor.

Ülkemizde doğru eğitim veren üniversiteler kurmak için hangi adımlar uygulanmalıdır?

Köprülü[7], 1946'da *Vatan* gazetesinde üniversitelerin bağımsızlığı üzerine dört mektup yayımlamış. "Dünyaya kendini ispat etmiş adamları getireceksin. Onları kürsülerin başına koyacaksın ve yozlaşmaya izin vermeyeceksin. Politikanın etkisi olmayacak," yazmış ama politika konusunda Atatürk'le anlaşamamışlar. Atatürk, "Biz Cumhuriyet'i yeni kurduk, Cumhuriyet'e sadık adam lazım," demiş. Köprülü de "Bu bilimi ilgilendirmez. Sağlam bilim insanı bulacaksın," demiş. Tabii

[7] Ord. Prof. Mehmet Fuat Köprülü, Türk edebiyatçı, Türkolog, edebiyat tarihçisi, siyasetçi ve eski dışişleri bakanı.

sonunda Köprülü haklı çıktı. Bugün de bunu yapmalıyız ve bunu yaptıktan sonra da o adamlara çalışabilecek imkânı vermeliyiz. Bunların başında da iki önemli öge geliyor: Kütüphane ve laboratuvar. Bunları kurabilecek para temin edilmeli, çok iyi bir kütüphane ve laboratuvar olmalıdır. Ondan sonra buraya kabul şartlarını eski Teknik Üniversite kabul şartlarına benzetmeliyiz. İmtihanla alınmalı eğitimciler ama bu imtihan test usulü olmamalıdır. Kişi en başından problem çözmeyi bilmelidir. İşte bunları sağlayabildiğin takdirde işe yarar bir üniversite yaratma imkânı ortaya çıkar.

Atatürk'ün İstanbul Üniversitesi'nde eğitim vermesi için Einstein'ı da davet ettiği söyleniyor, doğru mu?

Hayır, bu doğru değil. Einstein, İnönü'ye işsiz olan pek çok arkadaşına iş bulma imkânı olup olmadığını sormak için bir mektup yazıyor ama Einstein'ın gelmek gibi bir derdi ya da niyeti yoktu. Einstein rahat çalışabileceği bir ortam arıyordu, Amerika'da bile bulamadı.

Peki, Türkiye'nin nüfusa oranla yaklaşık kaç tane üniversiteye ihtiyacı vardır?

Tabii onun kararını vermek zor çünkü öncelikle üniversiteden ne beklediğimizi saptamamız gerekir. Üniversiteden Amerika gibi meslek belgesi vermesini bekliyorsak iki yüz tane üniversite açılabilir. Tabii bunlar üniversite değil, meslek okulu olur. Ama iyi bir üniversite istiyorsak, Türkiye'ye üç dört tane yeterlidir. Tabii neyin nereye uygun olacağına doğru karar vermekte fayda var. Mesela Ankara'ya bir tabiat tarihi müzesi yapmak istemişlerdi. "Kesinlikle yapmayın!" dedim. Çünkü Ankara'nın hinterlandı[8] bunu beslemeye müsait değil. Böyle bir müze ancak İstanbul'da rahat yaşayabilir. Ayrıca bir

[8] Hinterlant, "Arkasındaki toprak parçası anlamına gelen Almanca bir sözcüktür.

müzenin aynı zamanda araştırma kurumu olması gerekir. İşte üniversiteler için de durum aynıdır. Yani çok kaliteli çocuklar yetiştirmek istiyorsak, çocuk Ankara'da nereye gidecek? Ne görecek? Oysa İstanbul'da çocuk gezerek her şeyi keşfedebilir.

Meşhur bir hikâye vardır bilirsin: Atatürk, para kazansın diye Yahya Kemal'i mebus yapmış. Tabii bunun için Ankara'ya toplantılara gidip geliyormuş. Atatürk bir gün "Üstad, Ankara'nın en çok neresi hoşunuza gidiyor?" diye sormuş. Yahya Kemal de "Garı paşam, İstanbul'a dönüşü..." demiş.

Buna ben de katılıyorum. Gördüğüm kadarıyla siz bir konuda uzmanlaşmayı tercih ediyorsunuz. Bir insan birden fazla alanda eş zamanlı olarak başarılı olabilir mi sizce?

Olur niye olmasın, Goethe ve Humboldt gibi örnekler de var. Onlar çok çeşitli alanlarda başarılı olmuşlardır. Goethe'nin morfolojiyle ilgili çok ilginç bir yayını vardır, mesela çene üst kemiğini Goethe keşfetmiştir. Dolayısıyla insan ve bitki anatomisine çok önemli katkıları vardır, *Urpflanze*[9] terimini icat etmiştir. Jeolojiyle de uğraşmıştır ama jeoloji de diğer alanlar kadar başarılı değildir çünkü Werner'i[10] takip etmiştir. Bitki morfolojisindeki katkıları ise oldukça önemlidir.

Humboldt ise tarih, fiziki coğrafya ve jeoloji alanlarında önemli eserler vermiştir. Darwin de bir jeolog olarak başlar ama kariyerini biyolog olarak tamamlar. Lavoisier[11] de jeolog olarak başlar. Jeolojideki fasiyes[12] kavramını icat eden kişidir. Oysa herkes Lavoisier'i, oksijeni keşfeden kişi olarak tanır. Önemli bir buluştur ama Fransız İhtilali'nin ne kadar zararlı

[9] *Urpflanze*, ilk kez Wolfgang von Goethe tarafından 1787 yılında kullanılan terim. Kendi başına çiçekli bitki türünü somutlaştıran ve tüm bitki formlarının ortaya çıktığını hayal etmek anlamında kullanılır.

[10] Abraham Gottlob Werner, 1749 - 1817, Dünya'nın kabuğunun evrimi hakkında erken ve hatalı bir teori ortaya koyan Alman jeolog.

[11] Antoine-Laurent de Lavoisier, Fransız kimyacı.

[12] Fasiyes, belirgin bir yer sürecini ve depolanma ortamını yansıtan çökel paketlerinin özelliklerinin ismi.

bir şey olduğunu örnek vermek için şunu söyleyeyim: Öyle bir adamın kafasını kestiler. Hem de hiçbir suçu yokken... Lavoisier gibi bir adamın kafasını kesmeyi düşünebiliyor musun? İşte ayak takımına otorite verirsen bu hale geliyor.

Birden fazla alanda başarılı olabilmek için kişinin uygulaması gereken bir yöntem var mıdır?

Sadece merak! Her yerde yöntem aynı; merak ettiğin bir şey çıkıyor karşına, onu incelemeye başlıyorsun, o seni başka yerlere götürüyor ve orada kendi kendine hipotezler üretmeye başlıyorsun. Aslında bunun da başında tutku gelir. Çünkü tutku, merak duygusunu tetikler ve merak da zaten başarıyı getirir.

Siz jeolojiye müthiş bir tutku besliyorsunuz. Hint Okyanusu'nda deprem olmuştu ve siz bir televizyon kanalında "Çok güzel bir deprem oldu!" demiştiniz.

Hakikaten öyleydi ama güzeldi, muhteşemdi hatta. Adapazarı depremi için de yakışıklı demiştim de bana kızmışlardı. Ama bence bu şekilde tanımlanması gerekir, nihayetinde bu konu benim çalışma alanım.

Peki, sizde olduğu gibi diyelim ki tutkumuzu elimizde olmayan sebeplerle hayata geçiremedik, ikinci tutkumuzu nasıl yaratabiliriz?

Açıkçası benim iki tutkum da biraz kendi kendine gelişti. Ben ilk önce jeolojiye merak salmıştım. Tabii beni beş yaşında, -jeoloji tutkumu keşfimden de önce- filoya maskot yaptıklarında Hava Kuvvetleri'nin de tutkum olduğunun farkında değildim. Fakat sırtındaki üniforma, filoda gördüğün muamele, hele uçmak... Bunlar, bende ömrüm boyunca unutamayacağım izler bıraktı.

Farklı disiplinler de birbirini destekliyor aslında değil mi? Çok disiplinli bir jeolog olmanızın arkasında Hava Kuvvetleri'nde aldığınız disiplinin de katkısı var mı?

Verilen bir iş zamanında bitirilmezse beş para etmez.

Şunu her zaman samimiyetle söylüyorum ve hep söyleyeceğim: Benim jeolojide beş paralık bir başarım varsa, Hava Kuvvetleri'nde aldığım çalışma disiplini ve takım çalışması sayesindedir. Çünkü Hava Kuvvetleri bana müthiş bir çalışma disiplini kazandırdı ve şunu öğretti: Verilen bir iş zamanında bitirilmezse beş para etmez. Hava Kuvvetleri'nde ilk öğretilen şey, bir emrin zamanında yerine getirilmesidir. Mesela orada düzenli voleybol oynuyordum ki hayatta spor yapmam, orada emirle yapıyorsun tabii, istersen yapma. Tabii aynı zamanda hissederek de yapıyorsun.

Ayrıca absürt bir şey söyleyeyim, selam vermemişsen Hava Kuvvetleri'nde görmemek mazeret değildir. Bu durum seni her zaman dikkatli olmaya zorlar. Bu da beni korkunç dikkatli biri haline getirdi. Özellikle "korkunç" diye niteliyorum çünkü gerçekten insan kendisini, kimsenin dikkat etmediği şeyleri yakalarken buluyor. Bu dikkat de doğal olarak bana, kendi alanımda başarı getirdi. Sonra tayyare o kadar nazik bir alettir ki insan özenli davranmayı öğrenir, buna da dikkat etmenin bir başka boyutu diyebiliriz. Çünkü tayyareler dünyanın en emniyetli aletleridir ama bir şartla, bakımına gereken özeni gösterirsen ve adam gibi kullanırsan.

Hafızanız da çok güçlü, bunu neye dayandırıyorsunuz?

Öncelikle benim hafızam çocukluğumdan beri hep böyleydi ve azalmadı. Hani yaşlandıkça hafıza gider derler ya bende öyle bir şey olmadı. Tabii bu asperger olmanın bir etkisi; hafızam güçlü, muazzam bir konsantrasyonum var ama empatim yok. Bütün bunların asperger olmaktan kaynaklandığını söylüyor uzmanlar. Bunun yanında ben tabii sık sık aynı konularla uğraştığım için hafızam sürekli tazelenir.

Bir de mesela ben fikirleri, kavramları ve nesneleri; başka fikir, kavram ve nesnelerle ilişkilendirerek hatırlarım. Bunun çok faydası olur, güzel bir yöntemdir, önerebilirim. Mesela isimleri genellikle öyle hatırlarım; şunun adı aslında şunun da adıydı diyerek kodlarım ve unutmam. Bazen çok alakasız şeyleri de hatırlarım ve Oya hayret eder, "Sen niye hatırlıyorsun bunları!" der.

Hafıza ve çalışma metotları konusunda neler önerirsiniz?

Bir şeyi hatırlamak istiyorsan birkaç kere okumanın faydalı olacağını söyleyebilirim. Kendim ihtiyaç duymadığım için başka şeyler tecrübe edemedim. Bir de biliyorsun, iki türlü hafıza vardır: görsel ve işitsel hafıza. Mesela görsel hafızan güçlüyse yazarak çalışmayı deneyebilirsin.

CELÂL ŞENGÖR'ÜN MOTİVASYON ÖNERİLERİ

1- "Ah! Vah!" etmeyi bırakın, işinizin başına geçin.

2- Bir kere bakmak yetmez, aynı konunun defalarca üzerinden geçin.

3- Tutkunu olmadığınız bir işi meslek edinmeyin.

4- Yaptıklarınızı mutlaka kayıt altına alın.

5- Yazarak çalışmak en akıllıca yöntemdir, bunu uygulayın.

6- Ne iş yaparsanız yapın, kitap okumanın değerini görmemezlikten gelmeyin.

7- Şans hazırlıklı zihinleri tercih eder. Başkalarının ne kadar şanslı insanlar olduklarını düşünmeyi bırakıp kendi şansınızı yaratmak için zihninizi hazırlayın.

8- Bazen tembellik etmek, durup dinlemek ve doğanın size verdiklerini izlemek hakkınızdır. Ancak rehavete kapılıp ipin ucunu kaçırmayın ve çalışmaktan kaçmayın.

9- Hafızanızı güçlendirmek için beyninizi çekmeceli dolap gibi kullanın ve her bilgiyi ilgili alana yerleştirin. Beyninize bir torba gibi davranmayın.

10- Her insanın çalışma düzeni kendine özgüdür. İşinize yarayan ve sizi başarıya ulaştıracak olan neyse "kendi yöntemleriniz" olarak geliştirin.

BÖLÜM III

ŞENGÖR OLMANIN DEĞERİ

"İstasyonda tren gelince herkes vagonları karşılar, kimse lokomotifi karşılamaz."

Ailenizi daha yakından tanıyabilir miyiz?

Benim ailem Rumelilidir. Dedem, yani babamın babası Kosova Prizrenlidir. Babaannem Makedonya Pirlepelidir. Annemin babası Yanyalıdır. Anneannem Prevezelidir. Anneannemin önemli akrabaları vardır. Mesela Kazım Taşkent, anneannemin kuzeniydi. Herkes ağabey dediği için ben de ağabey diye hitap ederdim. Kazım Ağabey bizim eve sık sık gelirdi. Biliyorsun Yapı Kredi Yayınları'nın kurucusudur kendisi, bana her yıl başında kutu kutu Doğan Kardeş kitapları getirirdi.

Mesela Esat Paşa, -Atatürk'ün Çanakkale'deki komutanı- anneannemin kuzenidir. Vehip Paşa onun kardeşidir. Böyle ilginç ilişkileri olan bir ailedir benim ailem. Ben bir tek Kazım Ağabey'e yetişebildim.

Ben çok dilli bir ailede büyüdüm. Örneğin Semih Dayım, yedi dil konuşurdu. Melih Dayım sadece Almanca ve İngilizce biliyor zannederdim, bir keresinde fabrikadaki odasında onu bir adamla samimi bir tavırla Rumca sohbet ederken görmüş ve çok şaşırmıştım. "Celocuğum, anacığımın dili be!" demişti. Tabii böyle bir ailede büyüyünce lisan öğrenmiş olmak marifet olmuyor, mecbur öğreniyorsun.

Semih Dayımın bir sözü vardır, çok severim. Bir keresinde ona "Dayday, bu aileyi zengin eden sensin. Ama bu ailede sana yeteri kadar saygı gösterilmiyor gibi geliyor bana," dedim. Henüz ortaokuldaydım. Dedemden kalan Antalya Ambarı kötü bir duruma düştüğünde oradan çıkaran ve aileyi tekrar zengin eden adam Semih Dayımdı. "Celocuğum, istasyonda tren gelince herkes vagonları karşılar, kimse lokomotifi karşılamaz," demişti.

Ben ortaokuldan sonra hem Ankara Fen Lisesi'ni hem de Robert Kolej'i kazanmıştım. Hangisine gideceğime karar veremiyordum. Aile apartmanında oturuyorduk, aşağı inip dayımla konuşmaya karar verdim çünkü aklına en çok güvendiğim oydu. "Celocuğum, sen matematiği, fiziği nasılsa öğrenirsin ama lisan küçük yaşta öğrenilir ve bugün İngilizce konuşmayan kişi, adam değildir. Onun için Robert Kolej'e gitmelisin," dedi. Ondan bu fikri almam çok iyi oldu.

Semih Bey'in sizdeki yeri ayrı sanırım...

Çünkü Semih Dayım gerçekten müthiş başarılı biriydi. Arkadaşları arasında Frank Sinatra ve Richard Nixon gibi isimler vardı. Yani sosyal yaşamında da başarılıydı. İstersem Amerika'dayken Frank Sinatra'yı görebilmem için bana da onun adresini vermişti. Fakat babam, "Sakın bulaşma, bu adam mafyadır!" dedi ve ben de büyük bir hata edip babamı dinledim. Babalar her zaman doğruyu söylemiyor tabii. Richard Nixon, Pepsi'nin avukatıydı ve bizim Pepsi'yi almamızın sebeplerinden biri olduğu söylenirdi. Sonradan Amerika Birleşik Devletleri Başkanı oldu.

Semih Dayım inanılmaz marifetli bir adamdı. Liseden mezun olduktan sonra New York'a üniversiteye göndermişler ama o uğramamış bile. Kendisine geniş bir çevre edinmeyi tercih etmiş. Türkiye'ye döndükten sonra da "Baba, bu Antalya Ambarı'nın istikbali pek parlak değil, biz konserve işine girelim," demiş. Tabii o zaman için bu çok saçma bir fikir olarak gelmiş dedeme ve "Sen manyak mısın oğlum? Bu memlekette her şeyin tazesi bol bol varken kim konserve yer?" demiş. Fakat dayım vazgeçmemiş, babasına bugünü bırakıp ileriye bakmasını ve ileride kadınlar da çalışacağı için hazır yemeğin çok önemli olacağını söylemiş ve işte böylece 1955'te Tamek'i kurmuş. Birkaç yıl sonra Türkiye'de meşrubat endüstrisinin olmadığını tespit etmiş, zira mahalle gazozundan başka bir şey yokmuş. İşte buradan yola çıkarak da 1960 yılında Fruko'yu kurmuş.

Semih Dayım enteresan da biriydi, mesela bir gün Mısır Başkonsolosu evimize misafir gelmişti ve ona pişti oyununun sosyolojisini anlatmıştı. "Pişti oyununu İstanbul'da en iyi aşçılar oynar çünkü aşçı öğle yemeğini verir, ondan sonra akşama kadar yapacak bir şeyi olmadığı için kahvehaneye gider ve kahvehanede pişti oynanır. Onun için aşçılar, piştiyi en iyi bilen adamlardır," diye açıkladı. Bütün kahvehane kültürünü anlattı gözümüzün önünde. Tabii dayım insanları ve alışkanlıklarını bilen bir adam olduğu için Pepsi'yi, Fruko'yu ve Tamek'i pazarlamayı da iyi biliyordu.

Mesela bunların yanında Semih Dayım çok güzel konuşurdu. Annem hep benim de ona benzediğimi söylerdi. Bayiler toplantısı yapılırdı örneğin, dayım konuşurken ağzının içine bakarlardı. Bir gün bizim fabrikada grev olmuştu, babam ile Melih Dayım gidemediler. Semih Dayım gitti ve grevi bitirdi çünkü işçiler onu seviyordu.

Okula beraber gittiğimiz günlerde onu gözlemliyordum, kapısını tutan işçinin elini sıkardı ve halini hatırını sorardı. Santralda Nevin isminde telefon santralına bakan bir kız vardı, geçerken onunla şakalaşırdı. Yukarı çıktığında hademeler koridora dizilirdi ve her birinin tek tek elini sıkardı. İnsan önce yakın çevresini tanıyınca toplumu da tanımaya başlıyor, ben bunları hep Semih Dayımdan gördüm. İşçilerle ilişkisi,

Bursa ve İstanbul'daki fabrikalarla ilişkisi çok özeldi. Bayileri ziyaret etmezdi örneğin, bayiler ona gelirdi. Bir de dayım sorun çözen bir adamdı, bir derdiniz varsa onu mutlaka hallederdi. Tanımadığı kimse yoktu, örneğin bizim yönetim kurulunda bir bakarsın İstanbul başsavcısı gelmiş! Birçok kilit görevlerdeki kişileri tanırdı, örneğin İstanbul Emniyet Müdürü Şükrü Balcı ziyaretine gelirdi. Bu tür pozisyonlardaki kişilerle çok samimiydi dayım, hayat üniversitesini dolu dolu okumuş diyebiliriz. Bana da çok şey öğretti. Mesela lisedeyken kendime pipo almaya karar verdim ve babamla Londra'ya gittik. Dayım dedi ki Dunhill'e git, orada benim sipariş ettiğim ağızlıklar var, onları da getir. Dayımınkiler normal Dunhill ağızlıklarından daha kısaydı, kendine özel yaptırıyordu. Gittim, "Semih Sipahioğlu'nun yeğeniyim," dedim, mağaza müdürü elinde bir kutuyla geldi ve dayımın pipo ağızlıklarını gösterdi. Sonra da benim için birkaç pipo seçtik ama hemen içmemem ve nasıl içeceğimi Semih Dayıma sormam konusunda beni uyardı. Ben de onu dinledim, pipo içmenin bir yöntemi olduğunu bilmiyordum. İstanbul'a geldiğimde dayıma durumu anlattım. Dunhill'in pipolarından birini aldı, "Mutfağa git, bana çilek reçeli getir," dedi. Getirdiğim reçele parmağını daldırdı, piponun içini bir güzel sıvazladı. "Bak bu gül ağacı, hemen içersen ağacı yakarsın. Bu şekilde içtiğin zaman şeker bir karbon filtre oluşturur ve pipoyu korur," dedi. Çok şaşırmıştım. İşte böyle, ondan belki kitaplarda arasam bulamayacağım şeyleri öğreniyordum.

Hocam, şirketten söz etmişken sizin ailenizin zenginliği ne zamana dayanıyor?

Bizim ailenin zengin olmasına vesile olan kişi Kazım Taşkent'tir. Ailemin ilk kurduğu şirket, 1921'de Antalya Ambarı olmuş. Dedem Mehmet Bey, Yanya'dan geldikten sonra hemen Hava Kuvvetleri'nde askere alınmış, tabii savaş kaybedilince de terhis edilmiş. Haliyle beş kuruşu yokmuş. Kız kardeşinden iki altın ve eniştesinden de bir altın köstek alarak, İstanbul'da mektup taşıdığı, -iki eşek bir katır diye ifade edebileceğimiz- bir nakliyecilik işi kurmuş. Daha sonra şirket büyüyünce de kendi geldikleri yerlerin isimlerini kullanmaları mümkün olmadığından, ilk ciddi müşterisi Antalyalı olunca şirkete Antalya Ambarı adını vermiş. Tabii bir de Atatürk'ün arzusu Anadolu'yu kalkındırmak olduğu için Anadolu'dan isim seçmek de önemliymiş. Yolculukları böyle başlamış ama dedem asıl şeker fabrikalarının kuruluşu esnasında parlamış. Çünkü o zaman şeker fabrikaları umum müdürü Kazım Taşkent'miş. Bir toplantı sırasında Atatürk, özel bir nakliye şirketine ihtiyaçları olduğundan söz etmiş. Fakat Türkiye'de böyle bir sermayeye sahip kimse de olmadığından Atatürk buldukları bir kişiye kredi verebileceklerini ancak bu kişinin Cumhuriyet'e sadık kalıp ideallerine saygı duyan ve kendi içlerinden birisi olması gerektiğini söylemiş. Kazım Ağabey de hemen "Paşam, ben böyle birisini tanıyorum," deyip dedemi anlatmaya başlamış. Atatürk birden sözünü kesmiş, "Sarı saçlı bir oğlan vardı, o mu?" diye sormuş. Dedem, "Kazım Ağabey anlattığında inanamadım çünkü Atatürk beni daha önce sadece birkaç saniye gördü," diye anlatıyordu şaşkınlığını.

Bunun öncesinde dedemler Kurtuluş Savaşı sırasında İstanbul'da silah kaçırıyorlarmış. Savaş bittikten sonra bir grubu, Atatürk tanısın diye Ankara'ya götürmüşler. Bu kişiler meclis binasının önüne dizildiğinde dedem Mehmet Nuri Sipahioğlu da aralarındaymış. Paşa geldiği zaman "isim memleket" şeklinde kendilerini tanıtmaları istenmiş. Sıra dedeme geldiğinde "Mehmet Nuri, Yanya Paşam!" demiş. Atatürk de bunun üzerine yaklaşıp dedemin yanağını okşayarak "Sen de benim gibi Rumelilisin," demiş. İşte Atatürk, şu kadarcık bir andan dedemi hatırlamış. Sonuç olarak Atatürk krediye onay vermiş ve süreç başlatılmış. Dedem eve geldiği ilk gün, anneannem Kudret'e "Kudrucuğum kurtulduk!" demiş.

Şeker fabrikalarının makineleri getirilmiş ve şirket kurulmuş. Sonra da dedeciğim bir seyahat acentesi olan ANTAŞ'ı kurmuş. Derken de adım adım büyümüşler, dedem işlerini büyütürken de Atatürk'ü kaybetmişiz. Atatürk'ün ölmesi tabii bizim ailede inanılmaz bir acıya sebep olmuş. Babam anlatırdı; dedem almış babamı ve katafalkın önünde yürütmüş çünkü Paşa'ya saygı göstermek gerekiyormuş. Mesela İnönü öldüğünde ben Almanya'daydım ve babam beni iki günlüğüne de olsa getirtti. Ankara'nın aralık soğuğu içimize işlerken babamla beraber katafalkın önünde yürümüştük.

Babanız nasıl biriydi?

Müthiş zeki bir adamdı. İyi kâğıt oynardı ve iyi zar tutardı. Canı sıkıldığı zaman oturur, matematik teoremi ispat ederdi. Ben babamın kitap okuduğunu nadiren gördüm. Okuduğu kitaplar da Şevket Süreyya Aydemir'in *Tek Adam*'ı, *İkinci Adam*'ı, *Enver Paşa*'sı ve *Menderes'in Dramı* kitaplarıdır. Bir de *Karaoğlan*'ı okurdu, başka bir şey okuyor muydu bilmiyorum. *Karaoğlan* o yıllarda *Akşam* gazetesinde tefrika edilirdi, babam onu kaçırmazdı. Birçok gazeteyi okurdu. Oktay Ekşi'yle ahbaplığına şahit oldum. Bir gün amcamın halı dükkânında amcam, Oktay Ekşi ve babam bir araya geldiler. Üçü de Cumhuriyet Halk Partili ve Baykal'a demediklerini bırakmadılar. Yemek bitti ve ben Oktay Bey'i tekrar gazeteye götüreceğim, beraber yürüyoruz Bayezid'de. "Oktay Bey, benim bildiğim kadarıyla siz üçünüz de Halk Partilisiniz ama partiye demediğinizi bırakmadınız," dedim. "Aaa, o gelenektir," demişti.

Siz jeoloji okumaya karar verdiğinizde babanız en büyük destekçilerinizden biri olmuş; üniversiteler ve fikirler sunmuş size. Muhtemelen aileniz bu şartlara sahip olmasaydı, jeoloji yerine inşaat mühendisi ya da doktor ol diyeceklerdi. Bu konuda ne düşünüyorsunuz?

Benim ailemin diğer üyeleri de böyle söylediler zaten. Mesela Melih Dayım, "Aç kalırsın! Deli misin, ne lüzum var? İktisat oku, işletme oku. Hazır muazzam bir aile işi var, gel çalış," demişti. Ben de "Benim yapabileceğim bir iş değil bu," diyerek hoşlanmadığım bir şeyi yapmayacağımı dile getirmiştim. Çünkü ben jeolojiyle ilgilenmek ve profesör olmak istiyordum. Uzun uzun alay edildi benimle. Fakat yıllar sonra Melih Dayım, *Hürriyet* gazetesine verdiği bir röportajda "Celâl hepimizden akıllı çıktı," demiş.

Babam beni, tutkumu anlayarak mı destekledi yoksa oğlum karar verdiyse destekleyeyim mi dedi bilmiyorum. Fakat daha sonraki meslek yaşamımda babam hep, "Celâl'in başarısının sırrı yaptığı işi çok seviyor olmasıdır," dedi. Bu yönümü her zaman takdir etti. Babamın aslında jeolojiye dair hiçbir bilgisi yoktu ama o da annem de "Celâl ne yaparsa en iyisini yapar ve başarılı olur," diyorlardı. Bu destek bana muazzam bir özgüven verdi.

Ailenizin size karşı tutumu nasıldı?

Serbest bir aileydi. Tek bir tabu vardı ailede ve bu çok önemliydi: Atatürk'e ve İnönü'ye laf söylemeyeceksin. Söylediğin an evden kovulurdun. Bu da irrasyonel bir şeydi. Babamdan tut, dedelerime kadar Atatürk dedin mi, akan sular duruyordu. "Atatürk en büyüktür, Atatürk hata yapmaz, Atatürk insanüstü bir varlıktır. Her şeyimizi ona borçluyuz," gibi sözler edilirdi evde. Dolayısıyla Atatürk hakkında iyi lafın dışında laf söyleyemezdin. Hafif iyi laf bile geçerli değildi, bol iyi laf etmeliydin.

Dedem, yani annemin babası, Atatürk'ün partisinde Yeşilköy başkanıydı. İsmet İnönü'yle de tanışıyorlardı. İnönü, Florya'ya geldiği zamanlar bizim eve çaya gelirmiş. Havaalanı hemen evin yanında, tabii dedemin oradaki havacılarla ilişkisi de kuvvetliymiş. Ayrıca dedem Oskar Schindler gibi bir adamdır. Oğlumun tespitine göre İkinci Dünya Savaşı'nda

Romanya ve Bulgaristan'daki dokuz binden fazla Yahudiyi kurtarmış.

Nasıl tespit etmiş oğlunuz bunu?

Oğlum Kudüs'e gitmişti, orada Yahudi bir yardım teşkilatı varmış. Orada görmüş, "Dedenle ilgili kutu kutu belge var," demişti. Dedem; Yahudileri Romanya ve Bulgaristan'dan Türkiye'ye, Türkiye'den de Filistin'e götürmüş. Tabii o zaman Antalya Ambarı, Türkiye'nin en büyük nakliye şirketiymiş. Dedemin Almanlarla da oradaki büyük nakliye şirketleriyle de ilişkisi varmış. Mesela dedemin bir sekreteri vardı Tekin Bey, Yahudi'ydi. Hahambaşıyla da anladığımız kadarıyla yakın bir ilişkisi vardı.

Dedeniz gayriresmi bir şekilde destekliyor Yahudilerin kurtarılmasını...

Tabii tabii, gayriresmi şekilde destekliyor ama mühim olan bu insanların canını kurtarmak. Yani Yahudi diye, bir insanın elinde olmayan nedenlerle katledilmesini bizim milletimiz kolay kolay kabul edemez.

Büyük Atatürk sevgisinin altında da bu yaşananlar var sanıyorum.

Babamın ailesi Birinci Dünya Savaşı, annemin babası Balkan Savaşı, annemin annesi de Kurtuluş Savaşı'ndan sonra gelenlerden olduğu için hepsi, "Biz vatanımızı kaybettik. Atatürk bize bir vatan hediye etti. Bu vatana en iyi şekilde sahip çıkmak görevimizdir," diye düşünüyordu. Büyük Atatürk sevgisinin altında bu yatıyor. Hatırlıyorum, babamın babasının yanında Prizren'in adı anıldığında ağlamadan duramazdı. Annemin babasının yanında da Yanya dendi mi gözünden yaşlar boşalırdı.

Şoförüm Cevdet, 1979 yılında Şumnu'dan gelmiş. Cevdet her zaman "Siz o acıyı bilemezsiniz!" der. Korkunç bir şey tabii, vatanını bir daha dönememek pahasına kaybediyorsun. Hatta biz şimdi düşünmeye başladık, "Acaba Almanya'ya mı taşınsak?" diye. Oğlum Asım, "Her yüzyılda bir ülke değiştirmek bizim ailenin kaderi midir?" diye soruyor.

Asım gitmek istiyor mu?

İstemiyor. Gerçi kendimi hazırladım da diyor ama... Asım çok vatanperver bir adam. Biraz Mehmet Dedeme benziyor. Bir de tabii Hava Kuvvetleri'ndeki arkadaşlarının ve oradaki komutanların Asım üzerinde çok büyük etkileri var. Hani bir ergenlik dönemi vardır; çocuklar saç uzatır ve anne babaya karşı gelir, biz oğlumuzda hiçbir zaman böyle bir şey yaşamadık. Çünkü Asım'ın gözünde biz onun asker arkadaşıydık. Büyük otoriteler, yani karşı gelinmesi icap edecek biri varsa onlar da komutanlardı.

Ailemi anlatırken atlamamam gereken biri daha var, Baha Bey Amcam: Mustafa Bahaeddin Gürfırat. Baha Bey Amca benim hayatımda çok önemli bir adamdı, dedemin en yakın arkadaşıydı ve öğrenme konusunda çok meraklı birisiydi. Onun çocukluğunda babasının bir ayakkabıcı dükkânı varmış ve babası orada ticarete atılmasını istiyormuş. Üniversiteye gidememiş bu yüzden ama liseyi bitirmiş. Ondan sonra da devlet hizmetine girmiş ve müdürlük yapmış. Rahmetli eşi Saniye Teyze anlatmıştı, savaş zamanı her şeyin karneyle verildiği günlerde Saniye Teyze pazen almaya gitmiş. Orada yaşlı bir kadının iki tane pazen almak için yalvardığını görünce dayanamamış. Müdürün karısı kimliğini kullanarak oradaki görevliden kadına iki pazen vermesini istemiş. Adamcağız da Saniye Teyze'nin dediğini yapmış. Akşam Baha Bey Amca eve geldiğinde "Haddin olmayan bir iş yaptın. Devlet bir şeyi bilerek birer tane veriyor. Madem sen kadına iki tane aldırdın, kendininkini geri gönderirsin," diyerek Saniye Teyze'den elindeki pazeni iade etmesini istemiş. Devlet işinde böyle özenli bir adamdı.

Edremit'te Nahiye Müdürlüğü yaptığı dönemde Atatürk'ün geleceği haberi gelmiş, tabii hemen hazırlıklar yapılmaya başlamış. O sırada Baha Bey Amca bir imamın kravatının olmadığını fark etmiş ve kendisinden kravatını takmasını rica etmiş. Atatürk'ün kızdığı bilgisini eklese de imam, "Ben din adamıyım," diyerek kravat takmayı reddetmiş. Baha Bey Amca birkaç kez daha uyarıda bulunduktan sonra kendisine bir tabure getirmelerini istemiş. Ufak tefek bir adam olan Baha Bey Amca, taburenin üzerine çıkmış ve imamla göz göze gelince tokadı patlatmış. Tabii mahkemelik olmuşlar ve Baha Bey Amca, Yeşilköy'e sürgün edilmiş.

Dedeniz ve Baha Bey, bu sürgün sonrası Yeşilköy'de mi tanışmış?

Evet, bizimkiler o dönem Yeşilköy'de yaşıyor. Halk Partili yöneticiler dedeme, "Mehmet, böyle bir adam geliyor, aman kolla. Çok kıymetli bir adamdır," diye haber vermiş.

Baha Bey Amca, aynı zamanda müthiş de bir entelektüeldi. Sonradan tarihçilik yaptı, Abdülhamit uzmanı olarak bilinirdi. Bize her geldiğinde benimle muhakkak bir iki saat geçirirdi. Bol bol sohbet ederdik. Mesela ben, Timur-Bayezid Muharebesi'ni sordum ona ve detaylıca anlattı. Abdülhamit'i, Atatürk'ü ve Kurtuluş Savaşı'nı anlattı, merak ettiğim her şeyi ona sorabiliyordum. Mesela ben Hitler hakkında bir sürü şey okumuştum, oysa dedem adını duymaya tahammül edemiyordu. Bunun sebebini Baha Bey Amca'ya sorduğumda "Bak Celâl, senin deden zengin bir adam. Bu adamlar belli bir sınıfı oluşturuyorlar. Hitler işçileri teşkilatlandırıyordu, dolayısıyla Hitler tipindeki adamlar dedene sempatik gelmez," diye açıklamıştı.

Bugün siz ne düşünüyorsunuz Hitler hakkında?

Baha Bey Amca'nın dediği gibi sonradan sapıtmasaydı, Hitler çok iyi işler de yaptı. Dâhi olduğu açık ama işte Hitler'in eksikliği de görgüsü ve tahsilidir. Atatürk'ü ayrı kılan hem görgü ve tahsili hem de zekâsının çok daha fazla olmasıdır. Atatürk'ün donanımlı bir subay eğitimi vardır. Ayrıca her cephede bulunmuş, bu sebeple milletinin her seviyeden insanını tanır.

Baha Bey Amcamla sohbet ettiğimiz konulardan biri de din olurdu. Bizim evde her sene dedemin ağabeyi Ziya Bey için mevlit yapılırdı. Sanatçı Hakan Altun'un dedesi Zeki Altun, yani Zeki Bey Amca bizim kiracımızdı. Aynı apartmanda otururduk ve iyi dosttuk. Zeki Bey Amca bu işi organize ederdi. Meşhur hafızlar gelir *Kur'an* okur ve en sonunda da dua yapılırdı. Baha Bey Amca da ellerini açar, duaya iştirak ederdi. Bu durum bana garip geliyordu. Dayanamayıp sorduğumda da "Bak dedeciğin benim iyi dostum. O inanıyor, şimdi onun kalbini kırmanın ne mânâsı var..." demişti. Baha Bey Amca bana burada çok önemli bir ders verdi.

Çok güzel bir hoşgörü dersi gerçekten. Peki, siz ne zaman ve nasıl ateist oldunuz?

Beş yaşımdaydım. Dadım Elizabeth'in bana Alman masalları kitapları getirdiğinden söz etmiştim. Ben bayılıyordum onlara: *Bremen Mızıkacıları, Kırmızı Başlıklı Kız, Rapunzel...* Bir gün sıra *Hansel ile Gretel*'i okumaya geldi. Oradaki cadıdan benim ödüm patlamıştı. Korkmamamı, cadının gerçek olmadığını ve bunun sadece masaldan ibaret olduğunu söyleyerek beni ikna etmeye çalışıyorlardı. Demek pandispanyadan ev gerçek değil, diye düşündüm. En sonunda da cadının olmadığına ikna oldum ve konuyu kapattık. Aradan birkaç sene geçtikten sonra annem bana Allah'ı ve peygamberi anlatmaya başladı. Aklım birden çok karıştı. "Allah nerede oturuyor?" diye sordum. Annem bunun sorulmaması gerektiğini söyledi. Düşündüm, Allah bir sürü iş yapıyor ama kendisi ortada yok. Üstelik yaptığı işin izi de yok. Bir şeyler yapıyor gözüküyor ama aslında yapılanlar, ona atfediliyor. En sonunda anneme sordum:

"Allah'ın masaldaki cadıdan ne farkı var?" Annem bana o farkı anlatamadı. Dolayısıyla Allah varsa o zaman cadı da vardı. Ama cadı yoksa o zaman Allah da yoktu.

Çok erken bir yaş hocam.

Tabii, çok. Ama aklım almıyordu. Bir taraftan cadının olmadığını söylerken bir taraftan da cennet ve cehennemden söz edemezdik. Bunun pandispanyalı evden ne farkı vardı? Tabii sonra okumaya başlayınca da fikrim şekillendi. Ben hiç inançlı biri olmadım. Mesela bizim evde Diyanet İşleri'nin çevirdiği üç cilt şahane bir *Kur'an* vardı. Babam çok beğeniyordu onu. Bir yandan babama da inanamıyordum, çok sıkı bir matematikçiydi ama bütün bunları okuyup inanabiliyordu.

Sizce din konusu matematikle zıt mı?

Hayır, aslında bana matematikle zıt gelmiyor. Çünkü matematik çok soyut bir şeydir. Babam gerçekten çok iyi bir matematikçiydi, ihtimal teorisi ve Robert Kolej'de takıldığım integral konusu gibi birçok konuda hep ondan destek alırdım. Biz arkadaşlarla oturur saatlerce bir integral sorusunu çözemezdik ve babama giderdik. Babam oturmuş, televizyonda futbol maçı seyrediyor olurdu ve maçı bırakıp şöyle bir bakardı, "Bu mu canım?" derdi. Bir kere bile tereddüt ettiğini hatırlamıyorum. Bizim saatlerce uğraştığımız soruyu o hemen çözüverirdi. Fakat babam matematiği hobi için yapıyordu, sonuçta bir iş insanıydı ama hafta sonu oturup teorem ispat ederdi. Bir teoreme yeni bir ispat bulmak için masanın başında bütün bir gün oturduğunu bilirim. İşte bunun yanında da babam inançlı bir adamdı, *Kur'an* okumamı tavsiye ederdi. Sözünü ettiğim üç cildi oturdum, okudum. Okumak kendi düşüncemi perçinledi ama babam her zaman oradaki ahlaki öğretilere bakmam gerektiğini vurgulardı. Mesela ahlaki öğretilerle ilgili veya hayatın anlamı hakkındaki ayetleri içeren küçük kitapçıklar hazırlardı, bana ve dostlarına verirdi. Ben de onları hiç okumadan kaldırırdım.

Annem oruç da tutan, oldukça dindar bir kadındı. Ama benim kanaatim annemin bir korkusu vardı: Ya varsa! Pascal'ın bahsi vardır ya "Ya varsa!". Annem bence sırf bu yüzden dindardı. Çünkü sorduğu bazı soruların cevabını bulamayan, "Bunun cevabı dindir," diyor. Yani cevap bir tanrı, bir yaratıcı ya da bazen bir melek olarak görülüyor.

İnsanlığın icat ettiği en zararlı şey dindir; tarih boyunca en çok kan dökmüş ve kültür zenginliklerini ortadan kaldırmış en yaygın kurumlar dini kurumlardır.

Bir sürü mucize var dünyada ve hepsi de uydurma ama insanlar bunlara inanıyor. Özellikle din öğretisini insanlar çok erken yaşta aldıysa ve hatta bu bir travmayla beraberse ondan kurtulamıyorlar. Öyle ki insanlığın icat ettiği en zararlı şey dindir; tarih boyunca en çok kan dökmüş ve kültür zenginliklerini ortadan kaldırmış en yaygın kurumlar dini kurumlardır. Ama tabii bir de katkıları var. Mesela Hıristiyanlığı ele alalım; müzik, resim ve heykel gibi sanat dallarında din için yaratılan şeyleri görünce insan şaşırıyor.

Müslümanlara sorarsan *Kur'an*'da birçok peygamber var. Oysa Muhammed'in ve İsa'nın dışındakilerin hiçbirinin varlığı bilimsel olarak malum değildir. Daha önce bunu söyledim diye beni savcıya şikâyet etmişlerdi. Fatih'in (Altaylı) Şanlıurfa'da yaptığı bir programa katılmıştım. Ben, felsefeci Ahmet Aslan Hoca ve bir de arkeoloji profesörü Mehmet Öztürk konuktuk. Mehmet Öztürk, aynı zamanda o bölgede rehberlik yapıyormuş. O bize Harran'ı anlatırken konu döndü dolaştı, İbrahim'e geldi. Ben dayanamadım, "Mehmet Bey bir dakika, İbrahim dediğiniz kişiyi tarih tanımıyor, yok böyle bir adam. Hatta İbrahim'i tanımadığı gibi Musa'yı da tanımıyor. Ne Mısır tarihinde var ne de başka bir yerde, bu Yahudilerin milli destanıdır. Yani bizim Oğuz Kağan ne kadar gerçekçiyse bu da o kadar gerçekçidir!" dedim. Şikâyet edilmiş, şikâyet eden de vatandaş değil: Diyanet İşleri! Bir avukat bey, "İnşallah Celâl Hoca'yı mahkemeye verirler ve kaybeder. Aksini bu millet kaldıramaz," demişti. Onu yapamadılar.

Öte yandan, *Kur'an*'daki ahlaki öğretiler bugün toplumsal hayatı düzenlemekte faydalı değil mi?

İyi de eski Yunan'da da vardı onlar, üstelik kimin yazdığı da belliydi. Toplumda, yıllar içerisinde oluşturulmuş ahlaki normlardı ama *Kur'an*'dakilere kim, ne zaman, ne ekledi bilinmiyor. Bilemeyeceğiz de çünkü kimse bunun kaydını tutmamış. Mesela Musa "Adam öldürmeyeceksin," demiş. İyi de Musa'dan önce de bir sürü kanun var. Örneğin Sümerler de aynı şeyi söylüyor. Allah'a lüzum yoktu bunu öğrenmek için ama işte bunu, inançlı insana anlatamıyorsun. Babam da anlamıyordu. Mesela babam Elmalılı Hamdi'nin çevirisini almıştı, dokuz cilt. Bu kitabı Atatürk'ün hazırlattığı bilgisini de ekledi bana verirken. Tabii Atatürk deyince okumak şart oluyordu benim için. Fakat biz serbest bir aileydik. Babam ve annem dindar, ben ateistim ve bu konu aramızda en ufak bir tartışma konusu olmadı ama işte Atatürk ile İnönü'ye laf söyledin mi iş bitiyordu. Evden bile kovulurdun! Bu durum, iki dedemin evinde de amcamlarda da aynıydı.

Peki, Âdem ile Havva hakkında ne söylersiniz?

Onlar da Sümerlerden geliyor. Çünkü oyuncak bebekler ilk defa o dönem yapılıyor, "Herhalde insan da bu bebekler gibi yaratıldı," diye düşünüyorlar. Çünkü bir de kum taşlarının içerisinde yeraltı suyunun yarattığı küçük yumrular vardır; "kil yumruları", bunların bazıları bebeğe benzer. Bazıları o meşhur "Willendorf Venüsü"ne benzer. Koca kıçlı, koca memeli kadınlar var ya işte onlara benzer. Herhalde bunlardan esinlendiler, "Bu şekilde yaratıldık," diye düşündüler.

Ama Âdem ile Havva Müslümanlar için de kutsaldır.

Evet, Âdem ile Havva'nın da peygamber olduğunu söylüyorlar. Çünkü *Kur'an*, Âdem ile Havva'yı ilk insan olarak kabul ediyor. Aslında bu *Tevrat*'ta da var, zaten *Kur'an* bütün sözde tarihi bilgilerini *Tevrat*'tan alıyor ama bunlar ortadoğu mitoloji tarihinin parçalarıdır. Yani İbrahim ne kadar masalsa, Musa ne kadar masalsa bu da o kadar masaldır.

Mesela Musa da Yahudilerin icadıdır. Fakat İbrahim'i tam bilmiyorum, o daha eski olabilir. Asur icadı olabilir, emin değilim fakat iki ismi de tarihin kaydetmediği kesindir. İlk kez hangi mitolojilerde çıktığını öğrenmek isterseniz de James B. Pritchard'ın editörlüğünü yaptığı *Ancient Near Eastern Texts Relating to the Old Testament with Supplement*[13] isimli bir kitap var, onu okuyabilirsiniz.

Sizin de dahil olduğunuz, *Rise of Empires: Ottoman* belgeselinde kızıl ay konusu geçiyor ve uğur getirdiğine inanılıyor. Bu tür inançlar için ne düşünüyorsunuz?

Büyük saçmalık! Birçok defa kırmızı ay olmuştur Osmanlı Devleti'nde. Kırmızı ay bir doğa olayıdır ve arada bir olur. Gazetelerde de bu konular çokça yazılıyor biliyorum, inanılır gibi değil. Mesela Merkür'ün geri hareketinin başladığını söylüyorlar. Halbuki Merkür geriye gitmez, bir tane yörüngesi vardır ve hep ileri gider. Bu konu, Ptolemaios'un[14] teorisinden ortaya çıkmıştır. Ptolemaios'un dünya merkezli teorisinde bütün yörüngeler daireseldir ama gezegenleri dairesel yörüngeye oturtunca olmaz. Bu yüzden Ptolemaios, bu daireler üzerinde bir merkez kabul edip bunlar

Merkür geriye gitmez, bir tane yörüngesi vardır ve hep ileri gider.

13 Princeton University Press, 1955.

14 Klaudios Ptolemaios (Batlamyus), İskenderiyeli Yunan matematikçi, coğrafyacı, astronom ve müzik teorisyeni.

etrafına üst daireler eklemiştir. Tabii gezegen bu üst daire üzerinde dönerken sanki ana yörüngede geriye gidiyormuş gibi görünür. Fakat biz Johannes Kepler'den[15] beri biliyoruz ki gezegenlerin geriye gitme gibi bir durumu yoktur. Buna rağmen 2023 senesinde bu işi yapıp gazeteden maaş alanlar var. Birazcık aklı olan bir insan bu zırvalıklara inanmaz.

Zigguratlardaki[16] adamların birinci amacı takvim yapmaktır. Çünkü bunlar tarım toplumlarıdır ve takvim yapmak mecburiyetindedirler. Bir sürü gözlem yaparlar ve buna göre bir takvim oluştururlar. Halk da bir çiftçi olarak ne zaman ekip biçeceğini öğrenir. İkinci amaç da krala, "Şu tarihte gidersen senin için daha iyi olur," gibi çıkarımlarda bulunmaktır, yani bir nevi yıldız falı açmaktır. Örneğin Kepler de Prag'daki kral için yıldız falı açar. Kendisinin bunlara inandığını hiç zannetmiyorum ama bu onun ekmek kapısıdır.

Bir de aynı belgeselde, 11. Konstantinos Paleologos'u kahraman olarak göstermişler. Siz ne düşünüyorsunuz?

Doğru göstermişler, 11. Konstantinos hakikaten bir kahramandır. Onun hakkında bugüne kadar bir trajedinin yazılmamış olması insanlığın ayıbıdır. Önemli biridir, mesela Fatih Sultan Mehmet, onu törenle defnettirmiştir. Haklıya hakkını vermek gerektiğine inanmış belli ki.

1453'te İstanbul'un savunmasında oldukça başarılı bir direnç göstermiş. Öte yandan fethinin ilk on beş günü Fatih Sultan Mehmet için epey büyük kayıplarla geçmiş.

Evet, aslında bu, Fatih için başlı başına bir başarısızlıktır. Biliyorsunuz, 1204'te Latinler İstanbul'u kuşatıp iki haftada aldılar. İstanbul'u savunan sadece sekiz bin kişi ve şehrin nüfusu

[15] Johannes Kepler, 17. yüzyıl Alman gök bilimci, matematikçi ve astrologdur.
[16] Ziggurat, Antik Mezopotamya vadisinde yer alan, terası bulunan ve piramitlere benzeyen tapınak kulesi.

altmış bine düşmüşken iki ayda zor alabildik. Hangi başarıdan bahsedeceğiz? İşgal sırasında Bizans'a destek için dört tane gemi gelmiş ve bizim yüz kırk parça donanmamız onları durduramamış. Bu gemiler koskoca kalyonlar şeklinde ama bizimkiler hâlâ kadırgalarla uğraşmış. Bu konularda çok çeşitli kaynaklar okudum fakat Harp Okulu Komutanı Taşkesen General vardı, bu olayı ona anlattığımda "Biliyor musun Celâl, harp akademilerinde bu benim ödevimdi. Seninle aynı fikirdeyim," demişti.

Şuna da dikkat çekmek istiyorum; İkinci Dünya Savaşı hakkında 1940-43 yılları arasını anlatan film yoktur. Bütün filmler 1943-45 yılları arasını, yani Almanların yenildiği dönemi, Amerika ve İngiltere zaferlerini anlatır. Kapsamlı düşününce anlıyoruz ki İkinci Dünya Savaşı'nın tarihi tam olarak yazılmamıştır. Yazılamaz çünkü şu anda hayatta olan Rusya da Amerika da İngiltere de Almanya'nın düşmanıdır. Haliyle yenilgilerini değil, zaferlerini anlatırlar. Fatih'in İstanbul'u fethinin destansı olarak anlatılması da biraz buna benzer.

Bu batıl inançlar konusunu genişletmek istiyorum. Bazı insanlar dini özel günleri, bazıları kanlı ayı, bazıları da Venüs'ü ve Merkür'ü bekliyor. Herkesin bir şekilde görünen gerçek dışında bir şeye ihtiyacı var. Tüm insanlık boyunca bu böyle miydi?

Evet, çünkü insan çok acizdir. Kendileri dışında bir âlem var ve bu âlemi açıklamak isterler. Örneğin ilk insanlar zamanında bir yıldırım düşer, ağaç tutuşur ve bu, insanları dehşete düşürür. "Ben de ateş yakıyorum ama bu öyle bir şey değil, bu bütün ağacı birdenbire tutuşturuyor," diye şaşırırlar ve "Bunu yapan bana benzeyen birisi ama benden çok daha güçlü ve bu nesillerdir oluyor, demek ki bu ölümsüz," diye yorum getirirler. Tabii bunu yapanı da gözle göremeyince al sana Tanrı fikri! Mesela Fırtına Tanrısı fikri, volkanlardan çıkar ve o Fırtına

Tanrısı giderek bilinen Tanrı olur. *Tevrat*'ta bir pasaj vardır: "Dağ titredi, duman yükseldi ve trompetin sesi duyuldu." Al sana volkan...

Kahramanmaraş depremi sonrası Mehmet Akif Ersoy, Habertürk'te eski Diyanet İşleri Başkanı Mehmet Görmez'le bir röportaj yaptı. Büyük bir ilgiyle seyrettim ama bir söz söyledi, benim kanım dondu. "Depremin dini inançlara etkisi nedir?" diye sordu Akif. O da "Hz. Ali'nin güzel bir lafıyla başlamak istiyorum. Hz. Ali 'Büyük afetlerden sonra Allah'ın lütfu çoktur. Size çok lütuf verir,' demiş" dedi. Ben merak ediyorum, bu lütfu verene kadar o afeti yapmasa daha iyi olmaz mıydı? Niye uğraşıyor bir de lütuf vermekle? Yani afeti başkası yapıyor da din yaraları mı örtüyor? Bunu düşünemiyorlar mı gerçekten? İşin özünde ben Mehmet Görmez'i çok beğendim. Çok beyefendi bir adam ama ne yapacaksın işte dindar. Arapça güzel güzel sureler okudu *Kur'an*'dan ve anlamlarını anlattı. Orada anlatılan ve bilimsel verilerle açıkça çelişen şeylere, bu tahsilli insanların nasıl inanabildiklerini aklım almadı.

Ben 1988 yılında Neuchâtel'den şeref doktorası aldım. Benimle beraber iki tane ilahiyatçıya da şeref doktorası verildi. Bunlardan yaşlı olanını hatırlıyorum, şeref doktorasını dogmatik üzerine yaptığı çalışmalardan ötürü almıştı. 1988 yılında, yani 20. yüzyılın sonuna doğru gelirken hâlâ dogmatik hakkındaki çalışmaların ödül alması çok enteresan. Oysa dogmatiğin bütün kökeni palavradan ibarettir. Bunu incelemiş bir adama, herhalde çok iyi inceledi diye şeref doktorası verildi. Bu konu, tamamen bir iğnenin ucunda duran büyük bir binaya benziyor.

Dogmatik konular, tamamen bir iğnenin ucunda duran büyük bir binaya benziyor.

Kutsal kitaplar ise bugüne dek gelmiş ama hep değişikliklere uğramış ve önüne gelen bir fikir beyan etmiştir. Hâliyle de günümüzde birçok yorumla karşılaşmak mümkündür. Mesela David Friedrich Strauss'un *Das Leben Jesu* isminde İsa'nın hayatını anlatan şahane bir kitabı vardır. Orada "İsa'nın hayatı hakkında anlatılanların hepsi mitolojidir, yani masaldır," diyor. Bunu diyenin bir ilahiyatçı olduğunun altını çizmek isterim. Bu kitap, Avrupa'yı birbirine katmıştır.

Bence dini kitapların ahlaki tavsiyeleri dışında hepsi mitolojik anlatılardır. Düşünün, Musa isminde birini tarih kaydetmemiştir. En azından İsa'yı Yousefus'tan ve Tacitus'tan biliyoruz ama mesela şu anda Galile'deki İsa ile Kudüs'teki İsa'nın aynı adamlar olup olmadığı tartışılıyor. Örneğin Torino Kefeni'nin uydurma olduğu meydanda ama Vatikan bunu bir türlü kabul etmiyor. Halbuki işte ne güzel çürütülmüş varlığı, daha ne istiyor anlamıyorum ama tabii bunu kabul edince Vatikan'ın elindeki her şey alınmış oluyor. Yine de her ne olursa olsun, bu kabul etmeyiş bana çok ilginç geliyor. Adamlar yalanı, gerçeğe tercih ediyorlar. İşte bu durum dinde çok önemlidir, yalan da olsa o yalan tercih edilir.

Aslında din konusunda insanlar iki sınıfa ayrılırlar: sahtekârlar ve aptallar. Neyin ne olduğunu bile bile kabul edenler sahtekârlar sınıfındakilerdir. Tabii günümüzde dinin önemi de değişiyor gibi görünüyor, örneğin Avrupa'da –özellikle Batı Avrupa'da– artık ateistlerin sayısı yüzde elliyi buldu.

Hocam, siz sosyal medya kullanmıyorsunuz ama orada bazen şöyle bir çıkarım yapılıyor: Türkiye'yi İran tipi kapalı molla rejimine dönüştürsek bir sürü muhafazakâr insan da buna karşı çıkar. Siz ne düşünüyorsunuz?

Bilmiyorum karşı çıkarlar mı ama zaten Türkiye, İran tipi bir şeye dönüşemez çünkü İranlılar çok kültürlü insanlardır. İran şu anda Türkiye'den ileridedir. Türkiye, bir şeye dönüşecekse ancak Afganistan olabilir. İran bu mollaları kabul ediyor çünkü İran'da saygı duyulan bir molla ve ruhban sınıfı vardır. Yani, dinde görevli olan âlim adamlar var ama Türkiye'de böyle bir şey yok. Türkiye'de diyanet dediğin yer boş insanlardan oluşuyor, İran'da ise durum farklıdır. Dolayısıyla bizim İran olmamız mümkün değildir; alttan da mümkün değildir, üstten de mümkün değildir. Biz İran'a inemeyiz çünkü bizim önce İran'a çıkmamız gerekir.

Bugünkü Türkiye için pek umutlu değilsiniz. Peki, Atatürk'ün bıraktığı ülkeden bakalım; 1938'den sonra sizin hayalinizdeki Türkiye nasıl olurdu?

Aynen Atatürk'ün Türkiye'si olurdu. Türkiye; Oya ve sizler gibi kadınların olduğu, oğlum Asım gibi erkeklerin olduğu, İhsan Ketin ya da Ekrem Akurgal gibi öğretim üyelerinin olduğu, küçüklüğümde tanıdığım komutanlarım gibi askerlerin olduğu bir yer olsun isterdim. Zaten bunlar gerçekleştiği takdirde insanlar da aklı başında kararlar alırdı.

CELÂL ŞENGÖR'ÜN İDEAL BİR ÜLKE İÇİN ÖNERİLERİ

1- Temel eğitim bilim odaklı yapılmalıdır.

2- Dini inançlar serbest bırakılmalıdır.

3- Güçler ayrılığının olduğu bir demokrasi görüşünün benimsenmesi elzemdir.

4- Elit sınıfının oluşması ve onlara saygı duyulması gerekir.

5- Oy kullanan insanların belli bir görgüsünün ve bilgisinin olması gerekir.

6- Atatürk'ün izinden ve aklın yolundan şaşmamalıdır.

7- Toplum, dışa kapalılığı bırakmalı ve yeniliklere açık olmalıdır.

8- Doğru yetiştirilmiş eğitimcileri barındıran bir eğitim sistemine geçilmelidir.

9- Bilim ve sanata değer gösterilmeli, toplumun gelişmesine imkân verilmelidir.

10- Toplum, sorgulayan bir düşünce yapısı benimsemelidir.

BÖLÜM IV

AİLENİ SEÇEBİLİRSİN: HAVA KUVVETLERİ

"Başarılı bir öğrenci olabildiysem, komutanlarımın bana öğrettiği disiplinin ve işini ciddiye alma hassasiyetinin bunda çok büyük payı var."

Hava Kuvvetleri sevdanız nasıl başladı?

Ben beş yaşımdan itibaren -yani Jules Verne'den de önce- Hava Kuvvetleri'ne gidip gelmeye başlamıştım. Dedem Çanakkale Savaşı'nın havacılarından biriymiş, hiç ilgisini de kesmemiş Hava Kuvvetleri'yle ve arkadaşlığını sürdürmüş. Hava Kuvvetleri komutanları ve generalleri bizim eve yatıya bile gelirlerdi. Mesela Niyazi Gül[17] bir keresinde bana, model bir uçak getirmişti. Ben henüz ilkokul öğrencisiydim, koskoca tuğgeneralle birlikte oturup lastikli tayyare yapmıştık. Hiç unutamadığım şahane bir anımdır.

Ben beş yaşındayken -27 Mayıs olaylarının olduğu döneme denk geliyor- bir gün ailemizin damadı İhsan Aras evimize geldi. O yıllarda hava tuğgeneraliydi. Ailede herkes İhsan Ağabey diye hitap ettiği için ben de koca adama İhsan Ağabey diyordum. O da dedeme Mehmet Ağabey diyordu. O gün "Mehmet Ağabey, Celâl'i 223. filoya maskot yapalım," dedi. 223. filo, Yeşilköy filosudur, yani dedemin birliğidir. Dedem her zaman "Yunanistan'dan kaçıp geldikten sonra ilk sıcak yemeğimi ben Hava Kuvvetleri'nde yedim," derdi.

[17] Niyazi Gül, Birinci Taktik Hava Kuvvetleri Komutanı.

Göç ettikten sonra onu hemen askere almışlar. Rumca da bildiği için Ayastefanos Tayyare İstasyonu'nda görev vermişler. İhsan Ağabey beni maskot yapma fikrini söyledikten bir hafta sonra kapıda Hava Kuvvetleri'nin askeri cipi durdu ve içinden iki asker indi. Yeşilköy'deki evimizde bahçedeydik ve dedem hemen kalkıp "Hayırdır inşallah," dedi. İki asker yanımıza geldi, askerlerden birinin elinde mezura sallanıyordu, "Ölçü almaya geldik efendim," dediler. Dedem de "Hay Allah ödümü patlattınız," demişti, hiç unutmuyorum. Ölçüm alındı ve bir hafta sonra üniformalarım geldi. Annem üniformalarım için "Hayatında ilk ve son defa pantolonunu düzgünce yatağın üstüne bırakmıştın," demişti. O üniforma benim için çok kıymetliydi. Ertesi gün de beni birliğe götürdüler. Araba nizamiyenin önünde durdu ve hepimiz indikten sonra İhsan Ağabey, "Bak şimdi sen nizamiyeden içeri gireceksin, Mehmetçik esas duruşa geçip selam verecek, sen de rahat deyip selamı alacaksın. Rahat demezsen o adam sabaha kadar öyle kalır," dedi. Ben askeri adımlarla yürüdüm ve hakikaten hepsi selam durdu. Ben selamı aldım ama rahat demeyi unuttum. Arkamdan Nuri Koyuncu Binbaşı'nın[18] gök gürlemesi gibi sesi geldi: "Ulan piç kurusu, biz sana ne dedik?" Koşarak dışarı çıkıp tekrar girdim. Nihayetinde ben o yaz, hemen her gün Hava Kuvvetleri'ne gittim.

İlk uçuşumu, sırtımda üsteğmen üniformasıyla beş yaşında ve Nuri Koyuncu Binbaşı'nın kucağında yaptım. O uçuştan tek hatırladığım; bana kumandaları verdikten sonra "Celâl bak şimdi tayyareyi sen uçuruyorsun," sözleridir. Bu ânı hiç unutamıyorum. O günden sonra da benim içimde çok büyük bir tayyare aşkı başladı. Bugün dahî tayyare sesi duyunca heyecanlanırım, tayyarenin yağ ve benzin kokusunu bile özlüyorum.

Koyuncu Albayımla o günlere dair her ânım zihnimde tüm canlılığıyla yaşıyor. Örneğin her gün kıyafetlerimi giyip filoya

[18] Nuri Koyuncu, merhum Türk Hava Kuvvetleri Pilot Kıdemli Albayı.

gittiğim maskot zamanlarımda bir gün Koyuncu Albay, anneannemi aramış. "Kudret Abla, Celâl'e oyuncak tabanca alın, onu bayrak törenlerine çıkartayım," demiş. Bir gün hastaydım, sabah uyandığımda başucumda bir altıpatlar ve bir de şarjörlü tabanca vardı. O zaman Karaköy'de Amerikan pazarı diye adlandırılan yerler vardı, kaçak veya ithal oyuncak satarlardı. Oradan alınmış ve gerçeklerinin aynısı gibiydiler. O dönemde binbaşı olan Koyuncu, törende kullanılmak üzere de altıpatları seçmiş. Bana beyaz renk güzel bir kemer de yaptırtmıştı.

Üsteğmen Ethem Ağabeyimiz vardı, bakım subayı ve aynı zamanda benim Hava Kuvvetleri'ndeki dadımdı. Bir gün yanıma geldi ve "Komutan seni istiyor!" dedi. Gittim, esas duruşa geçtim ve "Komutanım beni emretmişsiniz!" dedim. Masasının üzerinde üçe katlanmış Türk bayrağı vardı ve iki ucu masadan aşağı sallanıyordu. "Ver bakalım silahını!" dedi. Çıkarttım, tabancayı verdim. Bayrağın üstüne koydu. "Elini ver bakalım!" dedi. Benim boyum henüz masa kadardı, elimi koyduğum zaman tabancayı zor görüyordum. Koyuncu Albayım bana her Harbiyeli'nin ettiği yemini ettirdi. O söyledi, ben tekrar ettim. Yemini bitirdikten sonra "Şimdi karşıya otur," dedi. Oturduğum koltuktan aşağı ayaklarım bile sallanmıyordu. "Celâl bak, sen artık Hava Kuvvetleri'nin bir zabitisin. Şimdi sana bakan herkes sende Hava Kuvvetleri'ni görecek. Onun için bundan sonra büyüklerinin ve komutanlarının sözünden çıkmayacaksın. Emirleri yerine getireceksin, şımarıklık ve terbiyesizlik yapmayacaksın," dedi. Bir sürü şey saydı bunlara benzer ve ben de "Emredersiniz komutanım!" dedim sürekli. Ondan sonra Ethem Ağabey aldı götürdü beni. Ben bugün bile hâlâ bu yeminime sağdığım.

Bu kadar büyük bir tutkuyla bağlıyken neden ayrıldınız?

Gözlüklerim benim Hava Harp Okulu'na girmeme mâni oldu. Ama üniversite öncesinde altı sene her yaz gönüllü olarak 223. filoda yer aldım. Orası, Hava Harp Okulu Eğitim İrtibat Marş Kıtası olmuştu, o kıtada görevlerim vardı. Bilhassa tercümanlık yapıyordum, dolayısıyla asker olarak giremedim ama üniforma giyip uçtum. Tabii içimde de çok kaldı ve bu beni çok üzüyor. Ben hayatımın en güzel günlerini Hava Kuvvetleri'nde geçirdim. "Aşk nedir?" diye bana sorarsan "Benim Hava Kuvvetleri'yle olan ilişkimdir," derim. O kadar kıymetlidir benim için, bugün bana "Bütün servetini ve bütün bilgini alacağız elinden ama üniformanı geri vereceğiz," deseler gitmezsem namussuzum! İşte hep bu sevgiden dolayı, kütüphanem onların fotoğraflarıyla ve tayyare modelleriyle doludur.

Sağlık engeli nedeniyle Hava Kuvvetleri'ne giremeyince jeolog olmaya karar verdim. Zaten jeoloji de tutkuyla sevdiğim bir şeydi. Yani iki tane aşkım vardı diyebilirim, iki kocalı Hürmüz gibi ikisine de çok mühim bir bağla bağlıydım.

Celasin General[19] ve Ünal General,[20] yıllar sonra birbirlerine benzer şeyler söylediler bana: "İyi ki bilim insanı oldun. Biz subay yetiştiriyoruz ama senin gibi bilim insanı yetiştiremiyoruz." Fakat ben de onlara "Bir de bana sorun!" demiştim.

Siz askerliğinizi Kara Kuvvetleri'nde yaptınız değil mi?

212. Piyade Er Eğitim Alayı Menemen. 27 yaşımdaydım. Tabii yine babam işin içine girdi. Aslında bana sorsalar askerliğimi yedek subay olarak Hava Kuvvetleri'nde yapmak istiyordum ama babam kat'iyyen istemedi. "Sen yedek subay olarak Hava Kuvvetleri'ne gidersen çıkamazsın biliyorum, orada kalırsın. Ondan sonra da albaylıktan emekli olursun. Sen dört ay askerliğini yap, bu konu kapansın ve sakın daha fazla da bulaşma askerliğe," dedi.

Tabii o dönem doktoramı yapmıştım, yani dünyada bilim alanında kendime göre bir şöhretim de vardı. Askerlik yaptığım

[19] Ergin Celasin, 22. Türk Hava Kuvvetleri Komutanı.
[20] Abidin Ünal, 30. Türk Hava Kuvvetleri Komutanı.

dört ayda Hava Kuvvetleri ile Kara Kuvvetleri'nin birbirinden gece ve gündüz gibi farklı olduğunu gördüm. Bunu, ayrılırken Kara Kuvvetleri'nde de söyledim.

Bir toplantı sebebiyle askerlikten üç gün erken ayrılmam icap etti, tabii bu izni de havacılar sayesinde alabildim. Bizim alay komutanına Hava Kuvvetleri'nden beni bırakmaları için emir gelmiş. Komutan beni çağırdı, "Senin baban havacı mı?" diye sordu. "Hayır komutanım," dedim. "Ailede havacı var mı?" diye sordu. "Hayır komutanım," dedim. "O zaman ne diye zırt pırt beni arıyorlar senin için?" diye gürledi. Komutana, Hava Kuvvetleri'nde epey vakit geçirdiğimi söyledim ve konu anlaşılınca "Peki Hoca, nasıl buldun burayı?" diye sordu. "İyiydi komutanım," dedim. Fakat doğru söylemem konusunda ısrarcı olunca "Sizin yaptığınız askerlik değil. Siz birbirinize işkence ediyorsunuz. Benim bildiğim askerlik, böylesine baskıyla yapılan bir askerlik değildi," deyince de "Çık dışarı!" dedi. "Emredersiniz komutanım!" deyip odadan çıktım. Tabii odadan kovuldum ama iznimi de almıştım.

Hava Kuvvetleri ile Kara Kuvvetleri arasındaki kültür farkını bir gün Celasin General'e sormuştum. O da "Biz subayımızla savaşırız, onlar ise erleriyle savaşır. Orada bir teğmen, bir manga askerin başına gidiyor. O kişi, onları ölüme götürmek zorundadır. Onun için oradaki disiplin bizimkine hiç benzemez," demişti.

Benim için de çok öğretici oldu bu kitap süreci; bana bir şeyi çok sevebilmenin değerini ve ne kadar farklı disiplinler olursa olsun, o sevgiyi her yere yayabilmenin kıymetini öğrettiniz.

Sağ ol hayatım. Evet, ben de başarılı bir öğrenci olabildiysem komutanlarımın bana öğrettiği disiplinin ve işini ciddiye alma hassasiyetinin bunda çok büyük payı var. Ayrıca bunu bana öğretenler de büyük ölçüde astsubaylardı.

Ben maskotluk serüveninden sonra Hava Kuvvetleri'ne ilk kez 1968 yılında gittim. Ferda Yarbay'a buraya çocukken geldiğimi ve yine gelmek istediğimi söylediğimde şaşırmış, "Ulan burası mesire yeri mi?" demişti. Fakat sonra baktı ki ben ciddiyim, ne işe yarayabileceğimi sordu. Almanca ve İngilizce bildiğimi söylediğimde ise ilgisini çektim. Ferda Yarbay, "Yalnız seni buraya nasıl alırız?" diye düşünürken o tarihte Hava Kuvvetleri Komutanı olan İrfan Tansel'i[21] tanıdığımı söyledim. "Ararsam konuşur musun?" diye sordu. "Tabii komutanım," dedim. Hava Kuvvetleri'nin iç hatları olan kartal hattından Tansel Komutanımı aradı, yanında olduğumu söyledi ve telefonu bana uzattı. Ben de durumumu ve isteğimi anlattım. "Sen bana Ferda'yı ver," dedi. "Emredersiniz komutanım," diyerek telefonu Ferda Yarbay'a verdim. Ferda Yarbay, üç kez "Emredersiniz komutanım!" dedikten sonra telefonu kapattı. "Tamam, buraya geleceksin; hemen bir nizami pantolon, gömlek, kravat ve bir çift ayakkabı ediniyorsun. Sana bir astsubay şapkası, bir de rütbe veremeyeceğimiz için uçuş ceketi vereceğiz," dedi. Onları giyince dışarıda bana herkes asker gözüyle bakardı, ben de komutan gördüğümde selam verirdim.

Destek grubunda Selahattin Başçavuş vardı, baş telsizciydi. Komutan, telsiz öğretmesi için beni kendisine emanet etti. O zaman xerox yoktu; alkol gibi kokan, mor renkli bir sayfada mors alfabesini bana verdi ve yarına kadar ezberleyip gelmemi istedi. Bütün gece çalışıp ezberledim ve ertesi gün gittim. Beni imtihana soktu, sonra da maniple tutma eğitimine geçtik. Maniple, hani tık tık tık tık basılan şeydir. Ben iki haftada maniple tutmayı öğrendim ve tayyarelerle rahatça konuşabiliyordum. Daha sonra da makinistlerin yanına eğitime gittim. Önce tayyare motorunu, sonra da tekerlekler kaç atmosfer basınç alır ve hidrolik nerededir gibi diğer bütün konuları

[21] İrfan Tansel, 7. Türk Hava Kuvvetleri Komutanı.

öğrendim. Ondan sonra da paraşüt açıp katlama konusu vardı, onu da öğrendim. Benim için bilgi ve macera dolu olan 1968-1972 arasındaki bu yıllar su gibi geçti. Son uçuşum ise 19 Ocak 1972 günüydü.

Hava Kuvvetleri'ndeki dostluğu ve samimiyeti daha sonraki yıllarda yakalayamadınız mı?

Mümkün değil ki yakalamak... Eskiden hava birliklerinin olduğu her yerde bir arkadaşım vardı. Benim Hava Kuvvetleri ekibiyle olan yakınlığım her zaman bambaşka kaldı, meslektaşlarımla böyle bir yakınlığım olamadı. Benim esas işim jeoloji ve hayatımın yüzde doksanı onunla geçiyor. Bütün dünyadan yüzlerce insan tanırım bilim alanında ama havacılarla olan ilişkim çok başkadır. O sanki bir aile ilişkisidir, Hava Kuvvetleri'nden birini gördüğümde bana ailemden birisini görmüşüm gibi gelir. Bu bambaşka bir şey, bambaşka bir his. Oya'nın dediği gibi, belki de çok erken yaşta kanıma girdiği için böyle hissediyorumdur. Örneğin Şahinkaya Generalim[22] bana babamdan yakındı. Çünkü babam bana ölmeyi emredemezdi ama Şahinkaya Generalim emredebilirdi. Ben de gözümü kırpmadan o emri yerine getirirdim. Ayrıca Hava Kuvvetleri'nde herkes birbirine canını emanet ediyor, haliyle bu samimiyeti başka yerde bulmak pek mümkün olmuyor. Tabii böyle bir şey üniversitede yok. Biz aradan ne kadar zaman geçerse geçsin hep aile olmanın bir yolunu belki de bu bağ sayesinde bulduk Hava Kuvvetleri'ndeki arkadaşlarımla.

Ayrıca bana denize göre de havacılık daha havalı gelir. Örneğin bir gün diploma törenindeydik, Metin Ataç Oramiral ve Babaoğlu Orgeneral[23] o sene yeni terfi etmişlerdi. Birisi Hava, birisi Deniz Kuvvetleri Komutanı olacaktı. Bir oramiral, bir orgeneral konuşuyorlardı ve Yeşilköy açıklarında demirlemiş

[22] Ali Tahsin Şahinkaya, 14. Türk Hava Kuvvetleri Komutanı.
[23] Aydoğan Babaoğlu, 26. Türk Hava Kuvvetleri Komutanı.

gemiler vardı. Yukarıda da Türk yıldızları süpersonik gösteri yapıyordu ve ben de yanlarındaydım. Ataç Oramiral, "Aydoğan, Deniz Kuvvetleri'ne müracaat az. Tedbir olarak bir tır oluşturuyoruz. Deniz Kuvvetleri'nin reklamını yapmak için Anadolu'da dolaştıracağız," deyince dayanamadım, "Komutanım bir şey arz edebilir miyim?" diye sordum. "Ne diyeceksin?" dedi. "Komutanım şöyle düşünün; on beş yaşındasınız, oraya mı gidersiniz, oraya mı gidersiniz?" diyerek önce denizi sonra havayı işaret ettim.

Evet, deniz çok önemliydi, çünkü globalizasyonun en önemli aracıydı ama tayyare icat edildi ve iş bitti. Örneğin Einstein, gemiyle okyanusu geçip Amerika'daki toplantılara gitmek için bir hafta ayırmak zorunda kalıyordu, oysa artık tayyareyle altı saatte gidilebiliyor. Ayrıca bilgisayarlar dahil, hiçbir şey tayyareler kadar hızlı gelişmemiştir. Öyle ki biz Güneş sisteminin dışına uydu gönderdik, Voyager uydusu Güneş sisteminin dışına çıktı. Fakat düşünün, benim dedem doğduğunda tayyare yoktu ama askerliğini yaparken hava askeriydi. Böyle bir hız tabii göz kamaştırıyor.

Bilim insanı olduktan sonra Hava Kuvvetleri'yle kendi alanınızda işbirliği yaptınız mı?

Abidin Ünal General, bir gün "Celâl bize bir konferans verir misin?" diye sordu. "Emrettiğiniz takdirde tabii veririm komutanım," dedim. Konu da "Sen jeologsun, 'Türkiye'nin stratejisini planla,' deseler ne yaparsın?" idi. Konferansıma "Bugünkü dünyada kimse ben senin düşmanınım demiyor. Ben senin dostunum diyor ama arkadan kuyunu kazıyor. Örneğin Amerika ile Türkiye. Peki düşmanımızı tanımamız için ne gerekiyor? Şu soruları sormamız lazım: Bizde ne var? Bunu kim istiyor?" diyerek başladım. Bunun üzerine de Türkiye'nin su bütçesini anlattım. Bizim en büyük zenginliğimizin Doğu Anadolu'daki su bütçesi olduğunu söyledim çünkü Doğu Anadolu bütün

Ortadoğu'yu besler. Bunu İsrail ile Amerika Birleşik Devletleri istiyor çünkü bu suyu kestiğin taktirde Ortadoğu'nun petrolü beş para etmez hale geliyor. Bu sebeple bu bölgeye el koymak istiyorlar. Buraya el koymanın kolay yolu oradaki halkı, yani Kürtleri bağımsız hale getirmekten geçiyor. Kürtler, bağımsız hale geldiği an her şeyiyle sana bağlı olacaktır çünkü Kürt'ün hiçbir şeyi yoktur. Dolayısıyla senin eline bakacak ve her şeyini senden isteyecektir. Sen de "Tamam, bunun karşılığında da suyun kontrolünü bana ver," diyeceksin.

İşte bu kadar kolaydır. Bu konuyu anlattım, haritalar ve grafiklerle su bütçesini sunum olarak verdim. Ünal Komutan'ın çok hoşuna gitti. Bu konuda da önemli olan soru sormaktır: Benim düşmanım kim olabilir ve bana neden düşman? Benden ne istiyor? Örneğin Amerika, bizi Yunanistan'la neden karşı karşıya getirdi? Son anda Rusya-Ukrayna Savaşı çıktı iyi ki yoksa bizim Amerika'yla aramızda harp çıkacaktı. Amerika, Ege'ye ve boğazlara hakimiyet kurmak ve böylece Rusya'nın önüne set çekmek istiyor.

Hava Kuvvetleri'yle ilgili son bir şey söylemek ister misiniz?

Sana ilginç bir ilişkiler yumağı anlatayım. Bir gencin duygu dünyasında derin izler bırakmış şükran, ne yazık ki Berkant'ın vefatından sonra daha da derinleşmiş bir hicranla hatırlanan bir yumak...

Yıl 1968, 13 yaşındaki Celâl Şengör o yaz Yeşilköy'deki Hava Harp Okulu Eğitim İrtibat ve Manş Kıtası'na gelip gitmeye başlıyor. Sebep, kendisinin 1960 yılında aynı yerde bulunan 223. filonun maskotluğunu yaparken yaşadığı tatlı anılardır. Celâl o günleri çok özlemiştir ve onları yeniden yaşayabilmek ümidiyle tekrar oraya gider.

Zamanın filo komutanı Yarbay Ferda Öneş'in oluruyla gönüllü olarak filoda çalışmaya başlar. Gelen yabancı tayyarelere klerans vermek, bazı tayyare el kitaplarının tercümelerini yapmak gibi ufak işleri halleder ama sırtında uçuş tulumu ve uçuş ceketiyle. Celâl eski günlerine dönmüş, çok sevdiği havacıların ve tayyarelerin arasına tekrar karışmıştır.

O günlerde yeni emekli olan Hv. Org. İrfan Tansel, Eskişehir'deki eski adıyla Birinci Taktik Hava Kuvvet Komutanı Hv. Korg. Niyazi Gül, aile dostlarıdır. Hava Kuvvetleri'nin efsanevi pilotlarından Hv. Plt. Kur. Albay (1960'daki talihsiz olaylar esnasında emekli edilmiş!) Canip Orhun, Yeşilköy Motel'in sahibi ve gene aile dostudur. Keza muhteşem komutan Muhsin Batur ve eşi Hava Mareşali Leman Teyze. Ailece Canip Albaylara, Eskişehir'e Niyazi Paşalara gidilmektedir. Celâl o sıralarda Eskişehir Orduevi'nde ilk kez Berkant'ın "Samanyolu" şarkısını duyar.

Bu şarkıyı ilk dinledikten sonra birkaç kez daha dinledim. Güftesini yazdım. Klasik Osmanlı müziği hariç Türkiye'de üretilen müziğin hiçbir dalına ilgi duymayan ben, bu şarkıya âşık olmuştum. Ama sebebi size çok garip gelebilecek bir histi: Bu şarkı benim Hava Kuvvetleri'ne karşı olan hislerimi özetliyor gibiydi. Onları, "Samanyolu"nun ölümsüz sözlerini bilmeyenler için buraya yazalım.

Sen kalbimin mehtabısın, güneşisin,
Sen ruhumun vazgeçilmez bir eşisin.
Bir şarkısın sen, ömür boyu sürecek,
Dudaklarımdan yıllarca düşmeyecek.
Ruhum senin, kalbim senin, ömrüm senin,
Yıllar geçse ölmeyecek bende sevgin.
Bir şarkısın sen, ömür boyu sürecek,
Dudaklarımdan yıllarca düşmeyecek.
Uzaklara kaçıversek seninle biz,
Bir gün elbet göze gelir bu sevgimiz.
Bir şarkısın, sen ömür boyu sürecek,
Dudaklarımdan yıllarca düşmeyecek.

Bugün bile ne zaman bu şarkıyı duysam gözümün önüne Türk Hava Kuvvetleri'nin tayyareleri, beş yaşımdan bugüne kadar tanımak bahtiyarlığına eriştiğim Türk Hava Kuvvetleri mensupları, mavi üniformam gelir ve inanır mısınız, gözlerim yaşarır. Büyük müzisyen Leonard Bernstein, Harvard Üniversitesi'nde verdiği Norton Konferansları'nda; müzik sevgisinin, bir müzik parçasının insanda yarattığı anılarla depreşen bir sevgi olmadığını, müziği gerçekten sevenin, müziğin sadece kendisini sevdiğini anlatmıştı. Rahmetli üstat beni affetsin ama ben kendisiyle aynı fikirde değilim. "Samanyolu" benim çok sevdiğim bir şarkıdır, hem gerçekten bestesiyle ve güftesiyle güzel olduğu için hem de benim ruhumda yaşamımın çok özel bir döneminin, benim çok özel bir sevgilimin anılarının içimde tekrar canlandırılmasına neden olduğu için.

Bu güftede Hava Kuvvetleri ve Celâl ilişkisine uymaz gözüken tek bir mısra vardı: "Uzaklara kaçıversek seninle biz." Hava Kuvvetleri'ni alıp kaçmak mümkün değil ama Balyoz olayları bende sanki öyle bir his uyandırdı. Benim sevgilime birilerinin sataştığı, onu kirletmeye teşebbüs ettiği düşünceleri bende bu mısraya bile ne acıdır ki anlam kazandırdı. Tabii Hava Kuvvetleri'ni alıp kaçmak mümkün değil ama ben onunla olan anılarımı alıp kaçabilirim diye düşündüm. Fakat "kaçmak" fiili, Hava Kuvvetleri içinde kabul görebilecek bir düşünce olamaz. O zaman sevgiliye her şart altında hizmete devam etmek gerekir, öyle ki o kaçmak iştiyakı ortadan kalksın, tekrar eski güzel günlere dönülsün.

Berkant nur içinde yat, senin asil yüzün Hava Kuvvetleri kartalının kanatları altında asla gözümün önünden gitmeyecek. Hava Kuvvetleri'nin ebedi filosuna göçmüş büyüklerimin senin namelerinle sonsuz devriyelerinde olduklarını hayal edeceğim.

BÖLÜM V

KUSURSUZ EBEVEYNLİK SANATI

"Aşk,
saygıyla harmanlanmış büyük bir sevgidir."

Aşk ve evlilik üzerine neler söylersiniz?

Bence aşk, her türlü rasyonalitenin kapandığı bir tutkudur. Bu tutku bir konuya veya bir insana karşı olabilir. Fakat aşkın sürmesi için saygıyla desteklenmesi gerekir. Dolayısıyla âşık olduğun insana aynı zamanda saygı duyabilmen çok önemlidir. Çünkü aşkın irrasyonel yanları zamanla kaybolur. Geriye rasyonel yanlar kaldığında karşındakine saygı duymuyorsan onu bırakırsın. Evlendiğimiz zaman bu konuyu Oya'ya da bu şekilde açıklamıştım. *Corelli'nin Mandolini* filmini çok severim, orada Dr. Yannis çok güzel bir şey söyler: "Aşk, âşık olmak bittikten sonra geri kalandır."

Bu önemli bir tespit ve benim söylediğimi de destekliyor. Aşk, saygıyla harmanlanmış büyük bir sevgidir aslında. İlginçtir, İngilizcede "âşık olmak" fiilinin iki karşılığı vardır. Bunlardan bir tanesi "infatuation" yani karşındakine "infatuate" olursun. Türkçeye "çarpılmak" diye çevirebiliriz. Bunun hiçbir rasyonel tarafı yoktur. İkincisi ise "love" fiilidir. "Infatuation" hissinin bitip de "love" fiilinin başladığı yer, işin içine saygının girdiği yerdir. İşte Oya'yla evlenirken biz bunun böyle olması gerektiğini düşündük. Onun için de 37 senedir evliyiz.

Ne zaman evlendiniz?

30 Haziran 1986'da evlendik. Ama Oya'yla birbirimizi, daha doğrusu ben onu doğduğundan beri tanıyorum. Çünkü rahmetli Ülkü Yengem, yani Oya'nın teyzesi benim Fikret Amcamla evliydi. Biz Oya'yla evlendiğimizde aileler birbirini dost olarak tanıyordu.

Ben küçükken Oya'nın annesi Sevgin Abla'yı çok severdim; çok neşeli, güler yüzlü ve inanılmaz güzel bir kadındı. Oya'yla evlenmemde annesi ve babası hakkında düşündüklerimin önemli bir tesiri oldu. Sadece güler yüzlü değil, saygın da insanlardı. Babası Hakkı Ağabey çok beyefendi ve görgülüydü. Amerika'da master ve inşaat mühendisliği yapmış. Ben her zaman, evleneceksen kendi sosyal sınıfından biriyle evlenmeyi tercih etmelisin fikrini savunmuşumdur. "Samanlık seyran olur!" sözü hikâyedir. Çünkü çok geçmeden gerçekler kendini göstermeye başlar. Dolayısıyla evlenecek çiftlerin aynı sosyal sınıftan olması çok önemlidir.

"Samanlık seyran olur!" sözü hikâyedir. Çünkü çok geçmeden gerçekler kendini göstermeye başlar.

Oya'yla evlenmemizde en önemli faktörlerden biri de tahsilidir. Kendisi Amerika'nın Harvard'dan sonra en eski üniversitesi olan William & Mary Üniversitesi'nden mezundur. İngilizcesi benden daha iyidir. Bu saydıklarımı lütfen dikkate alın. İnsan gençken fark etmeyebiliyor ama bunların hepsi çok önemli faktörlerdir.

Örneğin biz Prens Philip'le tanıştık. Şunu kabul etmek gerekiyor ki her Türk kızını alıp Prens Philip'in karşısına götüremezsin. Ama işte Oya ne giyeceğini de ne diyeceğini de ne yiyeceğini de çok iyi biliyor. Hem Cumhuriyet aristokratıdır hem de şahane bir İngilizcesi vardır. Yan yana durduğundaki uyum ve aynı şeyleri birlikte yapabilmek çok önemlidir. Tabii Oya, bütün bunların yanında çok da güzeldir.

Nasıl bir eş oldunuz sizce hocam?

Samimiyetle söyleyebilirim ki çok zor ve kötü bir eş oldum. Çünkü önceliğim her zaman işim oldu, Oya'yı çok ihmal ettim. Yetmezmiş gibi bir de evin ve ailenin bütün yükünü Oya'ya yükledim. Belki iş bölümü oldu aramızda bilemiyorum ama keşke biraz daha iyi bir koca olabilseydim. Ama belki de o zaman şimdiki Celâl olamazdım.

Haklı olabilirsiniz ama Oya Hanım'a sorsak belki de çok iyi bir koca olduğunuzu söyleyecek.

Hiç zannetmiyorum ama Oya'ya soralım istersen.

Oya Şengör: Kötü bir eş diyemem ama çok yorucu bir eş olduğunu söyleyebilirim. Tabii iyi tarafları da var, hiç olmaz olur mu? Celâl benim ufkumu açtı, neler neler yaptık beraber... Bunların yanında dürüst, zeki, akıllı... Aslında akıllı demeyeceğim çünkü sağlığına hiç dikkat etmiyor. Bu konuda çok şikâyetçiyim.

Çok teşekkür ederiz Oya Hanım. Peki hocam, kadın olsaydınız ve yine bilim insanı olsaydınız evlenir miydiniz?

Evlenmezdim çünkü özellikle kadın için çalışmak çok zordur. Anneliği düşününce o daha da zordur tabii. Oya bana, "Çocuk ister misin?" diye sormuştu. Ben de ona, bunun tamamen ona ait bir karar olması gerektiğini söylemiştim. Çünkü çocuk rahme düştüğü andan itibaren sıkıntıyı çeken annedir. Bir de bunun hamileliği ve emzirme dönemi var. Ayrıca çocuk büyürken de annenin ağzına bakar, babanın değil. Mesuliyetin çoğunu ister istemez anne yüklenir. Haliyle ben evliliğimizde bir çocuğumuz olacaksa elimden geleni yapacağımı ama bunun çok fazla bir şey olamayacağını söyledim. Oya da bir çocuğun yeterli olacağına karar verdi.

Asım'ın hayatınıza girmesi ne değiştirdi evliliğinizde ve Celâl Şengör'ün seyahatlerinde?

Benim hayatımda hiçbir şey değiştirmedi ama Oya'nın hayatında çok şey değiştirdi. Asım'ın büyümesiyle, okuluyla ve ödevleriyle hep Oya ilgilendi. Ben akşamları Asım'a mitoloji okuyordum. Mesela Göktürkçe öğrettim, daha çok bu tip şeylerde yardımcı oluyordum. Ben dünyayı anlamaya ve anlaşılır kılmaya çalışırken Asım da içinde kitabın, defterin bol olduğu ve entelektüel insanların gelip gittiği bir ortamda büyüdü. Şimdi kızıyor bize. "Beni, öyle bir ortamda yetiştirdiniz ki benzeri yok etrafta!" diyor.

Sizin için çocuk sahibi olmak nasıl bir duygu?

Yanlış adama sordun. Aspergerli olmanın verdiği bir sıkıntı var; ben bunları hissedemiyorum. Hatta dediğim gibi Oya bana "Çocuk ister misin?" diye sorduğunda daha nişanlıydık. "Bu sana bağlı çünkü bir çocuğa hamile kalma, onu doğurma ve emzirme dönemleri gibi zamanların hiçbirini ben yapamam ve bunlar sana sıkıntı verecek şeyler. Dolayısıyla ben, sana çocuk istiyorum diyemem," demiştim. İstiyorsa karar onundu çünkü çocuk için annenin önemi çok daha büyüktür. Zaten bu biyolojik bir şeydir. Mesela kadın erkek eşitliğinden bahsediyoruz ama öyle bir şey yoktur.

Peki sizce, çocuk yetiştirirken dikkat edilmesi gerekenler nelerdir?

Çocuğun zihnen gelişmesi için önünü açmak çok önemlidir. Önünü açmaktan kastım, ona birçok seçenek sunmak gerekiyor. Biz hep bunu yapmaya gayret ettik. Yani bir taraftan Orhun yazıtlarını öğrenirken bir taraftan Yunan mitolojisini ve Osmanlı tarihini öğrendi. Çok seçenekli bir yol açtık oğlumuza her zaman.

Aileler öncelikle çocuğuna bilgili olmanın ve eleştirel düşünmenin faydalarını anlatmalıdır. Çocuklarının bütün sorularına doğru düzgün cevap vermelidir. Onlara, "Sen çocuksun ne anlarsın?" gibi sözleri kat'iyyen telaffuz etmemelidir. Çocuğa büyük muamelesi yapmalıdır.

Aileler öncelikle çocuğuna bilgili olmanın ve eleştirel düşünmenin faydalarını anlatmalıdır.

Evde bir kütüphane bulundurup akşamları elinde kitap olan bir ebeveyn figürünü yaratmalılar mı?

Herkeste aynı tahsil olmayabilir ve dolayısıyla çocuğuna örnek olamayabilir. Mesela benim evimde o yoktu. Benim annemin babası Mehmet Dedem okumayı sonradan öğrenmiş bir adamdır. Ama Dedemden hep şunu duydum: "Aman Celom iyi oku, müspet ilim oku."

Peki siz nasıl bir ebeveyn oldunuz?

Oya ve ben çok iyi ebeveyn olduk Asım'a. Çünkü biz Asım'ın arkadaşlarıydık ve arkadaşlığın da bence çok yakın bir türü olan asker arkadaşlarıydık. Asım biliyordu ki ailede annesinin ve babasının dışında güçlü bir otorite vardı. Bu otoriteler; Celasin General, Fırtına General[24], Balanlı General[25], Babaoğlu General ve Dingiloğlu General'di...[26] Oğlumuz biliyordu ki bütün bu kişiler hepimizin üstündeydi. Bize de sadece oğlumuza yol göstermek kaldı. Biz hiçbir zaman Asım'a "Şunu yap!" demedik. Bir şey sorduğu zaman "Biz olsak şöyle yapardık," diyerek yönlendirdik. Yanlış bir şey yaptığında ise sözünü ettiğim otoritelerden tavsiye aldık. Bazen de onlar direkt kendileri müdahale ettiler. Mesela Dingiloğlu General çok yakındı Asım'a. Hatta Harp Okulu'na girmesi hâlâ gündemdeyken Dingiloğlu

24 Halil İbrahim Fırtına, 24. Türk Hava Kuvvetleri Komutanı.
25 Bilgin Balanlı, eski Türk Hava Kuvvetleri Orgenerali.
26 Şevket Dingiloğlu, Lojistik Komutanlığı'ndan emekli Korgeneral.

General, "Asım bana emanet, siz hiç merak etmeyin," dedi. Bana da "Sağ olun komutanım," demek kaldı.

Hiç unutmuyorum, Asım Münih'e gitti ve kimya dersinden kaldı. Beni aradı, ben kimyadan kaldım diye ama "Ben şimdi bunu Balanlı General 'e nasıl söyleyeceğim?" dedi. Babasına soruyor bunu... Ben de "Lütfen komutanla aranıza sokma beni, kendin git ve anlat," dedim. Gitti, zılgıtını yedi, geldi.

Asım yaşamayı gerçekten komutanlarından öğrendi. Hava Kuvvetleri'nden savunma bile aldı. Çünkü kampta yakası açık dolaşıyormuş. Dingiloğlu General'den bir kep istemiş. Akşam otururlarken sarı bir zarf gelmiş ve Asım kepi geliyor zannetmiş. Yanındakiler de onun savunma olduğunu söylemişler. Asım zarfı açmış, Dingiloğlu'nun emri olan savunmayı görmüş. Biz de Foça'da deniz kenarındaydık. Telefon çaldı, Oya açtı; Asım ağlamaklı bir sesle "Anne ben mahvoldum. Anne beni hapse atacaklar!" diyordu. Oysa Dingiloğlu bu durumu tecrübe etmesini istediği için emir vermiş. Arayıp kendisine teşekkür etmiştik.

Ebeveynlik bölüşülmüş...

Aynen öyle. Dediğim gibi Asım'ın gözünde biz asker arkadaşıydık. Bizimle her şey tartışılabilir ama komutanlara söylerken çok dikkat etmek lazım diye düşünüyordu.

Mesela biz 2005'te Paris'e gittik, bir sene ben orada görev aldım ve Asım da okuluna orada devam etti. Giderken Celasin General ona, "Bak sen kurmay subay olacaksın, onun için yabancı dil, dans ve şarapları bilmen lazım," demiş. Paris'e gittik, Asım'ın ilk işi kocaman bir şarap haritası almak oldu ve bütün Fransız şaraplarını öğrendi. Dans ve Fransızca dersleri de aldı. Orada bir Alman Lisesi'ne gitti. Asım zaten annesi sayesinde İngilizce bilerek büyüdü. Almancayı da Alman Lisesi'nde öğrendi. Celasin General sebebiyle Fransızca öğrendi. Şimdi Almanca, Fransızca ve İtalyancayı rahat konuşuyor. Ufak

ufak İbraniceye başlamış. Bu tamamen Celasin General'in etkisidir. Yani annesi ve babası söylese bu kadar etki yapmazdı ama Celasin General söyleyince akan sular duruyor. Ayda bir telefon ederdi Celasin General'e Paris'ten. Komutanım bu ay şunu yaptım, bunu yaptım, Fransızcada şuraya geldim diye tekmil verirdi. O bakımdan da biz Hava Kuvvetleri'ne çok şükran borçluyuz.

Çocuk yetiştirme konusunda işin doğrusu nedir sizce? Ailelere neler önerirsiniz?

Asım doğmadan önce Oya'ya "Bir çocuğumuz olacak, onun kendi başına bir birey olduğunu unutma. O, senin istediklerini ve gönlündekileri yapmak zorunda değil. O herhangi bir konuda karar verdiğinde sen ona ancak tavsiyede bulunabilirsin. Onun yerine karar veremezsin. Onun kararı her neyse, saygı duymak zorundasın," dedim. Biz Asım'ı yetiştirirken hep bu düsturda ilerledik. Ailelere de bunu düstur edinmelerini önerebilirim. Tabii bunun yanında Asım'ı iyi okullara gönderdik. Mesela Robert Kolej'e değil de Alman Lisesi'ne gitti. Çünkü daha iyi bir okuldu. Sonra ailecek Fransa'ya gittik bir süre, orada da Alman Lisesi'ne gitti. Tabii bu arada Fransızcayı da öğrendi. Bunun yanında otobüs ve metro hatlarını kullanarak şehir içinde seyahat etmeyi öğrendi. İstanbul'a gelince de bunları uygulamaya devam etti. Ben belki kırk beş sene olmuştur, hiç otobüse binmedim. Ama Asım, İstanbul'da da vapur, otobüs ve metro kullanıyor. Yeri geldiğinde de arabasıyla trafiğe çıkıyor. Biz bu konuda onu hiç yönlendirmedik, bunları Asım kendi kendine geliştirdi. Bir de Asım çok seyahat etti. Ayrıca hep zeki bir çocuktu ve en önemlisi de çok meraklıydı. Bir çocuğun gelişimindeki en önemli detaylar bunlardır diye düşünüyorum; özellikle merak.

Bizim Asım'da uyguladığımız en önemli yöntemlerden biri de bol bol kitap alıp okumak oldu. Asım büyürken ben her akşam ona mitoloji okudum. Mitolojiler bittiğinde de büyük keşifleri, Kristof Kolomb ve James Cook'u okumaya başladım. Birçok isim öğrendi, öğrendikçe merakı arttı. Zamanla kitaplarını kendisi almaya başladı. Böylece kitap alma alışkanlığı kazandırdık oğlumuza. Asım şimdi kendi konusundaki klasikleri topluyor örneğin. Tabii burada hemen şunun altını iki kez çizmek isterim: Asım'ın parası var. Bu da yadsınamayacak derecede önemli bir faktördür. Yani Asım bir kitap alırken onun fiyatını düşünmek zorunda kalmıyor. Bunu her gençte görmek mümkün değil. Öyleyse her gence de tavsiye edemezsin. Hakaret eder gibi, bu imkânların yoksa sen adam olamazsın demeye getirmek istemem çünkü bu doğru değil. Herkesin benim söylediklerimden kendi imkânları dahilinde mümkün olanları almaları ve uygulamaları yerinde olacaktır.

En önemlisi aileler, çocuklarını dikkatli ve özenli bireyler olarak yetiştirmeye gayret edebilirler. Eminim bu özellikler tüm yaşamları boyunca onlara çok şey kazandıracaktır. Çünkü insan bir kere bu alışkanlığı edinince yapmadığı ya da yarım bıraktığı şeyler onu çok rahatsız ediyor. Çocuk belirli bir yaşa geldikten sonra da artık tavsiye verirken dahî dikkat etmek gerekir. Bilhassa ikili ilişkilerine hiç bulaşmamakta fayda vardır. Bulaştığında başının derde gireceğini garanti edebilirim. Bu konuda terazi hiç şaşmaz, kendimden biliyorum.

Aileler, çocuklarıyla aralarında geliştirdikleri arkadaşlık bağını koparmaktan mutlak suretle kaçınmalıdırlar ki bu çok önemli. En başta çocuğun kendi başına bir birey olduğunu kabul etmeliyiz, her ailenin bunu uygulaması aslında elzem. Çocuğa karşı tavrımızın tavsiye vermekten öteye gitmemesi gerekiyor. Çocuk, ancak kendini özel ve değerli hissedince bireylik kazanıyor. Bununla birlikte ebeveyn olarak daha alt bir

Aileler, çocuklarıyla aralarında geliştirdikleri arkadaşlık bağını koparmaktan mutlak suretle kaçınmalıdırlar.

sosyal seviyeden geliyorsan da şunun farkında olacaksın, kısa bir zamanda çocuğun seni geçecek. Ve sen bunu kabullenmek zorundasın!

Galiba toplumumuzdaki en büyük handikaplardan biri bu, aileler bunu kabullenemiyor.

Maalesef bu doğru. Ama aile bunu kabullenmezse de çocuğun sağlıklı bir birey olarak yetişmesi pek mümkün olmuyor. Çocuğun büyürken hep bir yerlerde sıkışıp kalmasına sebep oluyor. Ama kabullenirse hikâyenin yönü değişiyor. Mesela İhsan Bey tahsili boyunca Türkiye'ye sadece bir kez geldiğini söylemişti. Soyadı Kanunu çıkınca, babası onlara bir soyadı seçmesi için oğlunu çağırmış. Kendisi seçmemiş çünkü artık oğlunun kendisinden çok daha ileride olduğunu görüyormuş. Haliyle soyadını oğlunun seçmesi, babasına daha doğru gelmiş. İhsan Hoca gelmiş ve atlası açıp Ketin soyadını seçmiş. "O zaman modaydı. Orta Asya'dan bir dere buldum, Ketin deresi, onu seçtim," diye anlatmıştı. Babası da "Sen beğendiysen iyidir," diyerek kabul etmiş.

Bu sohbetimizin benzerini Atatürk Karlsbad'da Imperyal Otel'deyken, Türklerin ve kadınların da olduğu bir masada yapmış. "Bir evlat eğitimiyle annesini veya babasını geçmemeli," dediklerinde Atatürk buna karşı çıkarak "Hayır geçmesi gerekir, yoksa toplum da ilerleyemez," demiş.

Atatürk de söylediğine göre mutlaka uygulamak gerekiyor demektir. Çocuk zaten iyi yetiştirilirse ebeveynini katbekat geçecektir. O zaman anne babanın da bunu fark edip ona göre davranması lazım.

Peki, nerede hata yapıyoruz?

Bunu tam olarak bilemem. Ben sadece kendi aileme bakarak ve kendi tecrübelerimden yola çıkarak bir şey söyleyebilirim.

Örneğin annem Amerikan Kız Koleji'ni birinci sınıftan sonra şımarıklıktan terk etmiş. Halbuki zengin aile kızı, ne fırsatları var elinde. "Ben okula gitmeyeceğim," demiş, dedem de "Peki," demiş. Ama bunun yanında annem için okumamış demek de haksızlık olur. Çünkü İngilizce, Almanca ve Rumca biliyordu. Bana Alman dadı getirildiğinde onunla da benimle de Almanca konuştu her zaman. Bunun ne kadar önemli olduğunun bilincindeydi, küçük yaşımda dil öğrenmeme annem sebep oldu. Bununla da yetinmedi, eğitimim üzerinde de etkili kararlar vermemde beni yönlendirdi. Liseyi bitirdikten sonra Amerika'ya gitmeyi düşünüyordum. Annem önce Almanya'ya gitmem gerektiği konusunda beni uyardı. "Almancan çocuk Almancası, edebiyat ve sanat bilgin eksik. Git, iyice öğren," dedi. Çok haklıydı, tabii ben de sözünü dinledim.

Peki siz mükemmel bir çocuk yetiştirdiğinizi düşünüyor musunuz?

Mükemmel mi yetiştirdik bilmiyorum. Ama sakat bir çocuk mu yetiştirdik onu da bilmiyorum. Çünkü adam çevreye uymakta güçlük çekiyor. Tabii bir taraftan da kariyeriyle, bilgisiyle, deneyimiyle ve efendiliğiyle iyi bir birey oldu. Dediğim gibi, biz kendi bildiğimizi uyguladık, zaten başka da yapabileceğimiz bir şey yoktu. Yeri geldi şımartıldı da. Hem babaannesinden ve dedesinden hem de anneannesinden ve Oya'nın babasından çok iltifat gördü, el üstünde tutuldu. Bir de tabii adını taşıyor ya, babamın çok hoşuna gidiyordu. İki Asım, iyi geçiniyorlardı.

Siz öncelikle çocuğun karar alma mekanizmasını geliştirmeyi öğütlüyorsunuz, sonrası kendiğilinden mi gelir?

Evet ve dediğim gibi bir de seçenek sunmayı. Çocuk ne imkânları olduğunu görmeli. Dünyada neler oluyor bilmeli. Mesela Asım çok seyahat etti; Çin'e, Moğolistan'a ve Amerika'ya gitti, Avrupa'nın her tarafını gördü. Dolayısıyla seçenekleri çoktu.

"Ben Avrupa'yı beğendim, Amerika'yı beğenmedim," diyebiliyordu. Çünkü Amerika'nın en iyi üniversitelerinden birinde üç yıl geçirdi. Hep kendini geliştirmenin peşinden gittiğini gördük ve bu bizi çok memnun etti.

Tabii birçok ailenin çocuğu için bu kadar maddi imkânı yok. O zaman ne yapmalı?

Bilmeliyiz ki tek kurtuluşumuz okumakla ve okuduğumuzu anlamakla olacaktır. Bakın benim ilk yurtdışı tecrübem lise ikideyken oldu. O zamana kadar beni yurtdışına götürmediler. Çok erken bir yaş olmadığının altını çizerim. Ben dünyamı kitaplar sayesinde genişlettim. Bir de anneannem ve dedem beni yazları Bursa'ya götürürdü. Oradaki tabiatta serbest bırakırlardı. Anneannem beni bazen Karapınar'a götürür, bazen de Uludağ'a çıkarırdı. İşte bende oralarda tabiata karşı büyük bir sevgi uyandı. O sevgiyi okuduklarımla birleştirince "İşte hayat dediğin böyle olmalı, tabiatla geçmeli. Oturup fabrika yönetmek gibi işler benim için değil," dedim. Babam bana hiçbir zaman "onu yap, bunu yap" demedi. Bu bence çok akıllıca bir politikaydı. İyi ki benim olmak istediğim insan olmama izin vermişler.

Tek kurtuluşumuz okumakla ve okuduğumuzu anlamakla olacaktır.

Aileler, maddi imkânı yoksa çocuğunu gezdiremiyor ve dünyayı gösteremiyor olabilir. Ama mesela Anadolu'da yaşıyorsan çocuğuna tabiatı gösterebilir ve tanıtabilirsin. Örneğin, benim öğrencim Ali Polat, okuması yazması olmayan bir çobanın oğludur. Şimdi ise Kanada'da el üstünde tutulan bir profesör ve üç madalyası var. Ali okula geldiğinde biz hayret etmiştik, bu çocuk niye bu kadar meraklı ve nasıl bu kadar şeyi biliyor diye. "Hocam, ben çobanlık yaptım ve doğadaki taşlar çok hoşuma gitti. Onun için jeolog olmaya karar verdim," diye açıklamıştı kendini. Ayrıca o kadar zeki ve kendini bilen bir bireydi ki Ali, önce Fırat Üniversitesi'ne gitmiş ama oranın hocalarını beğenmeyince tekrar üniversite imtihanına girip İTÜ'ye gelmişti. Düşünebiliyor musun, belki de insan çobanın oğlu deyip geçer. Oysa şimdi profesör ve *Canadian Journal of Science*'ın editörüdür.

Çok oldu mu böyle öğrencileriniz?

Tabii, Sinan Akçiz var mesela. O Robert Kolej mezunu ama ilginç olan, üniversite imtihanına girerken tek seçeneği jeolojiymiş. Kendinden bu kadar emin olması beni çok şaşırtmıştı. O kadar meraklı ve hevesliydi ki okula geldiği ilk senenin sonunda yani 1993'te onu alıp Tibet'e götürdüm. Bu deneyim çok hoşuna gitti tabii. Bizim okulu bitirdikten sonra da ben onu MIT'ye tavsiye ettim ve oraya gitti. Şimdi ise California Üniversitesi'nde profesör.

Genelde erkek isimleri sayıyorsunuz jeolojiden söz ederken. Jeolojide başarı gösterenler genelde erkekler mi?

Hayır, bilakis kızlar daha başarılıdır. Saniye, Nalan, Nazik, Zeynep... Hepsi de çok başarılı olmuş öğrencilerimdendir. Öyle ki bu kızların başarısını yakalayan iki erkek ismi sayabilirim size, onlar da Ali ve Sinan'dır. Sinan işini gücünü bıraktı, Kahramanmaraş merkezli depremde kalktı geldi buraya. Bizim Cengiz Zabcı sitem etmek için beni aramıştı, niye bu adamla bizi daha önce tanıştırmadın diye. Teknik Üniversite'de onlar gibi birçok öğrenci yetiştirdim ama maalesef bir tanesi bile kalmadı ülkemizde, hepsi yurtdışına gitti.

Jeoloji alanında çalışmalar yapabilmek için yurtdışının imkânları daha mı iyi?

Değil hayatım, jeoloji yapabilmek için bir topografik harita, bir kurşunkalem ve bir pusula yetiyor. Ama buranın havasını ve maaşını sevmeyip gidiyorlar. Haklılar da, ne diyebilirim ki.

Sizin için, ailesinin imkânları güçlü olduğu için başarılı oldu diye düşünenler de var. Ama şimdi görüyorum ki ailenizden de bir tane Celâl Şengör çıkmış.

Evet. Ama işte gezmek, tozmak ya da diğer zengin aile çocuklarının yaptığı şeyler benim hoşuma gitmiyordu. Mesela onlar sürat teknesiyle dolaşırken ben uçuyordum. Onların hayatı beni cezbetmiyordu. Düşünsene, benim Amerika'da sekiz sene boyunca kız arkadaşım yoktu. Mesela cuma günleri seminer yapardık. Seminerden sonra şaraplar ve biralar gelir, herkes bol bol eğlenirdi. Ben de fırsat bu fırsat odama çekilir, tam bir sükûnet içinde sabaha kadar çalışırdım.

Okulda Michelle isminde bir arkadaşım vardı. Bir gün yanıma çıkageldi. Masamın üzerine oturdu. "Ne yapıyorsun?" dedi. "Çalışıyorum," deyince, "Biliyor musun, senin için üzülüyorum. Biz akşamları içip eğleniyoruz. Sen yalnız başına kalıyorsun," dedi. Yalnız kalmadığımı, onlar gidince arkadaşlarımın geldiğini söylediğimde çok şaşırdı. "Suess, Argand, hepsi akşamları benimle beraberler. Sen gidip ne yapıyorsun? Ben biliyorum; yemek yiyorsunuz, sonra Tom'la eve gidiyorsunuz ve sevişiyorsunuz. Sabah kalktığınızda ne var elde? Hiç! Ama ben sabah buradan kalktığım zaman geride bir şey kalıyor," diye kendimi açıkladım ama Michelleciğim beni pek anlayamadı. Fakat Alman göçmeni temizlikçi bir kadın vardı. O, beni Amerikalılardan daha iyi anlıyordu. Geceleri arada bir temizliğe geldiğinde sohbet ediyorduk. Tabii en çok Almanca konuşabilmek hoşuma gidiyordu.

Zenginlik sizce nedir hocam?

Zenginlik, yaşadığın hayattan maksimum zevk alacak kadar imkânının olmasıdır. Şahsen ben çok parası olmayan bir sürü subay tanıdım ama hepsi çok zengin adamlardı.

Zenginlik, istediğine ulaşabilmek demektir. Her şeyi alamıyorsun ama ulaşabiliyorsun. Mesela ben Maldivler'i alamam

Zenginlik, yaşadığın hayattan maksimum zevk alacak kadar imkânının olmasıdır.

ama on sene önce Maldivler'e gittim. Sadece uçak biletini almak olarak düşünme, orada şahane bir otelde kaldık. Otelin şahane bir laboratuvarı vardı ve oradaki deniz kaplumbağalarıyla ilgili araştırmalar yapılıyordu. Sonra öğrendim ki küçük kitapçısında Maldivler'in tarihçesini anlatan bir kitap vardı. "Ben bunu istiyorum," dedim. Meğerse başkent Male'den getirmeleri gerekiyormuş. Neyse tayyareyle ertesi güne getirdiler. Oya "Sen deli misin?" demişti. "Maldivler'in tarihçesini ne yapacaksın?" diye düşünebilirsiniz ama işte lazım oluyor.

Mesela biz orada laboratuvarda çalışan kızlarla oturup Maldiv dilinden bir İngilizce lügat ürettik. Sen coğrafyadaki "atol" sözcüğünün Madivler'den geldiğini biliyor muydun? Sonra mesela Teknik Üniversite'deki öğrencilerime kalkeranit bu şekilde oluşuyor diye göstermek için oradan mercan kumu toplayıp getirdim. Bizim öğrencilerimiz, kireç taşı kumunun nasıl olduğunu görmek istiyorsa o, üniversitemizde artık mevcuttur. Bundan başka Hawaii'den kum getirdim; yeşil plajdan sırf olivinlerden oluşan bir kum ve siyah plajdan bazaltlardan, piroksenlerden oluşan bir kum getirdim. İşte zenginlik, bu imkânlara ulaşabilmektir.

Şunu çok duyuyor olmalısınız: "Ben onun gibi başarılı olamam çünkü o Celâl Şengör..."

Evet, gerçekten bu en çok duyduğum şeylerden biri. Öncelikle başarıdan söz etmek bana çok iddialı geliyor. Bunun için ben başarılı olup olmadığımdan emin değilim. Oya'yla da bu konuda sık sık kavga ediyoruz. O çok başarılı olduğumu söylüyor. Ben de o kadar başarılı olmadığımı iddia ediyorum. Ve bunun mütevazılıkla bir ilgisi olmadığının altını çizmek isterim. Ben kat'iyyen mütevazı olmayan gerçekçi bir adamım.

Böyle söylemelerinin bir nedeni de zenginlik vurgusu tabii. Maalesef her zaman ailemden dolayı zengin olmam ön plana çıkarılıyor. Ailem zengin olmasa başarılı olamazdım gibi konuşuluyor. Oysa bunun böyle olmadığının çok güzel örnekleri de var. Mesela İhsan Ketin, okuduğu okuldaki hademenin oğluydu ve dünya çapında bir başarı kazandı.

İşte bu yüzden bu konunun altını çizelim istiyorum. Örneğin Ali Bey'in de bir çobanın oğlu olması, okura "Ben de yapabilirim!" duygusunu verebilir.

Tabii versin. Ben meraklı olan ve bu merakının peşine düşen herkese çok büyük saygı duyuyorum. Ali'yi desteklememin sebebi de buydu. Parasının olup olmaması mühim değildi çünkü Ali'nin başarısı inanılmazdı. O her zaman en iyi öğretmen ve en iyi bilimci oldu. Neler neler yaptı! Onunla hep gurur duyuldu çünkü nereden geldiğini de hiç unutmadı. Mesela jeoloji mühendisleri odasının davetlisi olarak bir konferans vermek için gelmişti. Köylülerine de haber vermiş, Keban'ın Denizli Köyü'nün köylüleri geldi. Gözlerimize inanamadık, grand tuvalet giyinmiş bir adam "Ben Ali'nin kirvesiydim," dedi. Bir kadıncağız geldi, Paris moda haftasından fırlamış gibiydi. Belli ki Ali'ye müthiş saygı duyuyorlardı. Gururla beni köylerine davet ettiler. "Böyle bir köyse hemen gelirim," dedim. Çünkü yetiştirdikleri evladın değerini biliyorlardı.

Yani bir insan başarılı olursa kendi yolunu açabiliyor. Tabii hocalarının desteği de ona ışık oluyor.

Aynen öyle, ben de Ali'nin üzerinden desteğimi hiç çekmedim. Çekemezdim çünkü bu ülkenin yetiştirdiği bir değer olarak çok güzel şeyleri hak ediyordu. Mesela okuldan sonra ne yapacağını sorduğumda ya DSİ'ye ya da MTA'ya gireceğini söylemişti. Ama ben onda çok daha fazlası olduğunu görüyordum, "Olmaz, senin önce İngilizce öğrenmen lazım," dedim.

Ali'ye bir burs bulmak gerekiyordu. Annemin kuzeni Cenan Ağabey vardı, ona gidip durumu anlattım ve 6 bin pound burs verip veremeyeceğini sordum. Sevinerek kabul etti. Ali'yi alıp ona götürdüm, tanıştılar. İhtiyaçlarıyla da annem ilgilendi. Bell School of Language Cambridge'e gitmesini sağladım. Cambridge'e de Ali'den söz ederek isterse laboratuvarlarını kullanması için izin vermelerini rica ettim. İmkân verilince insan çok şey yapabiliyor ama dediğim gibi içinde o merak ve heves varsa. Ali'de vardı ve kabak çiçeği gibi açıldı. Sonra master yapması için de arkadaşım Jack Casey'in yanına gönderdim. Ardından iş buldu ve dünya çapında ünlendi. Mesela hocam Kevin çok müşkülpesent biriydi, nur içinde yatsın, "Arkeen konusunda bir tek Ali'ye güvenirim!" derdi. Düşünebiliyor musun, Kevin gibi ünlü bir bilim insanı dünyanın iki buçuk milyar yıldan önceki tarihi hakkında bir tek Ali'ye güveniyordu.

Asperger olduğunuz için empati yeteneğinizin olmadığını söylemiştiniz. Ama Ali Bey için yaptıklarınıza bakarsak empati yeteneğiniz varmış gibi gözüküyor.

Bunu Oya anlatsın çünkü hep o diyor bana senin hiç empati yeteneğin yok diye.

Oya Şengör: Celâl, bir şeyi kafasına koyduysa o şeyi illa yapmadan rahat edemez. Bir şeye şimdi "Peki," diyorsa beş dakika sonra itirazına devam eder. Bu özellikle yemek konusunda böyledir. Çünkü sağlığına hiç özen göstermiyor. Tabii bu da beni çok üzüyor. Beni çok sevdiğini biliyorum ama hiç karım üzülmesin diye empati yaptığına şahit olmadım. Halbuki biraz kilo verse, sağlığına dikkat etse kendisini de beni de çok mutlu edecek. Sanırım empati konusu beni en çok Celâl'in sağlığına dikkat etmemesi konusunda yordu. Empati benim için budur. Hatta kitabın başlığını şöyle yapabilirsiniz: "Oya Şengör bir daha dünyaya gelecek olsa Celâl Şengör olarak gelmek isterdi."

Hocam siz neler söylemek istersiniz?

Ne diyeyim ki hayatım... Ben hayatı Oyasız yaşamayı hiçbir şekilde düşünemiyorum. Halbuki benim yokluğum onun için büyük avantaj olurdu. Ama ben onun bu rahatsızlık duyduğu konular hakkında bir rahatsızlık hissedemiyorum. Benimle yaşamanın ne kadar zor olduğunu da biliyorum.

CELÂL ŞENGÖR'ÜN ÇOCUK YETİŞTİRME KONUSUNDAKİ TAVSİYELERİ

1- Çocuğun, olmak istediği insan olmasına izin verilmelidir.

2- Çocuğa bilgili olmanın ve eleştirel düşünmenin faydaları anlatılmalıdır.

3- Aile, çocuğunun kendi başına bir birey olduğunu kabul etmelidir. Çocuğuna karşı tavrı, tavsiye vermekten öteye gitmemelidir.

4- Çocuk, zaman içinde ailesinin önüne geçecektir. Bunu her aile kabul etmelidir.

5- Çocuğu mümkün olduğunca içinde kitapların olduğu bir dünyada büyütmeli ve okuma sevgisi aşılanmalıdır.

6- Çocuğun zihnin gelişimi için önünü açmak çok önemlidir.

7- Çocuğa büyük muamelesi yapılmalı, her sorusu titizlikle yanıtlanmaya çalışılmalıdır.

8- Saygı sınırlarını aşmadan çocuğunuzla arkadaşlık kurmanın yolları aranmalıdır.

9- Aileler, çocuklarını dikkatli ve özenli bireyler olarak yetiştirmeye gayret etmelidir.

10- Dil öğrenme konusu çok önemlidir, lütfen küçük yaşlardan başlayarak bu konuyu önemseyiniz.

11- Çocuğunuza imkânlarınız dahilinde dünyada neler olup bittiğini görmesi için önayak olmalısınız.

BÖLÜM VI

SİYASİ HAYATI OKUMAK

"Siyaset; gerçeği bir labirent içinde gizleme sanatıdır."

'68 olaylarının başladığı zamanlar siz de lise öğrencisiydiniz. Hiç bu fraksiyonlara girmediniz mi?

Hayır çünkü ben o yaşıma kadar her şeyi okumuştum. Adolf Hitler'in *Kavgam* ve Karl Marx'ın *Das Kapital* kitaplarını okumuştum. Mesela Hitler'in bir sözü vardır hiç unutmuyorum: "Küçük ev ailede her zaman sorun yaratır. Çünkü bireyler birbirleriyle çok sık karşılaşırlar." Çok doğru bir gözlemdir bu. Böyle şeyler de tabii insana ilham veriyor. Büyük şeyler düşünmeye başlıyorsun, '68 olayları da insana akla yatkın gelmiyor bu durumda.

O zamanki solcular okumamış mıydı *Das Kapital*'i ya da *Kavgam*'ı?

Hayır, ben bunu tespit ettim. Bir kere dil bilmiyorlardı. Okumadıkları bir yana, o yıllarda fikir kulüpleri vardı. Bu kulüpler insanların dövüldüğü ve kan revan içinde kaldığı yerlerdi. Buralardaki yanlış, bir dogmayı zorla başkalarına kabul ettirmeye kalkmaktı. Ben bunu çok aptalca buldum. Zaten çoğu çok cahildi. Bir gün bana birisi şöyle bir soru sordu: "Sağcılar ile solcular var ve bunların arasında kaldın. Kafana bir balta düşecek. Hangi tarafa devrilmeyi tercih edersin?" Ben, "Baltanın kafama düşmesini tercih ederim," dedim.

Sol düşünce, üniversite gençlik hareketleriyle güçlendi. Okuyan, yazan ve sorgulayan insanlar değil midir üniversite öğrencileri?

Öyle değildi onlar, belirli kitaplara saplanmış tiplerdi. Türkiye'de üniversite olmadığını da göz önünde bulundurursan hepsi zır cahildi. Mesela bir arkadaşımız vardı. Cebinde sürekli Mao Zedong'un *Kızıl Kitap*'ını bulunurdu. Yani onların, yanında mushaf[27] bulunduran yobazdan hiçbir farkı yoktu.

Peki, cebinde Nâzım Hikmet'in şiir kitaplarını bulunduranlar?

Onlarla tanışmadım. Ben daha önce Lenin'i okuyup tanıdığım için onlardan uzak durdum. Lenin'in ne kadar büyük bir bilim adamı olduğunu duyuyordum solculardan, midem bulanıyordu. Bunu söyleyenlere de her zaman okuyun, araştırın ve öğrenin diyordum.

Günümüzde o dönemin solcularından bazı isimler idol kabul ediliyor, biliyorsunuz. Yani Yusuf, Deniz...

Bir banka soyguncusu, bir katil nasıl idol olabilir? Benim aklım almıyor bunu.

Sizce bu isimler ülkemize katkı mı sağladılar, yoksa ülkemizi geriye mi götürdüler?

Çok geriye götürdüler ülkemizi. Zaten Avrupa'daki '68 hareketleri de üniversitelere ve topluma büyük zarar vermiştir. Dünyanın canına okuduğu gibi Türkiye'nin de canına okudu. Mahvetti Türkiye'yi. Alman konsolosu bir arkadaşım vardı, beni bir akşam yemeğine davet etti. İkisi hanımıyla beraber bu '68 olaylarına katılmışlar, sonra da arkeoloji okumuşlar. Konsolos "O günlerde yaptıklarımızdan utanıyoruz," demişti. Bizimkiler ise daha oraya gelemediler.

[27] Mushaf, *Kur'an*'ın kitap halindeki şekline verilen isim.

Sizin için solculuk nedir?

Solculuk benim gözümde; Fransız ile Rus ihtilallerinin ve Çin'deki kültür devriminin hayata geçirdiği sistemdir. Bunlardan önce doğmuştur belki ama bunlar solculuğun hayata geçirilmiş şeklidir. Aslında özetle, cahil ayaktakımının iktidarıdır. Hiçbir zaman, hiç kimseye bir hayır getirmemiştir. Solculuğun teorisini kuran da Marx ve Engels'tir. Doğrusu her ne kadar Marksizm bir din gibi hayata geçse de onlardan önce de solculuğu savunan ekonomistler vardı. Bugün Marksizm'i eleştirmek istediğinde insanlar bozuluyor ama eleştirecek de çok noktası vardır. Bir de en önemlisi Marksizm'in öngördüğü şeylerin hiçbirisi gerçekleşmemiştir. Dolayısıyla hâlâ bunun üzerine gitmenin anlamı yok. Beni en rahatsız eden ise ayaktakımının iktidarıdır. Çünkü bir toplumun, toplum olabilmesi için önce bir hafızasının olması gerekir. Bu hafızanın olabilmesi için de toplumda elitler sınıfı ve aristokrasinin olması çok önemlidir. Dikkat edersen sadece meritokrasi demiyorum. Aristokrasinin olması şarttır. Yani nesillerdir gelenekleri ve bilgileri biriktiren bir kesim olsun ki bu, toplumu ayakta tutabilsin.

Bir toplumun, toplum olabilmesi için önce bir hafızasının olması gerekir.

Siz Rönesans'ı da sağlıklı bulmuyorsunuz, değil mi?

Hayır, tam tersi ben Rönesans'ı çok sağlıklı buluyorum. Çünkü Rönesans ilk kez dine karşı bir ayaklanıştır aslında. Yani Rönesans aslında eski Yunan'a dönmek için yapılmıştır. Adı üstünde "re-naissance", yani Fransızca yeniden doğuş demektir. Eski Yunan'ın doğuşu! Dolayısıyla çok hayırlı bir adım olmuştur. Zaten Rönesans'tan sonra hemen bilim devriminin gelmesi o kadim Yunan idealinin tekrar hayata geçmesidir. Burada kadim Yunan idealinden kasıt da tabii Nietzsche'nin dediği gibi "Yunan felsefesinin doruk noktası, Sokrates öncesi felsefecileridir." İşte Anaksimander, Heraklitos, Anaksimenes, Empedokles, Pisagor, Parmenides ve Thales'tir. Öyle ki bu adamların yarattıkları veya yaratmaya çalıştıkları dünya ideal bir dünyadır. Her şeyi rasyonel olarak sorgulamak, geliştirdiğin tezleri gözlemle kontrol etmek ve bunlar reddedildiği zaman hemen yerine daha kapsamlı ve daha yenilerini geliştirmek anlamına gelir. Ben bunu ideal bir toplum yönetimi olarak görüyorum. Onun için de ne sağcılıkla uyuşabiliyorum ne solculukla...

Sizce 1938'den sonra Türkiye'nin en iyi siyasi dönemi hangisidir?

Sanırım 1960'lar çünkü iyi bir anayasa vardı. Daha sonra canına okundu ülkemizin. Tabii biz ülkümüzü 1938'de kaybettik. Atatürk'teki şahsiyet başka kimsede yok... Rahmetli dedem, "Atatürk yalnız adamdı. Atatürk içkiden öldü diyorlar ama hayır, derdinden öldü," derdi. Atatürk dâhiydi, onun gördüğünü hemen görebilecek çapta adam yoktu etrafında. Nasıl dertli olmasın ki onu anlayabilen bir kişi haricinde kimse yok etrafında: Hasan Âli Yücel. O da çok genç.

Ben Atatürk hakkında, *Dâhi Diktatör* isimli bir kitap yazdım. O kitabı henüz okumadan çok kişi bana bozuldu, "Atatürk'e diktatör diyorsun!" diyerek. "Bal gibi diktatördü," dedim. İyi ki de öyleydi. Atatürk diktatördü ama bu ülkede bir daha diktatörlük olmasın diye öyleydi. Zaten diktatör olmasaydı, yaptıklarını yapamazdı. "Kimse beni anlamıyor!" derler hani, onun gibi aslında. Seni anlamayan insanlarla ne yapabilirsin ki? Kimse seni anlamayınca da mecbur sen emredeceksin, onlar da yapacak. Atatürk'ün döneminde hem Türkiye sosyal olarak hazır değildi hem de çevresindeki insanların yetenekleri Atatürk'ün ideallerini

Atatürk diktatördü ama bu ülkede bir daha diktatörlük olmasın diye öyleydi.

gerçekleştirmek için yeterli değildi. Büyük Taarruzun başlangıcını düşün, Atatürk planlıyor ama çevresindekiler toplu halde karşı çıkıyor. En sonunda Atatürk'e "Biz bu mesuliyeti alamayız," diyorlar. Atatürk de onlara "Bir yanlış anlama oldu galiba, bütün mesuliyet benim!" diyor.

Yakup Şevki Paşa, Taarruz esnasında Atatürk'e, "Karşımda Digenis[28] duruyor, sen ise benim elimden bütün silahları aldın, adam bir vursa Ankara'ya kadar gelir!" diyor. Atatürk, "Vuramaz Paşam," diyor. Yakup Şevki Paşa, "Nereden biliyorsun? Ben bir taburu kaydırıyorum, adamın hemen haberi oluyor," diye ekliyor. Atatürk, "Paşam, gündüz gözüyle kaydırırsan tabii haberi olur," diyor. Çünkü kendisi taburların yerlerini gece değiştiriyor ve tekerleklerini bezlerle sarıyor ses çıkmasın diye. Bu durum, Atatürk'ün karşısındaki kişiyi iyi tanımasıyla alakalıdır. Mesela Sakarya Meydan Muharebesi'nde Papulas'ı[29] da çok iyi tanımış, adamın sabrıyla oynamış. Kaburgasında da kırık var o dönem Atatürk'ün ama Papulas'ın tüm savaş taktiklerini bozmuş. Çünkü biliyor, en sonunda çökecek karşısındaki ve çöküyor da. Deha böyle bir şeydir. Bilirsiniz, Atatürk Sakarya Meydan Muharebesi'nden sonra genel sekreteri Ruşen Eşref Önaydın'a şöyle demiştir: "Ben galiba yine en iyi bu askerliği yapıyorum." Gerçekten öyledir.

Atatürk'ün askerliği çok özel bir yetenek ve askerliğin o dönem için gerekliliği de aklın sonucudur. Mesela Atatürk, Kurtuluş Savaşı'nı kazandıktan sonra üniformasını bir daha giymiyor. Hatta askeri davetlere bile bilhassa sivil katılmayı tercih ediyor. Çünkü her şeyin yeri var. Atatürk'ün bütün özellikleri akılcılıktan geçiyor. Eğitim konusundan bak, oradaki akılcılıktır; askeriyeden bak, oradaki akılcılıktır; siyasete bak, oradaki akılcılıktır.

---

28 Kimon Digenis, Tümgeneral rütbesine ulaşan bir Yunan Ordusu subayı.

29 Anastasios Papulas, 1919–1922 Türk-Yunan Savaşı'nda Anadolu'daki Yunan kuvvetlerinin başkomutanlığını yapan korgeneral.

Peki, Türkiye'nin en kötü dönemi hangisiydi?

Bence 2003'ten sonra Türkiye birdenbire baş aşağı gitmeye başladı. Ben '80'de darbe olduğu için dönebildim Türkiye'ye örneğin. Kenan Evren bizi davet ettiği zaman da elini öpüp Türkiye'ye gelmemi sağladığı için teşekkür etmiştim.

1980'lerde Türkiye'de kalmayı tercih etmişken şimdi gitmeyi düşünüyorsunuz...

Yani artık elle tutulur tarafı kalmadı, ne diyeyim... Türkiye'yi terk etmek ve daha medeni bir topluma gitmek gibi bir düşüncemiz var. Çünkü ben 68 yaşımdayım, eşim de 60 yaşında. Bu yaştan sonra biraz rahat yaşamak istiyor insan. En önemli nedenlerden biri hatta İstanbul için dominant neden de tabii İstanbul depremi. Açık söyleyeyim bu konuda önümü göremiyorum. Türkiye'de birçok kriz yaşandı ama bence bugün en büyük aksaklık halkın reaksiyonudur. Yani halkın iktidara gösterdiği iltifat, beni ilk kez ciddi bir ümitsizliğe sevk etti. Benim gördüğüm, halkın rasyonel ve akılcı bir yaklaşımı yok.

Peki, sizce iktidarı bu kadar kötü yapan ne?

İktidarı kötü yapan siyasal İslam'dır ve bu aslında cehalete dayanan bir olgudur. Dolayısıyla iktidarı kötü yapan cehalettir. Örneğin Cumhurbaşkanı bir konuşmasında faiz konusunda "Nas var!" dedi. Nas, dogma demektir. Hasan Âli Yücel'in kitaplarını okuyun, Dogmatizmden bahsederken "Bizde Nasçılık denir," diyor. İslam naslarının oluşturulduğu zaman, milattan sonra yedinci yüzyıl ve oluşturulduğu yer de Arap yarımadasıdır. Bunlar bugünün şartlarıyla uzaktan yakından alakası olmayan şeylerdir.

Sonra mesela Ayasofya'yı camiye çevirdi. Cami eksiği mi vardı? Hayır. Bunu sadece oy almak için yaptı. Necmettin Erbakan'ın hayali olduğundan söz ediliyor ama neticede onunla da anlaşamadı. 30 yıldır siyasal İslam'ın hayaliymiş. İyi ama niçin?

İşte bu cehalet! Keşke Bizans'ın kalesini camiye çevireceğine daha iyisini kendisi yapsaydı! 600 yıldır niye yapılmamış?

Belki de başka Mimar Sinan yetişmedi diye...

Ama Mimar Sinan da yapamamış. Yaptıklarının hepsi Ayasofya'nın kopyasıdır. Mimar Sinan kendine has bir mimari stil geliştiremedi çünkü yaratıcılığı yok. Mimar Sinan'ın yaratıcılığı mühendisliktedir; Süleymaniye'nin içindeki hava akımının iyi düşünülmesi ya da Selimiye'deki fil ayaklarının duvarlara gizlenmesi çok güzel şeylerdir ama tasarımda bir yenilik yoktur. Süleymaniye'ye ya da Selimiye'ye bak uzaktan, Ayasofya'ya benziyorlar. İşte Ayasofya'nın öyle bir otoritesi var ki bu kırılamıyor. Ayasofya'yı iki matematikçi İsidoros ile Anthemios yaptı. Ayasofya'da ilk kez o yükseklikte bir kubbe yapılıyor ve bu kubbe duvarlarına baskı yaptığı zaman ilk kez duvarlara payanda koyma fikrini düşündüler. Dünyada o güne kadar kullanılan en hafif tuğlayı kullandılar. Çünkü daha fazla ağırlığı kaldıramayacağını fark ettiler ve yapımı beş yıl gibi kısa bir sürede de bitti. Buna rağmen ortaya muhteşem bir yapı çıktı. Bu müthiştir çünkü Avrupa'daki katedrallerin bazılarının yapımı 100 yıl sürüyordu. Ama işte senin, onun karşısına koyacak yapın yok. Mimar Sinan iyi hoş da hani nerede o yapılar, yok!

Mimar Sinan köprü yapımında daha mı başarılı, yıkılmıyor en azından...

İyi de güzelim Roma'nın köprüleri de yıkılmıyor. Bizimkiler de Roma'dakilerin kopyasıdır. Yani burada da bir yenilik yok. Bunu Doğan Kuban Hoca'ya söylediğimde bana kızıyordu ama ben Mimar Sinan'da bir yenilik göremiyorum. Bir Michelangelo değildir. Yani o, hem San Pietro'yu[30] planlıyor hem de içindeki resimleri yapıyor. Bir yandan da heykeltıraştır.

30 Aziz Petrus Bazilikası veya San Pietro Bazilikası Roma'daki en büyük dört bazilikadan ikincisi. Yapımına 1506 yılında başlandı.

Peki, bizde neden yenilik yok sizce. Sebep yine din mi?

Din ama ondan da önce "Ben ustamı geçemem. Ustamı geçtiğimi söylersem ayıp olur!" düsturu var. Bu Asur'dan ve Sümer'den gelen bir gelenektir. Onun için Ekrem Akurgal'ın kitabını[31] mutlaka okumalı ve bilgilenmelisiniz. Boynuzun kulağı geçmesi gerekiyor, yoksa hep kötüye gideceğiz. Yunanlar muazzam bir medeniyet yaratıyorlar çünkü orada herkes birbirini geçmeye çalışıyor. Bireycilik var ve çok önemseniyor. Bireycilik olmayınca insan haysiyetine saygı da olmuyor.

Hocam, sizin eskiden hiç siyasi söylemleriniz yok. Hep bilim üzerine konuşuyorsunuz ama 2005'ten sonraki konuşmalarınıza siyaset girmeye başladı. Ne değişti?

Evet, önceden kaygı hissetmiyordum ve hep bilim konuşuyordum çünkü ben bir bilim insanıyım. Ama artık varlıksal bir tehditle karşı karşıyayız ve buna karşı bir katkıda bulunmam lazım. Çünkü sorumluluk hissediyorum. Bir de tabii benim karşımda duran en büyük zorluk; bana solcular da düşman sağcılar da. Fatih Altaylı şöyle diyor: "Sen mümkün olmayan bir şeyi başardın, Marksistleri ve Müslümanları kendine karşı birleştirdin."

Siz siyasi görüşünüzü nasıl tanımlarsınız?

Benim siyasi görüşüm tamamen Kemalizm'dir. Hem de en koyu haliyle! Çünkü Kemalizm eşittir akılizm demektir. Bu kadar basittir. Bazen bana "Atatürk hâlâ gerekli mi bize?" diye soruyorlar. Diyorum ki "Atatürk adını silip yerine akıl yaz, bir daha sor. Akıl gerekli mi? Akıl ne kadar gerekliyse Atatürk de o kadar gereklidir." Burada maksat Atatürk'ü anlamakta ve bu da daima güncel bir ihtiyaçtır.

Kemalizm eşittir akılizm demektir.

[31] Ekrem Akurgal, *Orient und Okzident : Die Geburt der griechischen Kunst,* Baden-Baden: Holle, 1966.

Atatürk, "Benim manevi mirasım ilim ve akıldır!" diyor. Anlamalıyız ki Kemalizm'in kitabı ve defteri yok. Bu da demek oluyor ki takip edeceğin kuralları da yok. Kemalizm'in bir tek kuralı var: o da "Aklını kullan!" Maalesef bugün tüm bunlar çok yanlış anlaşılıyor. Dini putlaştıran kesim gibi bir de Atatürk'ü putlaştıran kesim var. Onlar da milliyetçiler ve solculardır.

Elbette Atatürk'ün 1930'ların bazı problemlerine bulduğu çözümler bugün için alakasızdır. Çözülmüş, halledilmiş ya da bitmiş bir iştir. Bir daha onları uygulamanın anlamı yoktur. Ama bakış açısını anlamak çok kıymetlidir. Atatürk önce verilere bakıyor ve karşısındaki problemi tayin ediyor. Sonra bu problem hakkındaki verilere bakıyor ve problemi çözmek için bir hipotez uyduruyor. Evet, kelimenin tam manasıyla uyduruyor. En son da hipotezini uygulamaya başlıyor. Hipotezin yanlış olduğunu gördüğü an ise geri dönüyor ve yeni bir hipotez geliştiriyor. Bu geri dönme işini, politikacıların yüzde doksanı beceremiyor dünyada. Geri adım atamıyorlar, Atatürk'ün ise en büyük vasfı budur. Yani Atatürk büyük adam olmak niyetinde ve alkış peşinde de değil. Atatürk en önemlisi oy peşinde de değil. Atatürk sadece problemi çözmenin peşindedir. İcap ederse de zor kullanarak. İşte diktatörlüğü de buradan geliyor. Örneğin Sakarya Savaşı'ndan sonra meclis Atatürk'ü başkumandan yapalım mı yapmayalım mı diye tartışıyor. Atatürk çıkıyor kürsüye "Orduyu başsız bırakmadım, bırakmıyorum, bırakmayacağım!" diyor. Sonra da oybirliğiyle seçiliyor. Çünkü Atatürk, çevresindeki adamların çok sınırlı vasıflara sahip olduğunu biliyor. Zaten dünyanın her yerinde politika böyledir, bir sürü aptal işin içine girer. Fazla demokrasicilik oynamaya kalkarsan, bir sürü aptala teslim olmak zorunda kalırsın. Atatürk, aptallığa hiçbir zaman teslim olmamış bir adamdır.

Bir ilacı fazla alırsan seni öldürür. Yani normalde iyileştirmesi gereken ilaç seni öldürür. Demokrasi ilaçlara benziyor, fazlasını aldığında öldürüyor. Atatürk 1923'te tek partili sistemden çok partili hayata geçseydi inkılâplarının hiçbirini yapamazdı. Bizim inkılâpların hepsi metazori yapılmıştır.

Diktatörlük yönünü konuşmalarının tonunda da görüyoruz, epey ofansif konuşuyor. "Bazı kafalar kesilecektir," diyor örneğin.

Değil mi? Ama kimin keseceğini söylemiyor. Kimin kafasının gideceğini de söylemiyor. O konuşmadan sonra dışarı çıkıyorlar, Atatürk şeyhin koluna giriyor, "Ben hilafet ve saltanatın ayrılabileceğini şeyh hazretlerinden öğrendim," diyor. O da büyük bir yüzsüzlükle "Tabii paşam," diyor.

Atatürk çok başka bir adamdır. O kadar değişik konularda düşünebilen bir adam ki Sakarya Meydan Muharebesi'nin ortasında "Bizim memleketimiz kültür olarak çok zengin. Şu işler bitsin de bize bir kültür genel müdürlüğü lazım," diyor. Muharebedeki diğer subaylar, "Harbi kazanacak mıyız, kazanamayacak mıyız?" diye düşünüyorlar tabii. Atatürk'ün kafasında ise harp çoktan bitmiş. Bunu kazandıktan sonra cehaletle savaşacağız derdinde. İşte Atatürk'ten sonra da hiçbir zaman, en büyük düşmanımızın cehalet olduğu anlaşılamamıştır. Bu yüzden de bugün hâlâ cehaletle savaş içindeyiz.

Atatürk'ten sonra hiçbir zaman, en büyük düşmanımızın cehalet olduğu anlaşılamamıştır.

Bugün de kurtuluş yine ordudan gelebilir diye düşünüyor musunuz?

Ordunun bu durumları tedavi etmek zorunda kalması Türkiye için çok iyi bir şey değil. Ayrıca ordumuz çok büyük yara aldı bu Balyoz konusuyla. Bu tam iyi bir Amerikan tezgâhıydı. Türkiye'yi ele geçirmek istiyorsan ilk yapılacak iş orduyu parçalamak olacaktır. Orduyu devirmedikçe hiçbir şeyi deviremezsin Türkiye'de.

Örneğin Atatürk irticayla mücadeleyi orduya bırakmış. Aslında ben şunu anlıyorum: Atatürk siyasetçilerin bu konuda taviz vereceğini tahmin etmiş ve ordunun bu konudaki misyonunu daha iyi bulmuş. Ama ordumuz da bunu nitelikli bir şekilde yapabilmiş mi, pek emin değilim. Siz ne düşünüyorsunuz?

Ordu 27 Mayıs devrimine kadar bunu iyi yaptı. Ondan sonra giderek siyasetin etkisinde kaldı, bir de Amerika'nın büyük etkisinde tabii. Bizim ordumuzu bozan Amerika'dır. Bu 1947-48'den itibaren başladı çünkü ordu çaresiz olduğunu hissediyordu. Silah alması lazım, bunun için de para lazım. Nereden gelecek bu para, memlekette yok. Ya Rusya'ya sırtını dayayacaksın, ki onu hiç kimse istemiyor çünkü dikta var ya da batı demokrasilerine yanaşacaksın. Bir de Atatürk'ün vasiyetidir bu, Atatürk kendi yendiği ve tepelediği İngiliz'in yanından ayrılmayın demiş. Dedem her zaman "Atatürk vasiyet etmiştir, İngiliz'in yanında durun," derdi.

Batı kampında yer almak doğru bir tercihti belki ama bunun düzeyi iyi ayarlanamadı sanırım. Biz orada çok mu kukla olduk?

Kukla olmamızın sebebi de İnönü'nün İkinci Dünya Savaşı'nda yaptığı hatalardır. İnönü halkın içine giremeyen bir adamdı. Yani İnönü, Atatürk'ün yaptığını yapabilseydi, halkın içine girip niçin karnelerin konduğunu ve yiyecek maddelerinin depolandığını halka kendisi anlatsaydı her şey çok başka olurdu. İnönü sırça köşkünde oturuyordu. O yüzden Demokrat Parti iktidara geldi ama o da aşırı popülariteye kaydı ve din bezirganlarını baş tacı etti. Düşünün, Köprülü gibi bir adam bile 1956'da Demokrat Parti'ye isyan etmiş, "Çok kötü yoldasınız," demiş.

Köprülü'nün isyanı anlaşılır geliyor da Celâl Bayar'ın nasıl olur da o şekilde devam ettiğini ve hatalara düştüğünü anlamak mümkün değil.

Dedem, "Asıl asılacak kişi Celâl Bayar'dı," derdi. Ben hiç unutmuyorum, Menderes'in asıldığı haberi geldi, dedem çok üzüldü. "Bir insanın asılmasına insanın gönlü el vermiyor. Ama hak etmişti. Fakat esas asılacak mel'un Celâl Bayar'dı," demişti.

Menderes bir politikacıydı ama Celâl Bayar en başından beri kurtuluş hareketinin içindeydi. Hatta Cumhuriyet öncesinde de ittihatçı. Yani Atatürk'le birlikte mücadele etmiş, başbakanlığını yapmış, çok yakınında bulunmuş. Nasıl onun çizgisinden bu kadar kolay uzaklaşıyor?

Şahsi ihtiras, o mahvediyor insanları...

Çok tartışılan konulardan biri de Atatürk'ün solcu mu, yoksa sağcı mı olduğu? Biliyorsunuz, CHP solcu bir parti olarak tanımlanıyor.

Öncelikle Atatürk akılcıydı, bundan başka bir sonuca gerek yok. CHP'nin solcu olarak bilinmesine gelince onu da aslında İnönü yaptı. "Ben ortanın solundayım!" dedi.

Aslında sanırım herkesin gördüğü başka bir Atatürk var ve bu durumda tek bir Atatürkçülükten bahsedilemiyor.

Bir şey dinleştirildiğinde o şeyin düzeltilmesi mümkün olmuyor.

Mesela Hıristiyanlığa bak; Katolik de Hıristiyan, Protestan da Ortodoks da. Üstelik üçü de birbirine düşmandır biliyorsun. Atatürkçülüğe de bu açıdan bakabilirsin. Ama şunu da unutmamak gerekiyor; bir şey dinleştirildiğinde o şeyin düzeltilmesi mümkün olmuyor. Atatürk işte tam da bunun için diyor, "Ben size hiçbir şey bırakmıyorum," diye. Hatta "Lütfen aklınızı kullanın, bilim yapın," diyor.

Hocam, siz 12 Eylül'den memnunsunuz değil mi?

Tabii hatta tüm millet memnundu. Bu memnuniyeti müdahalenin yapıldığı dönemin şartları göz önünde bulundurularak değerlendirmek lazım. Ben aslında o zamanlar Amerika'da öğrenciydim ama o tarihte Türkiye'deydim. Sabah annem beni uyandırdı, "Kalk, darbe oldu!" dedi. "Babama söyledin mi?" diye sordum. Babam açmış gözlerini, "Albaylar mı yaptı, generaller mi?" diye sormuş. Annem generaller deyince "Yat uyu, sorun yok," demiş.

Biz tabii kalkıp televizyonu açtık. Şahinkaya General'i siyah beyaz ekranımızda görünce daha da rahatladık. Bu arada İsviçre'den de misafirlerimiz vardı, Canip Albay'ın[32] motelinde kalıyorlardı. Öğlen saat 12'ye kadar sokağa çıkma yasağı vardı. Misafirlerimi arayıp haber verdim. Telaşlandılar tabii ama "Hiç telaşlanmayın, biz iç şiddet olaylarının bitmesinden çok memnun olduk," diye onları rahatlattım. Yasak süresi dolduktan sonra da onları Boğaz'a götürdüm.

Her yer açık mıydı? Yasak süresi de daha uzun olur diye düşünmüştüm.

Açık olmasını bırak, herkes sokaklara dökülmüştü; piknikler ve mangallar yapılıyor, askerleri gören sarılıyordu. Misafirim Claudia da şaşırıp bunun nasıl bir darbe olduğunu sormuştu. "Bunu herkes bekliyordu. Bu generaller bizi ciddi bir kaostan kurtardılar," diye açıkladım.

Ondan sonra da biliyorsun, bir müddet sonra plebisit yapıldı. Kenan Evren, hiçbir politikacıya nasip olmayacak bir oran, yani yüzde 92 oy aldı. Tabii sonra Özal'a oy vermiş olduğuna pişman olan çok insan vardı. Oysa zamanında Kenan Evren televizyona çıkıp "Bu adama oy vermeyin!" demişti.

32 Canip Orhun, Türk Hava Kuvvetleri'nden Kurmay Albay görevinden emekli.

Bildiğim kadarıyla siz de dinlememiştiniz. Peki neden?

Eşeklikten! Gerçekten bu soruya başka hiçbir cevap bulamıyorum.

Peki, Turgut Özal'ın politikası neydi de sizi etkilemişti?

Mesela "Kambiyoyu değiştireceğiz," diyordu. Eskiden evinde dolar bulundurmak suçtu, bunun değişeceğini söyledi. Ticaretin ve endüstrinin önünü açacağından söz etti. Bunlar benim çok hoşuma gitti. Ama işte benim bilmediğim tarafları da Kenan Evren biliyordu. Onun için çıkıp "Bu adama oy vermeyin, bu yobazdır!" demişti aslında.

Özal'ın İTÜ'lü olması da etkilemiş miydi sizi?

O zaman onu düşünmedim. Sadece özel bütün partiler değişik adamlar tarafından televizyonda temsil edilirken Özal, partisini tek başına temsil etti. Müthiş zeki de bir adamdı ama işte zekâsını yanlış yerlerde kullandı. Oysa elinde kalemi, neler yapacağını tek tek anlatıyordu. Hep söylüyorum; Erdal İnönü'nün aile görgüsü ve efendiliği Özal'da olsaydı, biz çağ atlamıştık. Ama Kenan Evren Generalimin dediğini dinlemediğime bugün hâlâ pişmanım. Hiçbir politikacı da bana Kenan Evren'in gösterdiği yakınlığı göstermedi. TÜBİTAK Bilim Ödülü aldıktan sonra tebrik etmek için beni Çankaya'ya davet etti. Başka hiçbir cumhurbaşkanı beni davet etmemiştir bugün dahil. Oya'yla beraber gittik, elini öptük. Hatta ben Cumhurbaşkanı olmuş adama alışkanlıktan "Komutanım!" diye hitap ettim ama sonra özür diledim. O da "Olsun, o daha çok hoşuma gidiyor," demişti. Yıllar sonra Nişantaşı'nda bir resim sergisine geleceğini duydum. Ben de teşekkürümü tazelemek için kendisini ziyarete gitmek istiyordum. Oya ve Asım'la birlikte sergiye gittik, elini öptük. Fırtına General de gelmişti, baktım o da "Komutanım!" diye hitap ediyor. Kenan Evren yanına oturmamı istedi. Orada bana, "12 Eylül'ü biz niye yaptık ve ne oldu..." dedi.

Sosyalizm hakkında ne düşünüyorsunuz?

Aptalca bir rüya olduğunu düşünüyorum. Mümkün değil. Kapitalizmin var olması şart aslında. Kapitalizmden vazgeçersek çöküyor sistem. Daha doğrusu rekabetten vazgeçersek çöküyor. Çünkü ilerleme olmuyor. Hiç kimse ben daha iyisini yaparım demiyor. Ama bunun yanında işçini ve çiftçini ezersen sistem yine çöküyor. Bu sınıftaki insanlar da kollanmalı.

Bunları en doğru yapan ülke hangisi sizce şu an?

Hitler'in Almanya'sıydı. Mesela Atatürk zamanında "Nasyonal Sosyalist Ekonomi" başlıklı makaleler yayımlanmıştı Türkiye'de. Atatürk'ün yaptığı nasyonal sosyalizme benziyordu. Yani milliyetçi, işçisine ve çiftçisine sahip çıkan bir toplum. Dedem gibi bir adamı alıyor ve ânında zengin ediyor. Tabii ondan sonra dedem gibi adamların işçisini ve çiftçisini ezmesine izin vermiyor. Bunun altını çizen bir ortak payda da milliyetçiliktir. Bir programda bana, "Siz milliyetçi misiniz?" diye sormuşlardı. Ben de cevaben "Sen aileni seviyor musun?" demiştim. Bunun cevabı elbette herkes için evettir. İşte milliyetçilik de budur. Biz büyük bir ailede yaşıyoruz, hepimiz ailemizi sevdiğimiz gibi vatanımızı da seviyoruz. Milliyetçilik vatanını sevmektir, başka bir şey değil.

Millet de Atatürk'ün tanımladığı gibidir: "Türkiye sınırları içinde yaşayan ve Türkiye Cumhuriyeti'ni kurmuş olan halka Türk halkı denir." Yani Atatürk diyebilirdi ki bu halka portakal halkı denir, hiçbir şey fark etmezdi. Ama bu halka bir de tarih ve bir kendine güven vermek lazım diye düşünmüş. İçinde Kürt'ü, Rum'u, Ermeni'si, herkes var. Bu sebeple Türk'ü seçiyor, bir de ezici ekseriyet o zaman Türkçe konuşuyor. Onun için Türk halkı diyor. Benim sevdiğim milletim budur. Ben nasıl ki ailemin daha iyi olması için elimden geleni yaparsam, milletimin de daha iyi olması için elimden geleni yaparım.

O dönem için çok da itiraz oluşturan bir kavram değil zaten değil mi?

Hayır. Çünkü Kürt o zaman ne olduğunu bilmiyordu, ona verilebilen eğitim bir felaketti. Bugün dahi, Kürt nüfusumuza onların hakkı olan insan gibi eğitimi veremiyoruz. Mesela Ali Kırca'nın programındayken bir adam gelmişti, kendini Kürt tarihçi olarak tanıttı. Ben de sordum, "Efendim Kürt lafı tarihte ilk defa ne zaman ortaya çıkmıştır?" diye. "14-15. yüzyıl," dedi. "Demek ki siz milattan önce Kürt lafının olduğundan bihabersiniz," dedim.

Sonra programdan çıkarken "Hocam, beni çok kötü duruma düşürdünüz," dedi. "Ben düşürmedim, sen kendini düşürdün. Hem Kürt tarihçiyim diyorsun hem Kürtlerin tarihini bilmiyorsun. Coğrafyada bile var," dedim. Aslında Strabon'un *Geographika* kitabının "Antik Anadolu Coğrafyası" bölümlerini okusa öğrenecek. Kürt dağları diyor adam, bizim Güneydoğu Torosları için. Aslında Kürdistan da öyle, çok eski bir topluluk adı, bir bölge adı olarak kullanıyor, Atatürk de kullanıyor. Tıpkı Lazistan gibi.

Keşke milliyetçiliği böyle algılasak. Türk milliyetçiliği diyoruz ve saydığınız diğer ırkları içine almayan bir milliyetçilik benimsiyoruz. Ayrıca milliyetçiliği dini değerlerle birleştiriyoruz ve bu durumda kadınları dışarıda tutan ülkücü bir zihniyet oluşuyor.

Aynen, benim aklım da zaten bunu almıyor. Yani Türk milliyetçisiyim diyorsun diyelim, birazcık geriye gittiğinde eski büyük Türk imparatorluklarında Kağan, yanında Hatun'un imzası olmadan bir karar alamıyordu. Cengiz Han'ın, annesine ve eşi Börte'ye duyduğu saygı mesela, müthişti.

"Ne mutlu Türküm diyene" sözü de yanlış anlaşılıyor, "Turancılık" ile birleştiriliyor. Ama Atatürk orada, "Ne

mutlu Türk olana!" demiyor, "Türkiye Cumhuriyeti vatandaşıyım diyebilene," diyor aslında, değil mi?

Evet, burada Kürt de var Çerkez de var, milli sınırlar içindeki herkes var... Hayatım, Atatürk'ün kendisi Nuri Conker'in söylediği gibi Arnavut'tur ve bunlar birlikte kurmuşlar ülkeyi. Dedem gibi birçok insan bu işin ucundan tutmuş. Rumeli olmasaydı Kurtuluş Savaşı olamazdı. Atatürk'ün babası ve iki kardeşi de Selanik'te gömülüdür. Ama Atatürk gerçekçidir, "Orayı da gidip alalım," demiyor, "Askeri olarak savunamayız," diyor.

O sözüyle "Ne mutlu bu ülkede yaşayanlara!" diyor aslında. Atatürk'ün yarattığı, daha doğrusu yaratmak istediği o modern, güncel ve güzel insanlar için bu toplumda yaşamak bir mutluluktur. Ne mutlu bu coğrafyada, bir arada ve bir millet olarak yaşayabilene!

> **Ne mutlu bu coğrafyada, bir arada ve bir millet olarak yaşayabilene!**

Bugün anlaşılan Türkçülük bambaşka ve Atatürk'e dayandırılıyor. "Atatürk en büyük bozkurtumuzdur," diyorlar örneğin.

Biliyorsun, bozkurt amblemini kullanmak istemişler CHP için. Atatürk de "Amblem için bir hayvandan başkasını bulamadınız mı? En yüce şey insan beynidir, onu kullanalım," demiş. O bozkurtlar var ya, şimdi mesela Timur görse onları, bir kazanda kaynatırdı.

Günümüzde çokça tartışılan bir konu daha var: Coğrafya mı, siyasi harita mı, yoksa verdiğimiz oy mu kaderimizdir?

Siyasi haritanın kaderimiz olmadığını Atatürk ispat etti. En zor şartlarda, dünyanın nispeten en cahil bölgelerinden birinden modern bir devlet yarattı. Kütüphanemdeki Atatürk tablosunu bana İskoçyalı bir hanımefendi hediye etti. Kendisi resmetmiş, büyük bir Atatürk hayranıydı. Zamanında İngiliz ordusunda istihbarat subayıymış. Ben Atatürk hayranı olduğunu öğrenince hayretler içerisinde kaldım. "Bu adam sizin düşmanınızdı. Siz genç bir kızken sizin imparatorluğunuza en büyük hezimeti yaşatan adamdı Atatürk," dedim. "Yok, öyle düşünme. Bu adam ortaçağ devletinden modern bir devlet yarattı ve Avrupa'da kadınlara oy hakkı veren ilk adamlardan biriydi," dedi.

Dolayısıyla siyasi coğrafya kaderimiz değildir. Bizim kaderimiz bin senedir Anadolu'daki halkı dışarıya kapatmaktır. Dışarıya kapatınca bu halk kendi yağıyla kavrula kavrula en sonunda kabuk tuttu. Mesela kendi dinini bile adam gibi öğrenemedi, hurafeleri din zannetti. Okumuyor değil, okuyamıyor. Korkunç bir cehalet balçığı içindedir. O cehalet balçığını sulandırmak için Atatürk ömrünü vermiş. Fakat çok zor... O zaman nüfus on beş milyondu, yani yönetmesi bugüne nazaran daha kolaydı. Atatürk de belirli bir başarı kazandı. Bahsettiğimiz o eğitimli öğretmenler falan hepsi onun zamanında yetişmiş kişilerdi. Ondan sonra yaşanan nüfus patlamasıyla beraber demokrasinin de gelmesi Türkiye'yi mahvetti.

İç göçün de etkisi var tabii, değil mi?

Köylünün şehirlere gelmesi, tabii etkilidir. Ama mesela Rumeli'den gelen göçler pozitiftir. Çünkü görgülü ve Avrupai adamlar geliyor. Ama Anadolu'dan gelen göç, İstanbul'u çökertmiştir. Dolayısıyla bizim büyük sıkıntımız coğrafyadan ve siyasi haritadan ziyade siyasi tarihtir. Tarih, daha doğrusu tarihte olanlar bizim belimizi bükmüştür.

İstanbul'daki yanlış yapılaşma da cehalet ve cehaletin verdiği hırsın ürünüdür. Bizim insanımızda para hırsı var. Bu kadar basittir.

Bu yapılaşmayı düzeltebilmek mümkün mü peki sizce?

Vallahi bu yanlış yapılaşmayı düzeltebilmek nasıl mümkün olabilir, onu bilmem mümkün değil. Ama sanayinin İstanbul'un dışına taşınması şarttır. Daha doğrusu Marmara Bölgesi'nin dışına taşınması şarttır. Türkiye'nin bir sürü liman kenti var, oralara taşınabilir. Atatürk bunun örneklerini uygulamış. Şeker fabrikalarını farklı şehirlere dağıtmış. Mühimmat fabrikasını Ankara'ya, silah fabrikalarını da Orta Anadolu'ya kurmuş. Sümerbank'ı İstanbul'a kurmamış, gitmiş Bursa'ya kurmuş. Ulaşımın da zor olduğu bir dönemde üstelik. Bütün bunlar da göz önünde bulundurularak bile demek ki yapılabiliyor bu. Başkenti de taşımış İstanbul'dan. Eğer başkent İstanbul kalmış olsaydı, çoktan batmıştı şehir, kalabalığı ciddi bir facia olurdu. Dolayısıyla İstanbul'un nüfusunu azaltmak, ancak dışarıda iş imkânları yaratarak olabilir. Başka çaresi yok. Bir de kota koyulmalı Osmanlı'da olduğu gibi. Herkes girememeli İstanbul'a ve oturma izni verilmemeli.

Başka şehirlerde iş imkânı olunca insanların kendileri zaten gider. Yani bence hayatını sevenin gitmesi lazım çünkü İstanbul tehlikeli bir yer. Dolayısıyla hayatta kalmak isteyen, derme çatma yeni binalarda oturmaktansa daha emin yerlere gidip belki biraz daha iyi binalarda, daha ucuz şartlar altında ve daha rahat yaşayabilir. İstanbul çok pahalı da bir yer.

Peki, bundan sonra bizi neler bekliyor sizce, hem siyasi hem de ekonomik olarak?

Bunları bilmem mümkün değil, ilgilenmediğim konular benim. Ancak deprem olacağını söyleyebilirim. Bu depremin oldukça kötü neticeleri olacağını da söyleyebilirim. Ama onun dışında bir şey söylemem mümkün değil. Siyaseten ne olacağını, aslında kimse bilemez. Siyaset, gerçeği bir labirent içinde gizleme sanatıdır. O labirente ben giremiyorum. Dolayısıyla gerçek nedir göremiyorum.

Peki, sizce doğru bir politikacı nasıl olmalı?

Doğru bir politikacının ilk olarak namuslu olması, ikincisi de yırtıcı bir karaktere sahip olması gerekir. Bunun yanında çok iyi bir hatip olması da lazım. Bu kritik; bunu biz Atatürk'te de gördük, Hitler'de de gördük. Mesela Kenan Evren de iyi bir hatipti. Öyle ki halk onun için bu konuda "İkinci Atatürk" diyordu.

Sonra kültürlü olması lazım. Kültürlüden kastım, kime hangi soruyu sorabileceğini bilmesi yeterlidir. Yani bir politikacının; bir fizikçi, bir mühendis ya da bir jeolog olması gerekmez ama bu kişilere memleket yararına soru sorabilecek kadar genel kültürü olması gerekir. Bunun yanında bir üniversiteyi de bitirse faydalı olur. Doğru yerde doğru kişileri değerlendirmenin ayırdına varması çok önemlidir. Bunun da en güzel örneği Atatürk'ün kütüphanesidir. Gidin bakın, adam niçin bunları okuyor? Konunun uzmanlarına erişebilmek, onları değerlendirebilmek ve memleketini belli bir şekilde belli bir yöne doğru geliştirebilmek için. Atatürk tüm dünyayı okudu, tanıdı ve ülkemize de davet etti. Tüm bunları bilmese, nereye ve nasıl bir atama yapacağının da farkında olamazdı. Ayrıca iyi bir aile adamı olması da gerekir. Bekârsa bekâr, evliyse evli olmalı, bunun dışındaki aile dışı ilişkilere meyilli olmamalıdır. Bu çok önemlidir, Clinton örneğini unutmayın. Namuslu bir adam olması, elin kızında veya oğlunda gözünün olmaması çok önemlidir. Buradan açık verince gerisini toparlayamayacaktır. Çünkü kendisine olan bütün itimadı sıfırlamış olur.

Peki, Cumhurbaşkanı olmak için üç yeterlilik şartından biri de 40 yaşın üzerinde olmak. Bu konuda ne düşünüyorsunuz?

Yükseköğrenim mezunu olma şartı keşke milletvekillerinde de aransa... Aslında bir yandan da artık o kadar laçka oldu ki Türkiye'de üniversite olmadığı için fark etmiyor. Yaş sınırına gelince günümüzde 40 yaş sınırının belli bir tecrübeyi biriktirebilmek için faydalı bir kural olduğunu düşünüyorum. Zaten şu zamanda 40 yaşındaki insan yaşlı olmuyor, o eskidendi.

Atatürk 1923'te 42 yaşındaydı...

Evet, mareşaldi ama Atatürk'ten bahsettiğin zaman bizi bütün normların dışına çekmiş oluyorsun. Atatürk, her türlü kuralın dışında bir adamdır. Dolayısıyla belli bir dünya bilgisi, görgü, genel kültür vs biriktirebilmek için 40 fena bir yaş değil.

Bir hikâyeniz var, ben onu çok seviyorum. ABD Ulusal Bilimler Akademisi'ne seçildiğinizde Anıtkabir'e gelişiniz...

Evet. 2000 yılında Amerikan Bilimler Akademisi'ne seçildiğim haberi geldiğinde Kemal Gürüz'e Türk tarihinde ilk kez birisinin Amerikan Bilimler Akademisi'ne seçildiğini, Anıtkabir'e gidip eski bir askeri olarak Paşa'ya bir tekmil vermek istediğimi söyledim. Her şey ayarlandı. Oya, Asım, Kemal ve ben Anıtkabir'e gittik. Çok ilginç, biz üçümüz aslanlı yolda yürürken Kemal yanımıza gelmiyordu. Ne kadar "Gel!" desem de "Haddim değil!" dedi ve kenarda yürüdü. Üçümüz aslanlı yoldan geçip mozoleye girdik ve çelengi yerleştirdik. Sonra da bizi kuleye aldılar. Orada şöyle yazdım Atatürk'e:

"Paşam,

'Bir Türk dünyaya bedeldir' sözünün altında, aslında insan zekâ, akıl ve becerisinin sonsuzluğuna duyduğun itimat yatıyordu. 'Hayatta en hakiki mürşit ilimdir, fendir, başka mürşit aramak gaflettir, delalettir' sözün, kuşkusuz insanlık tarihinden çıkabilecek en önemli derstir. Üstüne basa basa ne demiştin? 'Her terakki ve kurtuluşun anası hürriyettir.' Sen bize gelişme için mutlak gerekli gördüğün bu özgürlüğü bahşettin. Açtığın yol, yarattığın Cumhuriyet için sana minnettarız ve müteşekkiriz. Omuzlarıma yüklemiş olduğun

görevin küçük bir kısmını tamamladım. Görevimin geri kalan kısmını tamamlamaya ve bayrağı, huzuruna getirdiğim oğlum Asım'ın nesline devretmek için son nefesime kadar elimden geleni yapacağıma söz veririm..."

"Paşam," diye başladım çünkü biliyorsun Atatürk'e "paşam" diye Sabiha Gökçen hitap ediyor. Ben hiçbir generale paşam lafını kullanmamışımdır. Çünkü aslında yasaktır da. Onlar bile birbirlerine paşa derler ama ben hep "komutanım" derim. Bir tek Atatürk'e "paşam" diye hitap ettim. Sabiha Gökçen çok güzel anlatıyor zaten niçin paşa demeyi tercih ettiğini. Ben de ondan öğrendiğimi uyguladım.

CELÂL ŞENGÖR'E GÖRE, DAHA İYİ BİR TÜRKİYE İÇİN YAPILMASI GEREKENLER

1- Atatürk, doğru ve iyi anlaşılmalıdır. Onun yolundan uzaklaşılmamalıdır.

2- Dogma fikirler, topluma zorla dayatılmamalıdır.

3- Toplumu ayakta tutmak için nesillerdir gelenekleri ve bilgileri biriktiren bir kesim oluşturulmalıdır.

4- Bir toplumun, toplum olabilmesi için öncelikle bir hafızasının olması gerekir. Bu hafızanın olabilmesi için de toplumda elitler sınıfı ve aristokrasinin olması çok önemlidir.

5- "Ben ustamı geçemem. Ustamı geçtiğimi söylersem ayıp olur!" düsturu terk edilmelidir.

6- Kapitalizmin olması şarttır. Kapitalizmden, daha doğrusu rekabetten vazgeçen ülke çöküşe gider.

7- İşçisini ve çiftçisini de koruyan bir devlet anlayışı olmalıdır.

8- Her şey rasyonel olarak sorgulanmalı, geliştirilen tezler gözlemle kontrol edilmeli ve bunlar reddedildiği zaman hemen yerine daha kapsamlı ve daha yenileri geliştirilmelidir.

9- Hepimiz ailemizi sevdiğimiz gibi vatanımızı da sevmeliyiz.

10- Cehaletten mutlaka kurtulunmalıdır.

BÖLÜM VII

BİR BÜYÜK BİLİM MESELESİ

"Yanılmaktan ve yanlış yapmaktan korkmayın. Bilimin bugün söylediği her şeyin yarının yanlışı olduğunu bilin."

Üniversite ve doktora eğitiminizi Amerika'da bitirdiniz. Sonra niçin Türkiye'ye döndünüz?

Öncelikle ben zaten Türkiye'ye dönmek niyetiyle gittim. Çünkü Türkiye'deki hayatım açısından şanslıydım. Çok kozmopolit bir çevrede doğdum, hayatımdaki insanların hepsi entelektüeldi ve mahalle kültürümüz çok güzeldi. Bunlar Avrupa'da bulamayacağım şeylerdi. Haliyle ben başka bir yerde yaşamak istemedim. Bu konudaki benim en büyük motivasyonum Türkiye'de rahat olmamdır.

İkincisi Türkiye'deki üniversitelerdeki hürriyetin muazzam olmasıdır. Teknik Üniversite benden hiçbir şey istemedi. "Ders vermiyorum," desem onu bile kabul edeceklerdi. "Yurtdışına seyahate gidiyorum," diyordum, derhal izin çıkıyordu. Ben bu konuyu asistan olmadan önce İhsan Hoca'ya sormuştum. "Hocam, ben çok seyahat eden bir adamım, üniversite buna taş koyar mı?" dedim. "Para isteyecek misin?" dedi. "Hayır," dedim. "O zaman hiç dert değil, istediğin kadar gez," dedi. Teknik Üniversite, para istemeyen hiç kimseye mâni olmamıştır.

Ayrıca İhsan Bey'in çevresinde Naci Görür gibi iyi bilim insanları vardı. Ama Amerika'da herkes bir birey ve primadonna olma ümidindeydi. Türkiye'de daha iyi bir ekip çalışması vardı.

Tabii bana arada bir teklif de gelirdi. Chicago Üniversitesi, Cornell Üniversitesi ve Columbia Üniversitesi davet etti. Hepsine aynı cevabı verdim: "Çok güzel bu söyledikleriniz, sağ olun ama bana sizin sağlayacağınız tek bir şey var para, o da bende var. Sağlayamayacağınız bir şey var o da İstanbul. Yani ben İstanbul'dan ayrılmayı düşünemem."

Dediğim gibi ben zaten dönmek kararıyla gittim. Ayrıca burada maddi imkânlarım da oldukça genişti. Bunun yanında dedemin ve Hava Kuvvetleri'nin verdiği vatan sevgisi motivasyonum da vardı. Bazen düşünüyordum, ben yurtdışına yerleşirsem ve bir gece rüyama Canip Albay ya da Koyuncu Albay girerse "Ulan, o üniformayı biz sana bu haltı edesin diye mi verdik?" derlerse... Bunun kendi psikolojimin yarattığı bir şey olduğunu bilsem de çok dokunur bana.

Ayrıca mesela İstanbul dışında olsam; Köfteci Mehmet'i, Beyti'nin yemeklerini veya Nadir Güllüoğlu'nun baklavalarını nerede bulabilirim? Kokoreci nerede yerim? Bunlar da benim için özel konulardı. Ya da Topkapı Sarayı başka nerede var? Burada bütün tarihini hatırlıyor insan. Hiçbir şey yapmasan surların etrafında dolaşırken surlara bakıyorsun ve düşün ki o surlardan kaç yüzyıl sana bakıyor. Yaklaşık 1600 yıllık o surlar... Napolyon ehramların önünde dururken askerlerine "40 yüzyıl size bakıyor!" demiş. Ben de Topkapı Sarayı'nın önünde dururken "16 yüzyıl bana bakıyor!" diyorum. Dolayısıyla İstanbul'u bırakmam birçok anlamda benim için çok zordur.

Haklısınız, peki dönüşünüz nasıl oldu?

Doktoramın sonunda benim arazimde Alv breşleriyle ilgili bir sorun çıkmıştı. Karbonat sedimantasyonunu iyi bilen biri gerekti. Sorunu çözmek için 1981 yılında İhsan Hoca'yı arayıp Naci'nin benimle gelmesi için izin istedim. Naci karbonatçıydı. "Gelsin ve bu kesiti bir görsün. Bana bir fikir versin. Babam her türlü masrafı karşılayacak," dedim. Kabul etti.

Naci, o zaman asistandı. Yola çıkmadan önce Hoca'nın elini öpmeye gitmiş. Hoca, Naci'nin çantasındaki asker postalını görünce "Bunlar ne?" diye sormuş. Naci, "Arazi ayakkabılarım," deyince İhsan Hoca postalları alıp çöpe atmış. "Oğlum, İsviçre'ye gidiyorsun, kendine doğru düzgün bir ayakkabı al!" demiş. Neyse ben Naci'yi havaalanında karşıladım ve ilk cümlesi, "Benim arazi ayakkabısı almam lazım," oldu. Hemen Bally mağazasına gittik. Çok güzel ayakkabılar vardı fakat Naci nekestir, para harcamayı sevmez. Tabii maddi olarak çok zorluk çekmiş bir aileden geliyor. Mesela öğrencilik yıllarında İTÜ'den ayrılmak istemiş parasızlık yüzünden, Prof. Kemal Erguvanlı, "Delirdin mi, sen çok iyi bir öğrencisin!" demiş ve hemen burs bulmuş. İşte o zamanların kalıntısı, Naci para harcamayı sevmezdi. Birkaç ayakkabı denedi fakat bir taraftan da ayakkabıların fiyatları 125 Fr, 150 Fr, 225 Fr falan. Tabii Naci'nin kalbi eriyor bu fiyatlara. Görevli kıza dükkânın vitrininde bir ayakkabı gösterdi ama tenis ayakkabısı gibi. Kız, "Profesör Görür, bu ayakkabı şehirde yürümek için. Siz dağa gideceğim diyorsunuz," diye açıklama yapıyor, Naci de "Ama diğerleri çok pahalı," diyor. En sonunda ben kıza, "Lütfen onu dinleme, uygun bir ayakkabıyı ver," dedim. Naci sonunda bir ayakkabı aldı ve ertesi gün de araziye çıktık. Bir tarafı altmış metre aşağı inen ve öteki tarafı da gökyüzüne giden bir patika vardı. Ben önde, Naci arkada gayet dikkatlice yürüyorduk ki arkamda birden bir çığlık koptu... İçimden, "Naci gitti, ben arkama döneceğim ve Naci yok!" dedim. Ama arkamı döndüm ki Naci bir balerin gibi durmaya çabalıyordu ve ben dönünce "Ayakkabımı taşa vurdum!" dedi. "Oğlum arazideyiz," dedim. "Ulan, bu Mercedes gibi bir ayakkabı, öyle her yere vurulmaz!" dedi. Çok gülmüştüm...

Neyse biraz daha ilerledik ve boş bir bomba bulduk. Orada İsviçre Hava Kuvvetleri manevra yapıyor ve uydurma bombalar atıyor. Naci, "Manyak mısın oğlum, gebereceğiz, oraya gidilir mi?" diye siteme başladı. Bunların uydurma bombalar olduğunu Naci'ye anlatıyordum ki bir manga asker önümüzden geçti. Naci baktı, "Utanmadan bize militarist ve faşist derler, şu hale bak. Küçükken anlatırlardı; İsviçre'de yaşıyorsan evinin kapısını kilitlemene bile lüzum yok diye, şuraya bak yahu!" dedi. Neyse yürümeye devam ettik ve o arazide çok çalıştık, Naci hakikaten bana çok yardımcı oldu.

Arazimdeki sorun çözülünce doktoramın da bitmesine az kalmıştı, sonra da İTÜ'ye gelecektim ama önce doktoramı bitirebilmek için Amerika'ya gidip tezimi savunmam gerekiyordu. En azından ben öyle sanıyordum. Fakat Naci, "Şimdi biz seninle İstanbul'a gidiyoruz," dedi. "Ne demek İstanbul'a gidiyoruz? Ben Amerika'ya gideceğim!" dedim şaşkınlıkla. "Hayır, o değişti. İhsan Hoca, Dewey'le konuştu. Dewey, 'Tezini yazmak için burada olmasına gerek yok. İstanbul'da yazsın, sonra gelsin savunsun,' demiş. Babanla da konuştuk, biletin değiştirildi," dedi. Karşısında kem küm edebildim.

İhsan Ketin dokuz yıl önce verdiği sözünü işte bu şekilde tuttu. Üstelik bunlarla da bitmedi. İstanbul'a geldik ve bir de baktım ki atanmışım. Tabii İhsan Ketin böyle bir şey isteyecek, hayır demeleri mümkün değildi. "Celâl'i atayın!" demiş, bu kadar, hiç kadro vardı ya da yoktu öyle şeyler konuşulmadı.

İhsan Hoca'ya, "Hocam, her şeyi konuştuk da ben ne kadar maaş alacağım?" deyince elimi tutup "Trinkgeld, Trinkgeld" dedi. Almancada bahşiş anlamına gelir. "Bak, sana dolgun maaş veremeyeceğimizi biliyorsun. Bunun dışında bir şey istiyor musun?" diye sordu. "Hocam ben sadece en büyük odayı istiyorum," dedim. Çünkü o zaman bilgisayarlar yoktu. Haritaları yaymak için çok büyük masalar gerekiyordu. "Benim odamı al," dedi. Ama yetmezdi, daha büyük bir yer gerekiyordu. Tabii hoca anladı neden istediğimi, "Yukarıda bir laboratuvar var kullanılmıyor, orayı yapalım, yalnız yazın çok sıcak, kışın da çok soğuk olur," dedi. Hocam siz bunu dert etmeyin, biz onu hallederiz. Bir adam getiririz, elden geçiririz orayı," dedim.

İşte ben ilk kitabımı orada yazdım. Maçka, Maden Fakültesi. Ne güzeldi o bina...

Sonra Maslak'a taşındınız.

Evet, 1988 yılında Maslak'a taşındık. Biz Maslak'a taşınmadan önce oradaki bina yapılmıştı ve bana özel bir oda yapıldı. Ama Maçka günleri bambaşkaydı; her öğlen saraya gider, yemek yerdik. Bazen İhsan Hoca'yı da alırdık, bazen de Cengiz Dökmeci Hoca gelirdi.

Cengiz Bey bizi sıkı takip ederdi; "Bu sene hangi makaleleri yazdınız? Kaç atıf oldu?" diye hep sorardı. Naci, "Bu adam niye bizi sıkıştırıp duruyor?" diye merak ederdi. Naci de Elazığlı'dır, Cengiz Hoca gibi. Kazım Çeçen de öyleydi. Hatta Kazım Çeçen, Naci'nin dedesinden *Kur'an* dersi almış, onu anlatırdı bize. Ben onlara Elazığ mafyası diyordum.

Kazım Çeçen hidrolikçiydi. Örneğin Tekirdağ limanını o yapmış. Kendisi Süleyman Demirel'in de hocasıydı. Hiç unutmuyorum, 1996 yılında Demirel şeref doktorasını almaya İTÜ'ye geldi. Muazzam bir alkış koptu salonda, konuşma yapacak ama bir türlü konuşamıyordu. Demirel'in dilinin tutulduğu çok nadir anlardan biriydi. "Kusura bakmayın, çok heyecanlıyım!" deyince bütün salon ayağa kalktı ve muazzam bir alkış daha koptu. Sonunda güzel ve kısa bir konuşma yaptı, politikacıvari bir konuşma değildi. Konuşması bitince gazeteciler aniden önünü kapattılar. Kürsüsünün önünde de Kazım Hoca oturuyordu ve arkada kalmış oldu. Demirel birden gazetecilere kızdı, "Çekilin oradan, hocam oturuyor orada!" dedi. Sonra kürsüden indi ve Kazım Hoca'nın koluna girdi, "Bugün Şanlıurfa'ya gidiyorum, baraj açacağım. Siz de gelir misiniz?" diye sordu. Aslında Kazım Hoca'nın da tam konusuydu barajlar ama "Süleyman bugün dersim var, kusura bakma," cevabını verdi. Üstelik Kazım Hoca o sırada emekliydi. Bu İTÜ'nün çok önemli bir vasfıdır, ders aksatılmaz! Öyle bir ekolden geliniyordu.

Ben İTÜ'de büyük adamlarla birlikte çalışıyordum. Mesela çok karlı bir gündü, biz Beşiktaş'ta Barbaros Bulvarı'ndan okula gidiyorduk. Bir baktık Beşiktaş'ta otobüs durağında, sadece bir kişi otobüs bekliyor; Duran Leblebici Bey. Hemen durduk, "Gelin biz de okula gidiyoruz," dedim. Rektörlüğe gittik ki Rektör Kemal Kafalı Hoca ve Cengiz Dökmeci Hoca da oradaydı. Cengiz Bey mutlaka gelirdi, dünya yıkılsa mesaisini İTÜ'de geçirirdi. "Ya bir öğrenci gelirse!" diye düşünürdü. Bu, onun için çok mühimdi.

Rektörümüz Kemal Hoca da muazzam biriydi, profesör olduktan sonra doktora almış. Çünkü İTÜ'de eskiden doktora mecburiyeti yokmuş, yeterlilik tezi varmış sadece. Kemal Hoca, "Bu disiplini öğrenmek lazım!" demiş ve profesör olduktan sonra Newcastle Üniversitesi'ne gidip bir de doktora yapmış. Bizim ülkemizde meritokratları ve aristokratları İTÜ yetiştirir. Bu çok önemli bir ayrımdır çünkü 250 yıllık bir geçmişi vardır. Hiç unutmuyorum, okulumuza Walter Pitman gelmişti. İlhan Kayan rektördü o zaman ve biz de ziyaret ettik. Walter'a, "Rektör yüzde 80 orandaki akademisyenin bir şeye yaramadığını biliyor. Geriye kaldı mı yüzde 20. İşte bu yüzde 20, dünyada ders verebilecek çapta kişilerdir. Ama bunun içinde de bir yüzde 5 var ki işte onlar da gitseler dünyada zirve olurlar!" demiştim.

İTÜ bu kalitesini bugün hâlâ koruyor mu?

İTÜ, daima artıp azalan bir grafikte gidip gelmiştir. Tabii bütün okullar böyledir. Örneğin, Cambridge 19. yüzyılın başında o kadar kötü bir duruma düşmüş ki en sonunda bir grup kişi, Kraliçe Victoria'ya giderek bu rezaletin devam edemeyeceğini söylemiş. İçeriden düzeltmenin de imkânı yok ve dışarıdan birisinin müdahale etmesi gerekiyormuş. Kraliçe'ye, eşi Prens Albert'in rektörlüğü kabul edip etmeyeceğini sormuşlar. Kraliçe de seçimde rakibi olmaması şartıyla kabul etmiş. Ancak tam seçim olacakken solcu grup bir rakip çıkarmış. Tabii Kraliçe de hemen eşinin adaylığını geri çekmiş. Diğer grup çok üzülmüş. Tekrar Kraliçe'ye giderek bunun bir önemi olmadığını ve kendilerinin yine prensi seçeceğini söylemişler ama Kraliçe kabul etmemiş. Bunun üzerine Adam Sedgwick'in aklına bir fikir gelmiş, "Prens hazretleri aday olmasın ama biz yine de kendisini seçelim," demiş. Victoria biraz düşünmüş ve kabul etmiş. Böylece Prens Albert seçilmiş. Cambridge gibi 800 yıllık bir üniversite, düştüğü kötü durumdan böyle kurtulmuş.

Mesela meşhur *The Decline and Fall of the Roman Empire* kitabının yazarı Edward Gibbon, hatıralarında "Oxford hocaları artık öğretiyormuş gibi yapmaktan bile vazgeçmişlerdi," diyor. Bu gerçekten çok kötü bir durumdur. Zaten Gibbon da kendi döneminde iki sene okuduktan sonra "Benim buradan alabileceğim bir şey yok," diyerek Oxford'dan ayrılmıştır. Oysa bugün dünyanın en meşhur üniversitelerinden biridir.

İTÜ ise günün sonunda aynı kalmıştır. Elbette geçmişinde inişler çıkışlar vardır ve bu durum okulun kendisine muazzam bir özgüven vermektedir. Bir de tabii her ne kadar inişler çıkışlar yaşasa da minimum değerinin altına hiç düşmemiştir. İTÜ her zaman hem öğrencilerine hem de hocalarına, kendilerine güven veriyor.

İstanbul Teknik Üniversitesi'nde doçentliğinizi ne zaman aldınız?

1986'da doçentliğimi aldım, 1992'de de profesör oldum. 40 seneyi devirmişim, az değil. Ayrıca 1989 yılında da bir yıllığına Oxford'a, Royal Society[33] Araştırma Görevlisi olarak gittim. Bu benim için çok iyi bir fırsattı. Her şeyden önce Londra ve Oxford'daki bütün kitapçıları gezdim ve eksiklerimi tamamladım. Özellikle Yunan ve Roma klasiklerini aldım. Örneğin Geoffrey S. Kirk ve John E. Raven'in *Presocratic Philosophers*

[33] Royal Society, doğa bilimleri alanında faaliyet gösteren Birleşik Krallık merkezli bir topluluktur.

kitabını aldım. Bu kitapların hepsinin hedefi epistemolojiydi. "Bilim nasıl başladı?", "Bilimsel düşünce nasıl gelişti?" ve "Bilimsel düşüncenin düşmanları zaman içerisinde kimlerdi?" sorularına yanıt arıyorlardı. Çünkü Augustinus veya Tertullianus'u anlamadan bilimsel düşüncenin düşmanlarının kim olduğunu anlaman mümkün değildir.

Oraya gidiş sebeplerimden birisi de hocam John Dewey ve üç araştırmacıyla birlikte, Royal Society'de bir konuyu tenkit etmek için toplantı yapmaktı. "Terrain"in Türkçesi "mıntıka" demektir. Amerika'da "tektonik mıntıkalar" diye çok saçma bir fikir çıkmıştı, biz de onu tenkit etmek için bir toplantı düzenledik. Dolayısıyla bu iş bizi çok uğraştırdı. Hatta bu toplantı vesilesiyle ben hayatımda ilk kez Royal Society'nin içine girip Kral II. Charles'ın koltuğuna oturdum. Oradan toplantı yönetmiştim, çok havalıydı. Ayrıca İngiltere'deki müzeleri de gezdik tabii ama bu süreç Oya için zordu çünkü hamileydi. Sonra Asım'ın doğumu için İstanbul'a geldik.

"Oxford" nehirde öküzün geçtiği yer anlamına geliyor. "Bosphorus" da aynısı; Bosphorus, Oxford'un Yunancasıdır. Hakikisi varken niye uydurmasında çocuğumuzu doğuralım, yani niye uydurma bir derenin ford'una gidelim diye düşündük. Doğum İstanbul'da oldu ve sonra Asım'ı da alıp Oxford'a geri geldik. Oradaki çalışmalarım bitince de İstanbul'a döndük.

Türkiye'ye döndükten birkaç ay sonra da Émile Argand'ın ölümünün 50. yıl dönümü sebebiyle Cenevre'de yapılacak bir toplantı için davet aldım. Asya tektoniği hakkında bir şeyler anlatmamı istediler. Başka kimlerin katılacağına baktığımda Clark Burchfiel ismiyle karşılaştım. Rice Üniversitesi'nde onun derslerini almıştım ve o zaman da Tibet'te çalışıyordu. Hemen arayıp toplantıda ne hakkında konuşacağını sordum. "Asya'nın neotektoniğini anlatacağım," deyince ben de paleotektoniğini anlatmaya karar verdim.

Haldun Okuroğulları isminde bir öğrencimiz vardı. Ona, niyetimin Orta Asya'da yapılmış 19. yüzyıl sonu ve 20. yüzyıl başı bilimsel gezileri derleyerek, Kuen-Lun sıra dağlarını ve Tibet'in kuzeyini anlamaya çalışmak olduğunu söyledim. Bana yardım edip edemeyeceğini sordum ve kabul etti. Bu arada Fransızlar gidip orada Çinlilerle yayınlar yapmışlar. Biz Haldun'la 19. yüzyıl sonu ve 20. yüzyıl başı keşif gezilerini aldık. Bu keşif gezilerinin bir özelliği de bunlarda otomobil yoktur, sadece at üzerinde ya da yaya olarak gezinti yapabilirdin. Şimdi kolay tabii, uçarak gidebiliyorsun. O zaman atla ve yavaş gitmek zorundasın. Yavaş gittiğin zaman çok daha iyi gözlem yapıyorsun ve tabii o zaman bugünkü kadar ihtisaslaşma da yok jeolojide. O zamankiler daha genel jeolog; paleontoloji de petrografi de stratigrafi de yapıyor. Biz bunları topladık, ortaya çıktı ki Kuen-Lun Himalayalara benzemiyor. Yani bu demek oluyor ki Tibet'in güneyi ile kuzeyi tektonik, yani yapı ve kayaç içeriği açısından birbirine benzemiyor. Bu çok ilginçti. Peki, bu tektonik stilin kuzey sınırı nerede? Bir de baktık ki Baykal Gölü'ne kadar gitmek lazım. Baykal Gölü ile Kuen-Lun arasındaki dağ kuşaklarının hepsinin yapıları aynı. Şu sonuca vardık ki Orta Asya, diğer dağ kuşaklarına benzemiyor. Haldun'la bunu yayımladık ve buna "Türk tipi orojen" demeye karar verdik.

Türk tipi diyoruz çünkü Eduard Suess'un 1901'de Altaid'ler dediği dağ kuşağının işgal ettiği yerlerde konuşulan dil Türkçe; Kırgızlar, Özbekler, Kazaklar dahil herkes Türkçe konuşuyor. Jeolojide bir gelenek vardır, mesela İskoçya'daki dağlara Caledonid deniyor. Kaledonya, Romalıların İskoçya'ya verdiği isimdir, Caledonid kelimesi oradan türetilmiştir. Orta Avrupa'daki yaşlı dağ silsilesine Hersinyen deniyor, o da Romalıların verdiği bir isimdir. Bu geleneği takip ederek biz de Türk tipi dedik. Makalemiz yayımlandıktan sonra epey ilgi çekti fakat biz Haldun'la farkına vardık ki Rusça bilmeden Kuen Lun'un kuzeyine yani Baykal Gölü'ne kadar olan kısmı didik didik etmek mümkün değildi. Rus literatürüne hâkim, onu okuyan ve tercüme edebilecek biri lazımdı. Çünkü Ruslar o zaman levha tektoniğine pek sempatik bakmıyorlardı. Böyle iki tane adam vardı benim tanıdığım; biri Valentin Semyonovich Burtman. Burtman'la 1984'te Tien-Şan Dağları'nda beraberdik. Kendisi, Orta Asya'yı çok iyi bilen biridir ve benden yaşlıdır. Onu aradım. "Gelirim," dedi. Tabii Perestroyka'dan[34] hemen sonra onlarda maaşlar suyunu çekmişti. Haliyle hemen kabul etti.

Bir de Boris Natal'in vardı. Boris önemliydi çünkü bütün ömrünü Asya'nın doğusunda geçirmişti. Asya'nın en doğusunda olduğu için hem Amerikalılarla hem de Japonlarla yakın temastaydı. Bir de oraların jeolojisinde bizim bu yığışım karmaşığı dediğimiz bir okyanus litosferi bir kıtanın altına dalarken önünde biriken sedimanlardan meydana gelen yığışım karmaşıklarını çok iyi biliyordu. Biz de Haldun'la Orta Asya'ya baktığımızda "Bu yığışım karmaşıklarından oluşuyor," dedik. Ve dünyada başka hiçbir yerde böyle bir stil yoktu. İşte Kuen-Lun tipik dev bir yığışım karmaşığıydı ve Himalaya'da bu yoktu. Boris'e mektup yazdım, cevap gelmedi. Ondan sonra Zvenigorod'da eski SSCB'nin levha tektoniği konusunda bir toplantı düzenlendi. Gittiğimde orada Boris'le karşılaştım. Meğerse mektuplarım eline geçmemiş bile. Tabii o zaman Rusya'nın hali karmakarışıktı. Durumu anlattım, "Tabii gelirim," dedi. Boris ve Valentin de İngilizceye hâkimlerdi.

Boris geldi ve üç ay bizim evde kaldı. Meğerse Boris'in dedesi kontmuş ve Moskova dışında bir tarım okulları varmış, tabii ihtilalde kaçmışlar. Orta Asya'ya gelmişler. Boris de bu sebeple Özbekistan'da doğmuş. Oya bir gün bana Boris'in ne kadar asil ve efendi bir adam olduğunu söylediğinde ona, "Sen farkında değilsin, bir kontla konuşuyorsun. Bu adam proleter değil, Rus aristokratı," demiştim. Oya da "Belli oluyor," cevabını verdi.

[34] Perestroyka, SSCB'de 1980'li yıllardan itibaren gerçekleştirilen ekonomik ve siyasi sistemi yeniden yapılandırma ve reform hareketleri.

İşte Boris ve Valentin'le *Nature*'da meşhur olan makaleyi, Aralık 1993'te yayımladık. Aslında bu makale, Amerikalıların Orta Asya hakkında hazırladığı bir kitaba davet edilmişti. Bir gece Oya, "Onu orada ziyan etmeyin, *Nature*'a gönderin," deyince fena bir fikir gibi gelmedi. Boris ve Valentin'e sorduğumda onlar da *Nature*'a giderse çok daha iyi olacağını söylediler. Biz de *Nature*'a gönderdik.

Ama orada da bir ilke imza attık. *Nature*'ın editörü Dr. Laura Garwin, ahbabımız Lord Ronald E. Oxburgh'nun da öğrencisiydi. Biz makalemizi gönderdik ve o sene Strasburg'a gittik. Lord Oxburgh ve eşi Ursula'yı bir akşam yemeğine davet ettim. O da benim eski dostumdur. Makaleyi ona da gösterdim. "Celâl, Batılılar buranın coğrafyasını bile bilmiyorlar, nerede kaldı jeolojisini bilecekler? Sen siyah beyaz, karmakarışık bir harita koymuşsun. Bana sorarsan bunu renkli yapın," dedi. Güzel fikirdi. "Bize pahalıya patlayacak ama hiç dert değil. Biz bunu yaparız," dedim. Laura'yı aradım, Ronald'ın söylediklerini aktardım. Laura, Ronald'ın haklı olduğunu söyledi ve bir şekil ilave etmemizi istedi. Ona, *Nature*'ın sınırlarını hatırlattım. Boş vermemi ve istediğini yapmamı söyledi. Sonra da kimse buraları bilmediği için öğrensin diye uzun bir giriş yazmam gerektiğini ekledi. Ona, bu kez de kelime sayısı olarak sınırda olduğumuzu söyledim ama bir kez daha aldırmamamı istedi. Son olarak bir de "Stratigrafiyi bir kutu içine alın, orada özetleyin," dedi. Bu kez de ona *Nature* kurallarında kutunun yasak olduğunu hatırlattım. Bunun için de "Sen boş ver," dedi. Laura'nın istekleriyle düzenlediğimizde, makalemiz dokuz sayfa olmuştu. Oysa *Nature*'ın ilan ettiği kılavuzda makalelerin maksimum beş sayfa olabileceği yazıyordu. Dolayısıyla biz bütün kuralları ihlal etmiş bulunuyorduk ama yine de makalemiz yayımlandı.

Sayfanın yarısında biten makalenin altına yazarlara kuralları hatırlatan kılavuzu da eklemişlerdi. Boris bunu gördüğünde "Bir daha böyle bir şey olmasın diye koymuşlar," demişti ve

Bilimde mühim olan moda yaratmaktır, modanın peşinden gitmek değil.

o makale aynı benim Tetis makalem gibi müthiş bir moda yarattı. Ondan sonra herkes Altaid'ler hakkında yazmaya başladı. Kimsenin yapmadığını yapmak ya da öncü olarak moda yaratmak insana kendini çok iyi hissettiriyor. Ben hep şunu söylüyorum; bilimde mühim olan moda yaratmaktır, modanın peşinden gitmek değil.

Tabii bunun yanında bir jeolog için en kıymetlisi de arazide olmak, değil mi? Siz de arazilere gitme konusunda çok bonkör olmuşsunuz.

Tabii, sana istediği kadar anlatılsın yerinde kendi gözlerinle görmen çok fark ediyor. Ayrıca evet, konu arazi olunca da ben çok bonkördüm. Mesela 1980 yılında Çin'de bir toplantı yapıldı. Ben daha öğrenciydim ve iki tane makale yayımlamıştım; biri meşhur Tetis makalesiydi, bir de Tibet hakkında yazmıştım. Düzenleme kuruluna bu makalelerimi gönderdiğimde beni hemen davet ettiler. Tabii bunları tamamen cebimden karşılamaya mecburdum. Davet şahane, muazzam bir arazi gezisi ve bütün Tibet'i gezeceksin ama ucuz değildi. Tabii ben hemen ödeyip gittim. Bazen yanımdakilerin de parasını ödüyordum. Ama kalbimin iyiliğinden değildi çünkü ben de onlardan istifade ediyordum.

Jeolojik anlamda dünyada gördüğünüz en ilginç ya da sizi en çok heyecanlandıran coğrafya neresiydi?

Orta Asya! İlk kez 1984'te gittim, hem Kırgızistan hem de Özbekistan'da bulundum. Orta Asya'da bir kıta kabuğunun nasıl oluştuğunu görebiliyorsunuz. O kadar ilginç ki okyanusla başlıyor ve kıta kabuğu adım adım oluşuyor. Güzelliğini anlatamam sana, benim dünyada gördüğüm en güzel dağ silsilesi Altaylardı. Oradaki yeşil ile beyazın tenakuzu müthişti; zümrüt yeşili bir yere kadar geliyor, ondan sonrası bembeyaz. Şöyle bir gözlerini kapatıp hayal et, dağların arasındasın. Çam ormanlarının içinde oturuyorsun, yanından bir de dere akıyor. Maşrapanı daldırıp su içebiliyorsun. Sonra mesela Tanrı Dağları, tamamen çöl, yani ot bitmiyor üstünde ama kayaçlar rengârenk. Dilersen tayyareden oturup haritasını çizebilirsin. Muhteşem bir manzarası var. Tanrı Dağları'ndayken oradaki tabakaların fotoğrafını çekmiştim. 1993'te, o çok meşhur olan makaleyi yazdığımız *Nature* dergisi onu kapak olarak kullandı.

İkinci olarak Alpler çok güzeldi. İlk olarak henüz öğrenciyken gitmiştim ama sonra doktoramı da yine Albany'de Alpler üzerine yaptım. Bu fikri de İhsan Ketin vermişti. Daha doğrusu Amerika'dan bir yer almamam gerektiğini söylemişti. "Amerika'nın fosilleri ve fasiyesleri bizim coğrafyamıza benzemez. Doktora yapmak için coğrafyamıza benzer bir yer tercih et ki daha sonra bilgini kullanabilesin," dedi. Neresi var diye düşünürken Alplerde karar kıldık. İhsan Hoca, Alpler için de "Sen Fransızca ve Almanca okuyabiliyorsun, dolayısıyla literatür tarayabilirsin. Alplerin literatürü çok zengindir. Oraya da bir giriş yapmış olursun," şeklinde yorum yaptı. Çok yerinde bir tavsiye olduğu da deneyimleyince ortaya çıktı.

Bu iki büyük coğrafyadan sonra Güney Afrika diyebilirim. Güney Afrika'ya iki kez gittim. Bir tanesinde de hocalarım John Dewey ve Kevin Burke, prekambriyen tektoniği hakkında bir kısa ders planlamak istiyorlardı. Prekambriyen dediğim, 600 milyon yıl öncesini karşılayan bir jeolojik dönemdir. Hocalarım benim de kendilerine katılmamı istedi. "Tamam," dedim ama karşılığında ne alacağımızı da sordum. Arazi gezisi! Barberton Mountain Land'e gideceğiz, hem de orayı haritalandıran Carl Anhaeusser kılavuzluğunda. Gerçekten çok muhteşem bir gezi olmuştu.

Orada bir ay kadar kaldık ve hocalarımla bir kez daha iftihar ettim. Mesela arazide giderken Lewis Ashwal, "Size dünyada sadece dokuz yerde bilinen bir mineral göstereceğim," dedi gururlanarak. John, Kevin'e dönüp "Stichtite," dedi. Üzerinde mor noktalar olan çok güzel bir serpantin mostrasına gittik. John ve ben örnek aldık. Sonra Komati Nehri'ne gittik. Meşhur komateitler var, ismini nehirden alıyor. Komati nehrinde yürürken Carl, "John, şu pillow (yastık) lavlarında benim anlayamadığım bir şey var. Siz de bir bakar mısınız?" dedi. Mostraya geldik, o lavların içinde yusyuvarlak ceviz büyüklüğünde baloncuklar vardı. Uzaktan bakarak John, "Aaa, sıvı karışmazlığı!" dedi. İki değişik yoğunluktaki lav, zeytinyağının suya karışmaması durumu gibiydi. Mostranın başında John'dan ve Kevin'den "Sıvı karışmazlığı nedir, ne zaman ve kim tarafından keşfedilmiştir, önemi nedir?" konularında küçük bir ders aldık. Bu muhteşem ikili âdeta düet yaptı. İşte benim hocalarım böyle adamlardı.

Peki Türkiye jeolojik olarak nasıl bir yerde duruyor?

Türkiye jeolojik olarak Avrasya ve Afrika kıtalarının arasında duruyor. Bunlar aynı zamanda iki levha ve dolayısıyla bu iki levhanın birbirine nazaran yaptığı hareketler Türkiye'yi etkiliyor. Türkiye'nin jeolojik geçmişte güneyini Gondwana-Land denilen; Güney Amerika, Afrika, Hindistan, Avustralya ve Antarktika'yı da içine alan muazzam bir kıtanın kuzey kenarı oluşturuyor. Kuzeyinde ise Eski Tetis denilen deniz var. Bu deniz Andlarda olduğu gibi bugün Türkiye'nin altına dalıyor. Bu altına dalma neticesinde de Türkiye'nin bulunduğu bölge parçalanmaya başlıyor. Bir kısım kuzeye gidiyor, Lavrasya denilen bugünkü Asya, Avrupa ve Kuzey Amerika'yı içine alan kıtalar topluluğuyla çarpışıyor. Güneyinde yeni bir okyanus açılıyor. Eski Tetis kapanıyor ve Yeni Tetis açılıyor. Türkiye'nin yapısını bugün esas belirleyen işte o Yeni Tetis'tir. Ondan sonra Yeni Tetis kapanıyor, aslında en son kapanan branş Doğu Akdeniz ve Bitlis Zagros. O bölgede Arabistan gelip bir darbe vuruyor.

Tıpkı bir çekirdeğin limondan fırlaması gibi o mengenenin iki ağzı arasından orta ve batı Türkiye fırlıyor batıya doğru ve bugünkü rejimi yaratıyor.

Peki, keşif nasıl yapılır?

Mesela birine ayağa kalk, arkanı dön dedikten sonra diğerlerine "Bunun kıçı bayağı güzel değil mi?" diye soruyorum. İşte keşif yaptım. Çünkü herkes o kişiyle tanıştığında yüz yüze oturup konuşuyor ama ben hiç olmayan bir bakış açısı istedim ve ona arkasını dönmesini söyledim. İşte bu şekilde bakış açıları yaratılarak keşif yapılıyor.

Einstein'ın herkesin gözü önünde olan bir şeyin aynı anda olmamış gibi algılanmasının savunuşunu ele alalım. Düşün ki bir olay oluyor, ben bir taraftan bakarken sen de karşıdan bakıyorsun. İkimizin de olayın aynı anda olduğunu düşünmemiz kadar doğal bir şey olamaz. Ama Einstein bunun böyle olmadığını söylüyor ve şöyle açıklıyor: Şimdi bir trende bulunan saatin çalışmasını takip edelim diyor. Bir taraftan trenin içinde bir taraftan da trenin dışında saati izleyen iki kişi var. Trenin dışında kalan kişiye göre zaman daha yavaş akıyor ama hangi açıdan bakarsak bakalım ışığın sabit bir hıza sahip olduğunu belirtiyor. Ya da bir otomobilde gidiyorsun ve el fenerin var. Karşıda da ışığın vardığı bir yer var. El fenerini yak, ışığın hızını ölç. Saatte 300 bin kmh. Araba giderken hızını ölç, yine aynı. Doğal olarak 300 bin kmh artı arabanın hızı olması lazım. Ama hayır, öyle değil. Hız yine 300 bin kmh. Düşününce deli saçması gibi geliyor ama Einstein'a göre böyle yapınca bir sürü şey yerine oturuyor.

Örneğin Arşimed banyoda elinde bir tasla oturuyor. Banyoya giren ya da eline tas alan ilk adam değil, peki neden Arşimed? Çünkü düşünüyor ve olasılıkları deniyor. Tası suya koyuyor ve tas yüzüyor. Suyla doldurunca da tas batıyor. Arşimed düşünmeye başlıyor, niye? Birdenbire fark ediyor ki tasın yer değiştirdiği su miktarı kadar su, tası alttan itiyor. Tasın içini doldurduğu zaman, alttan itenle üstten iten güç eşitleniyor ve tas batıyor... Bir gün krala gidip kendisinden tacını istiyor. Terazinin bir tarafına tacın hacminde altın koyuyor, bir tarafa da tacı. Tacın taşırdığı su miktarı altından daha az çıkıyor. Krala, kuyumcunun kendisini aldattığını, tacın içinde gümüş de olduğunu söylüyor. İşte keşif böyle, sürekli düşünerek yapılıyor.

Mesela biz Altaid'ler[35] makalesini yayımladığımızda Boris bana "Sen bunu nasıl düşündün?" diye sormuştu. "Çok basit!" deyip açıkladım: Orta Asya'da hangi kayaçlarla karşılaşıyorsun? İşte tüfler, kum taşları içinde olan yer yer çörtler, bazaltlar... Bu taşları, birlikte en çok yığışım karmaşıklarında görüyoruz. Yığışım karmaşıkları nerede? Okyanusun kenarında! Bunlar ise Asya'nın ortasında. Peki, bunların arkasında ne var? Granitlerden oluşan bir silsile var. Bunu nerede görüyoruz? Yine okyanusun kenarında görüyoruz. Bu yığışım karmaşıklarının arkasında magmatik faylar var. Bunların hepsi aynı yaşta ve bir sürü şerit halindedir. Ama bunların böyle oluşmuş olması pek mantıklı değil. Çünkü bugünkü okyanuslara bakarsan hepsi dümdüz bir yapı oluşturuyor. Fakat ben buraya yanal atımlı fay koyup bunları üst üste bir araya getirirsem buradaki manzarayı da oluştururum. Böylece yeni bir kıta oluşturmanın da yöntemini bulmuş olurum. Ama tabii bunu yapabilmek için bugünkü dünyayı çok iyi tanımak gerekiyor. Baktığın zaman buradaki anormalliği görebilmelisin. Bütün dünyanın büyük dağ kuşakları iyi biliniyorlar. Himalayalar, Alpler, Apalaşlar... Buralarda çokça gnays vardır. Yani granitten oluşmuş ve daha sonra metamorfize olmuş yapılardır. Ancak bu nasıl bir sistemdir ki Altaid'lerde gnays çok az, işte buradaki anormallik de budur. "Peki bu durum başka nerede olur?" sorusuna "yığışım karmaşıkları" diyebildiğinde işte keşif yapmış oluyordun.

[35] A. M. Celâl Şengör, Boris Natal'in, Valentin S. Burtman, "Evolution of the Altaid Tectonic collage and Palaeozoic Crustal Growth in Eurasia", 1993, *Nature* 364, 299-307.

Humboldt 1829'da dolaşıyor buraları ve bulduklarını 1843'te yayımlıyor. Gnaysın bu bulunma durumundaki garipliği fark ediyor. Bu dağlık bir alan ve yeteri kadar gnays yok. Sonra Eduard Suess da 1901'de *Das Antlitz der Erde*[36] kitabını yazarken aynı gözlemi yapıyor. Bütün bu modern gözlemleri ele alarak yeteri kadar gnays olmadığını görüyor. Cevap kendiliğinden insanlığın önünde duruyor aslında ama görmesini bilmek gerekiyor. Kısacası aslında evrende bütün cevaplar var ama soru sormak çok önemli. Daha da önemlisi soruyu herkesin sorduğu bir bakış açısının dışında sormak lazım.

Keşif nasıl yapılır soruna bir örnek de *Nature*'da yayımlanan meşhur Paleo-Tetis[37] makalemdir. 1973 yılında ilk defa Alan Smith tarafından dile getirilen bir sorun vardı. Kıtaları bundan 250 milyon yıl önce bir araya toplayınca bunların ortasında doğuya açılan kocaman bir deniz beliriyor. Bu deniz kapandığı zaman Alp Himalaya sistemi oluşuyor. İşte bu denizin kalıntılarını, Alp Himalaya sisteminin içinde bulmayı ummuşlar. O zamana kadar kıta çarpışma alanları var; Yunanistan, Türkiye, İran, Afganistan, Hindistan, Pakistan, Çin, oradan Burma'ya kadar olan yerlerin hepsinin açılmaları, kıtaların bir araya konduğu zamandan sonrasına tarihleniyor. Tabii sonra "Bu nasıl oluyor?" sorusu beliriyor. Çünkü burada bir tenakuz var, kocaman bir deniz açık duruyor. Fakat bugün mevcut o denizin güya kapandığı yerler o denizden daha genç çıkıyor. Olmaması lazım ama oluyor. Bugün bulunan kenet kuşakları, aslında daha genç bir denizi gösteriyor. Çünkü aslında o zamana kadar kalıntıları bulunmuş denizin varlığından daha sonra açılmış okyanusları gösteriyor.

1978 yılına geldiğimizde ise Albany'den bir grup öğrenci Türkiye'de çalışacaktı. John Dewey, "Bu çocuklara Türkiye

36 İngilizce adı: The Face of the Earth.

37 A. M. Celâl Şengör, "Mid-Mesozoic Closure of Permo-Triassic Tethys and its Implications", 1979, *Nature* 279, 590-593.

jeolojisini bir özetlemek lazım. Sen bunu yapar mısın?" dedi. Ben de öğrenciydim ama memnuniyetle yapacağımı söyledim. Ancak öğrenci olduğum için ders benim adıma açılamadı. Ders, Prof. Bill Kidd adına açıldı ama dersi ben verdim. Dersi hazırlarken dikkatimi çekti; Türkiye'nin orta ve güney kısımları hakkında Fransızların, Almanların ve İhsan Ketin Hoca'nın çalışmalarıyla birlikte güzel bir sentez oluşturmak mümkündü. Öyle ki çocuklara okuyacakları bir şeyler vermek de mümkündü çünkü Fransızların bu konuda birçok yayını vardı. Tabii bir yayında hepsini özetlemişler ama olsun, bu özet İngilizce hazırlanmış. Amerikalılar da Fransızca okumadıkları için onu ödev olarak vermek de mümkündü. Fakat baktım kuzey Türkiye'de böyle derli toplu bir yayın yok. Bu yayını da ben toplamaya karar verdim. İşte bu yayını hazırlarken fark ettim ki en başında aradığımız eski okyanusun kalıntıları oradaydı. Oysa o güne kadar kimse fark etmemiş Orta Jura'nın altında ofiyolit'lerin olduğunu... Tabii ben hemen ders hazırlamayı bırakıp o hafta sonu *Nature*'a bu makaleyi yazdım. Ondan sonra da Paleo-Tetis'ten bahsetmek moda oldu ve birçok bilim insanı onun hakkında yayın yaptı. İşte bu şekilde tesadüflerle keşif yapabiliyorsun. Tabii bunun çok önemli bir şartı var: İyi bilgi sahibi olmalısın. Problemleri tanımlayabilmek için zamanının bilgisine hâkim olmak gerekiyor. Benim özelliğim öğrenciliğimden itibaren buydu. Zaten bilgi sahibi olunca da makaleyi çok kısa sürede yazabilirsin.

Problemleri tanımlayabilmek için zamanının bilgisine hâkim olmak gerekiyor.

Yine aynı sonuca varıyoruz; keşif yapacaksan en önemlisi soru sormayı bileceksin. Kendi çalışma alanındaki çözülmemiş sorunlar neler ise onların peşinden gideceksin. Yoksa bir başkasının çözdüğü problemi öğrenciye anlatmak üniversite hocalığına yakışmaz. Tabii kısmen onu da yapacaksın ama aynı zamanda bir profesörün görevi araştırma yapıp kendi bulduklarını derslerinde öğrencilerine anlatmaktır. Bu çok önemlidir. İTÜ'de en çok dikkat edilen noktalardan biri de budur. Özellikle İhsan Bey'in ekibi adına söyleyebilirim ki büyük ölçüde kendi bulduklarımızı anlattık öğrencilerimize. Hem global ölçekte hem Türkiye ölçeğinde anlatılanlar da öğrencileri heyecanlandırıyordu. Çünkü yabancı konuşmacı davet etmeyi de önemsiyoruz. Mesela sadece seninle tanıştığımız şu üç aydan bu yana dört tane yabancı konuşmacı geldi. Öğrenciler konuşmacıları çok seviyor. Konferans bittikten sonra da kantinde yakalayıp sorularını soruyorlar, sohbet ediyorlar. Bu adımlar gençlerin gelişmesinde müthiş etkili oluyor. Çünkü meşhur bir makale okuyorlar ve sonra bir gün onu yazan kişiyle kantinde sohbet edebiliyorlar.

Hocam, en çok atıf alan makaleniz hangisi?

Altaid'ler makalesi 4308 atıfla en çok atıf alan makalemdir. Her zaman söylüyorum, önemli olan kaç tane makale yazdığınız değil, o makalenizin hangi sorunu çözdüğü ve kaç atıf aldığıdır. İkinci sırada Yücel Yılmaz ile birlikte yazdığımız makale var, 4020 atıf almış.[38] Bu makale aynı zamanda *Tectonophysics* dergisinde yayımlandı ve bugüne kadar derginin en çok atıf alan makalesidir.

Sizin çokça ses getiren Piri Reis'le ilgili bir makaleniz de vardı değil mi?

Evet, bunun öncesinde Türkiye'de yayınlanmış ve Deniz Kuvvetleri tarihini anlattığımız sempozyumda "Piri Reis haritasını kim keşfetti?" sorusundan söz etmiştim. Bu konu hakkında aptalca dedikodular vardı. "Türkler keşfetti!" ya da "Biz zaten biliyorduk!'" deniyordu. Oysa hepsi yalandı, keşfeden kişi Almandır.

---

[38] A. M. Celâl Şengör, Yücel Yılmaz, "Tethyan Evolution of Turkey: A plate Tectonic Approach", 1981, Tectonophysics 75, 181-241.

1926'da Atatürk, "Topkapı Sarayı'nı millileştirdik ama bunun bir envanteri çıksın, içinde ne var ne yok bilelim," demiş. Envanterini çıkarırken fark ediyorlar ki hep Yunanca kitaplar çıkıyor. Halil Edhem[39] o zaman aynı zamanda Asar-ı Atika Umum Müdürü olarak görev alıyor. Efes'te de Gustav Adolf Deissmann[40] çalışıyor. O zaman Deissmann, Berlin Üniversitesi rektörü ve aynı zamanda hem Yeni Ahit uzmanı hem de eski Yunancayı çok iyi bilen biridir. Tabii bu süreçte arkadaş da oluyorlar. Halil Edhem, "Adolf, Berlin'e gelirken İstanbul'da bize uğrar mısın? Sana göstereceğimiz Yunanca kitaplar var," diyor. Deissmann memnuniyetle kabul ediyor. Topkapı Sarayı'na geldiklerinde onun önüne ilk koydukları kitap 13. yüzyıl tarihli Homeros'un *İlyada*'sı oluyor. Tabii Deissmann, "Nereden buldunuz bunu?" diye şaşırarak sorduğunda "Bundan daha çok var, bekle. Hepsi Fatih'in kütüphanesinden çıktı," karşılığını alıyor. İkinci getirdikleri kitap ise *Ptolemaios Atlası*[41] oluyor. Deissmann, *Ptolemaios Atlası*'nı görünce işin ne kadar ciddi olduğunu daha iyi fark ediyor. Çünkü bir *Ptolemaios Atlası* daha bulunuyor. Deissmann, "Halil, belli ki Fatih Sultan Mehmed coğrafyaya meraklı. Yoksa durup dururken bunları toplamaz. Sarayda harita da olmalı!" diyor. Sonra bir rulo halinde haritalar geliyor.

Böyle bir sürü harita bulunmuş ama hiçbirisi kaydedilmemiş. Ruloyu açıyorlar ve kenarından bir şeyin sallandığını görüyorlar: Atlantik Okyanusu'nun bir kısmı... Deissmann Osmanlıca olduğunu fark ediyor. Halil Edhem okuyor ki Piri Reis! Deissmann, Piri Reis'in uzmanı Paul Kahle'nin tesadüf bu ya, bu hafta İstanbul'da bulunacağını söylüyor. Ayrıca izin verirlerse

---

39 Halil Edhem Eldem, Sadrazam İbrahim Edhem Paşa'nın oğlu, Osman Hamdi Bey'in küçük kardeşidir. Zürih Üniversitesi'nde tabii ilimler, Viyana Poliklinik Yüksek Okulu'nda tabii ilimler ve kimya eğitimi aldı.

40 Gustav Adolf Deissmann, Yunan dili üzerine yaptığı önde gelen çalışmasıyla tanınan Alman teolog.

41 Mısır'da MS 2. yüzyılda yaşayan matematikçi, astronom ve coğrafyacı Klaudios Ptolemaios'un yaptığı, dünyanın bilinen ilk büyük atlası.

Kahle'nin gelip haritalara bakmasını istiyor. Kahle daha içeri girerken masanın üzerinde duran Piri Reis'in haritasını görüp "Piri Reis 1513 haritası!" diyor. "Sen nereden biliyorsun?" diye sorduklarında, aslında ortalıkta olmadığı için henüz kimsenin bilmediğini, sadece Kitab-ı Bahriye'de bahsedildiğini söylüyor. Kahle, bu kitabın eksik bir nüshasını Almancaya tercüme ederek Almanya'da yayımlamış. Bu bilgi paylaşımlarının ardından Halil Edhem'le beraber haritaları okumaya başlıyorlar. Görüyorlar ki bu haritanın içinde Kristof Kolomb'un ilk haritası da var. Piri Reis, "Biz Kemal Reis ile beraber korsanlık yaparken elimize bir İspanyol düştü. Yeni kıtaya gitmiş Kulumbu denilen kafirle beraber, onun üzerindeki haritaları aldık." İşte bu haritanın bu bilgiye dayandığını söylüyor. Kahle de bunun dünya çapında önemli bir keşif olduğunu ancak Kolomb'un haritasının bilinmediğini, belli ki burada korunduğunu ve artık yayımlanması gerektiğini söylüyor. Tarih 1929'u gösteriyor. Atatürk'e haber veriyorlar, o da "Derhal müsaade verin, fotoğraflar çekilsin," diyor. Saray fotoğrafçısı fotoğrafları çekiyor. Bende bu fotoğraflardan orijinal bir tane var.

Bu arada Atatürk, "Çocuklar, biz de boş durmayalım, hemen bu haritanın bir tıpkıbasımı ve *Kitab-ı Bahriye*'nin de bir basımı yapılsın. Bunları da halkımıza bildirelim," diyor. Bir halk için nüsha, bir de mebuslar için özel nüsha hazırlanıyor. Bendenizde o mebuslar için yapılan özel nüshadan var, şahanedir. Bugüne kadar yapılan en iyi Piri Reis tıpkıbasımıdır. Tabii haritanın yayımlanmasıyla dünyada sansasyon oluyor. Onun üzerine 1933 yılında Paul Kahle, *Die verschollene Columbus-Karte von 1498 in einer türkischen Weltkarte von 1513*[42] adında bir kitap yazıyor.

Biz işte bu konu üzerine Filiz Çağman'la beraber bir makale yazıp 2005 yılında yayımlamıştık. Bu makale ayrıca Türkiye

42 1513 tarihli bir Türk dünya haritasında 1498 tarihli kayıp Columbus haritası.

Cumhuriyeti Deniz Kuvvetleri Seyir Hidrografi Oşinografi Dairesi tarafından, 27-29 Eylül 2004 *Uluslararası Piri Reis Sempozyumu Tebliğler Kitabı*'nda yayımlanmıştır.

Peki, sizin jeoloji alanında çözüm sunduğunuz en önemli konular nedir, maddeleyebilir miyiz?

1- Kimmer kıtasının keşfi.

2- Altaid'lerin mekanizması ve kıta kabuğunun büyümesine yaptıkları katkı.

3- İki tür riftleşmenin keşfi. Aktif ve pasif riftleşme yani kıta parçalanmasıdır. Bunu Kevin'le beraber yayımladık.

4- Impactogenlerin oluşumu. Burada iki kıta çarpıştığı zaman bir kıta veya iki kıta birden çatlıyor. Buradaki "impactogen" kavramını ben icat ettim ama kelimeyi Kevin buldu.

Bunlar benim en önemli katkılarım ama bunun yanında mesela Türkiye'nin jeolojisinin derlenip toparlanıp levha tektoniği açısından açıklanması da Yücel'le beraber yaptığımız çok önemli bir katkıdır. O da büyük yığışım karmaşıkları ve levha tektoniğine yaptığımız önemli bir katkı olarak literatüre geçmiştir. Ya da mesela Doğu Anadolu'nun altında doğru düzgün bir kıta bulunmuyor, tamamen yığışım karmaşıklarından oluşuyor. Bunun keşfi vardır.

Bir de '99 depreminden sonra Marmara'da fay hatlarıyla ilgili önemli bir çalışmanız var...

Evet, ama orada yeni bir şey keşfetmedik, sadece fayın yerini tespit ettik. Bilinmiyordu tabii ama işte araziye gidip haritasını yaparsan bulursun. Bu önemli bir şey ama bunun bir keşif olduğunu söyleyemeyiz. Tabii Türkiye açısından çok önemli çünkü Marmara'nın altı bilinmiyordu. Biz, bunu ortaya çıkardık. Bu konuda 1979'da Kuzey Anadolu fayının keşfini yapan İhsan Hoca'dan sonraki ilk modern makaleyi ben yazdım:

"The North Anatolian transform fault: Its age, offset and tectonic significance".[43] Ben, bu makaleyi yazdığımda master öğrencisiydim ve müthiş atıf aldı.

"Keşif nasıl oluyor?" diye konuşmuştuk. Bir örnek daha vereyim: Londra'da, transform faylar hakkında bir toplantı vardı. O zaman Steve DeLong, Jeff Fox ve Bill Kidd doçent, ben de öğrenciydim. John Dewey, "Siz gidin toplantıya katılın, ben size orada dahil olurum. Bu arada oraya kadar gitmişken Lizard ofiyolitini de görün," dedi. Lizard Ofiyolitleri Cornwall'da, yani İngiltere'nin en güneybatısında, bugün hâlâ kalayın çıktığı yerdir. Orada küçük bir ultamafit mostra var. Mostra dediğimiz şey, üzerinde yürümekte olduğumuz kayanın yüzeyindeki toprağı sıyırdığın zaman ortaya çıkan şeydir. Jeff araba ayarlayacak, kiralayıp onunla gidecektik. Ancak arabanın kiralandığı yere gittiğimizde adamla konuşunca elinde kalan tek arabanın Jaguar olduğunu anladık. Tabii burada para büyük sorun oluşturdu. Baktım işler sarpa saracak, "Ben öderim!" dedim. Tabii çok şaşırdılar ama işte günün sonunda biz Cornwall'a Jaguar'la gittik. Hiç unutmuyorum, metalik kahverengi muhteşem bir arabaydı. Çok maceralı bir yolculuktu, daracık yollardan geçtik. Dönüşte de meşhur Stonehenge'i gördük. Bill'in ailesi de oraya yakın oturuyordu, onları da ziyaret ettik. Bu arada Jaguar'ı Jeff kullandı. Ben araba kullanmayı hiç merak etmedim. Araba kullanırken dikkatini başka bir şeye veremezsin, oysa ben etrafıma bakmak istiyorum.

İngiltere'ye vardığımızda John'a, Cornwall hakkındaki raporumuzu vermiştik. Tabii John orayı biliyormuş, bizim de görmemizi istemiş. Tabii Jaguar hikâyemize de çok güldü. Toplantıyı da Brian Windley organize etmişti. John ile Brian konuşurken ben de yanlarında duruyordum. John, Brian'a "Bu transform faylar toplantısında Kuzey Anadolu fayı neden yok?"

43 A. M. Celâl Şengör, "The North Anatolian transform fault: its age, offset and tectonic significance", 1979, *Journal of the Geological Society* ,136 (3), 269-282.

diye sorduğunda Brian, yazacak adam bulamadıklarını söyledi. John bana dönüp "Sen yazarsın," deyince de Brian hemen orada ayaküstü, yazıp yazamayacağımı sordu. "Yazarım," dedim.

Kuzey Anadolu fayını yazarken aklıma "Kuzey ve Doğu Anadolu fayları arasındaki bölge nasıl deforme oluyor?" sorusu geldi ve Prandtl modelini kullanmayı düşündüm. Bu modelde, örüntünün bir Prandtl hücresine karşılık geldiğini ilk kez ben keşfettim. Bu, metalürjide kullanılan bir kavramdır. Bu makale yayımlandığında henüz 24 yaşımdaydım.

Daha önceki bir söyleşinizde Einstein'dan bir alıntı yapıyor ve şöyle diyorsunuz: "'Neden bilim yapıyorsun?' diye sormuşlar Einstein'a, o da 'Tanrı'nın aklından geçenleri anlamaya çalışıyorum,' demiş."

Evet, Einstein Tanrı motifini çok sık kullanıyor. "Tanrı zar atmaz diyor," mesela. Anlayamadığımız, bizim dışımızdaki kâinatı anlamaya çalışıyor. Bu kâinatı ne yönetiyor, onu sorguluyor.

Siz neden bilim yapıyorsunuz?

Benim cevabım, sadece benim merakımdır. Tabii ama Einstein'ınki de çok büyük bir meraktır. Onun merakı bütün kâinatı kucaklarken benimki bu dünyayı yani jeolojiyi kucaklıyor. Ben jeolojik olayların nasıl olduğunu merak ediyorum. Mesela uçan sürüngenlerin yapısı neydi? Bu benim merak konumdur. Depremler niye oluyor? Bu benim merak konumdur. Tetis okyanusu nasıl ortadan kayboldu? Bu benim merak konumdur. Yani Einstein bunlarla uğraşamazdı değil mi? Onun merakı tamamen ayrı düzeyde ama temelde ikimiz de aynı şeyi, kâinatın parçalarını anlamaya çalışıyoruz. Ama işte her adımın da biraz eksik kalacağını kabul etmek zorundayız. Biliyorsun, sonunda Einstein'ın attığı muazzam adım da eksik kaldı çünkü Kuantum mekaniğini anlayamadı. Tabii her şeyin ötesinde

Einstein, inanılmaz bir adamdır. İnanılmaz bir adam olmasının sebebi de cesurca ve çocukça soru sormayı bilmesidir.

Siz 2022 yılında emekli oldunuz. Emekliliğiniz için özel bir şeyler yapıldı mı?

Canadian Journal of Science'ta benim adıma özel bir sayı çıktı. Bunu yapan da öğrencim Ali Polat'tır. Biliyorsun, Ali, Canadian *Journal of Earth Science*'ın baş editörüydü. Ama Türkiye'de bir şey yapılmadı.

24 Mart 2022'de 67. yaşımı doldurdum ve dolasıyla emekli olmam gerekti. Emekli olduğumda rektör arayıp tebrik ettikten sonra 72 yaşıma kadar İTÜ'de kalmayı isteme hakkım olduğunu söyledi ve bunu isteyip istemediğimi sordu. "Hayır!" dedim. Çünkü bu hakkı elde edebilmek için rektöre müracaat etmem ve onun da bu talebi senatoya götürmesi gerekiyor. Ancak onların da "Biz Celâl'i istiyoruz!" deme gibi bir yetkileri yok. Çünkü YÖK'e sormak zorundalar. Eğer YÖK'teki iki edebiyatçı, üç ilahiyatçı ve bir tarihçi, İTÜ rektörü ve senatosunun üzerinde karar verme yetkisine sahiplerse ben bu yetkiyi kullandırmak istemedim. Ancak tabii okulumun benden bir isteği olduğunda her zaman emre amade olduğumu da söyledim. Mesela bugünlerde Dan McKenzie geliyor, konferans verecek. Bütün bunları ben düzenliyorum. Öğrencilerle bir arada oluyoruz. Dolayısıyla keyfimiz yerinde çünkü her şey İTÜ'nün içinde kalıyor. Zaten ben öğrencilere de her zaman "Siz dışarı çıkmayın, dışarıda hava iyi değil," diyorum. Bizim kampüsümüz çok güzeldir.

Peki jeolojiye meraklı gençlere başlangıç olarak neleri okumalarını önerirsiniz?

Öncelikle şunu söyleyeyim; kendi konumda Türkçe literatürü hiç takip etmiyorum. Şu anda İngilizceyi tercih ediyorum çünkü her şey İngilizce yayımlanıyor. Almanlar bile İngilizce yayımlıyor. Ama tabii ben bütün Almanca ve

Fransızca eski literatürü biliyorum. Onun için mesela Amerikalılar birçok yeni terim ya da kavram icat ediyorlar, "Bundan zaten vardı," diyorsun.

O yüzden İngilizce bildiklerini varsayıyorum. Mesela benim sevgili arkadaşım Stephen Marshak'in *Earth: Portrait of a Planet* adlı çok güzel bir ders kitabı var. Sonra *How to Build a Habitable Planet* adlı çok güzel bir kitap daha var ki seni toz parçasından alıp bugünkü dünyaya getiriyor. Son baskısı iki yazarla çıkmıştı; Charles H. Langmuir ile Wally Broecker. Broecker da okyanuslardaki karbon döngüsünü keşfeden kişidir. Bir de David Alderton ve Scott A. Elias editörlüğünde hazırlanan *Encyclopedia of Geoloy* var; onu da tavsiye ederim. Yeni başlayanlar mutlaka okumalı.

Mesela Bertrand Russell'ın *A History of Western Philosophy* adlı kitabı çok faydalıdır. Ben Russel'ın kitaplarının birçoğunu okumuşumdur. Bahsettiğim kitabının Türkçesi var galiba ama kalitesi nedir bilmiyorum.

Tüm bunların yanında tabii Popper[44] var. Popper'i okumak, özellikle "Bilim nasıl yapılır?"ı görmek için çok mühimdir. Popper'in *The Logic of Scientific Discovery* adlı kitabı da son derece faydalıdır. Türkçeye çevrildi ama benim ödüm patlar onu açıp bakmaya.

Bana çok mesaj geliyor aslında. Kitap soruyorlar. "Ne yapacağız, yardımcı olur musunuz? Bize kitap tavsiye eder misiniz?" diyorlar. Bu kitap sayesinde kitap tavsiyesi isteyenlere de cevap vermiş olduk böylece.

Ayrıca bir de şunları tavsiye ediyorum: Yanılmaktan ve yanlış yapmaktan korkmayın. Bilimin bugün söylediği her şeyin yarının yanlışı olduğunu bilin. Söz konusu bilim olunca sürekli daha iyisini bulacağız.

[44] Sir Karl Raimund Popper; Yahudi kökenli Avusturyalı-İngiliz bilim filozofu.

CELÂL ŞENGÖR'ÜN JEOLOJİ MERAKLILARINA TAVSİYE ETTİĞİ KİTAPLAR

• James Frazer – *The Golden Bough*

• Karl Popper – *Conjectures and Refutations: The Growth of Scientific Knowledge*

• Karl Popper – *The Logic of Scientific Discovery*

• Bertrand Russell – *A History of Western Philosophy*

• Stephen Marshak – *Earth: Portrait of a Planet*

• Charles H. Langmuir & Wally Broecker – *How to Build a Habitable Planet*

• David Alderton & Scott A. Elias – *Encyclopedia of Geology*

• Arthur Holmes – *Principles of Physical Geology,* (İkinci Baskı)

• Hans Cloos – *Gespräch mit der Erde* (İngilizce Adı: *Conversation with the Earth)*

• John Grotzinger – *Understanding Earth* (İkinci Baskı)

BÖLÜM VIII

KÂİNATI ANLAMAK

"Düşünmeyi reddederek önündeki sözüm ona doğruları kabul eden insan, yerinde saymaya mahkûmdur."

Siz Einsteinlardan, yani bilim insanlarından çoğunlukla bahsediyorsunuz. Bir de diğer taraf var; Platonlar, Sokratesler... Bu taraf da hiç ilginizi çekti mi?

Çekmez olur mu, okudum hepsini. Ama Sokrates ve Platon'un düşüncesinde bir maraziyat, bir hastalık gördüm. Çünkü onlardan önceki adamlar doğruyu yapmışlar, tanrıları ve mitolojiyi palavradan ibaret görmüşler. Örneğin Zeus'a şu kadar boğa kurban ediyoruz, yine de büyük fırtınalar oluyor. Poseidon'a şu kadar kısrak kurban ediyoruz; yine de denizde büyük fırtınalar kopuyor, gemiler batıyor, depremler oluyor ve şehirler yok oluyor. Asklepios'a horozlar kurban ediyoruz ama yine de hastalıktan ölüyoruz. Demek ki burada bir rasyonalite yok, kâinatın bir rasyonel açıklaması olması lazım diye düşünmüşler. Dolayısıyla da bu insanlar dini terk etmişler.

Doğayı kendilerince açıklamışlar aslında ve açıkladıkları da genellikle test edilebilir şeylerdir. Mesela Anaksimandros, "Dünya davul şeklindedir," diyor. Bunu test edebilirsin. Yani Anaksimandros kendi test edemese bile prensipte test edilebilir bir şeydir bu.

Thales, "Dünyamız disk şeklindedir ve okyanusta yüzmektedir," diyor. Bu da test edilebilir bir şey. Thales Mısır'dayken

Nil'in sellerinden sonra herkesin tarlasının sınırları suyla kaplanınca bu sınırları tekrar çizmek için kadastroculuk meslek grubu türemiş. Kadastroculuk, benzer üçgenler veya Pisagor teoremi gibi çeşitli konuları kapsıyor. Thales kadastroculara, "Siz bunu nereden öğrendiniz?" diye sorduğunda "Ustamızdan öğrendik," yanıtını alıyor. Thales görüyor ki bu insanlar kullandıkları bu ilişkilerin her yerde her zaman geçerli olduğunun ve ispatlanabileceğinin farkında değiller. Onun üzerine ilk defa teorem fikri gelişiyor. Yani bu ispatlanabilir ve kesin bilgidir.

Thales bundan müthiş mutlu oluyor. Miletos'a döndüğünde arkadaşı Anaksimandros'a, bir şeyler bilmek için Tanrılara ihtiyacımız olmadığını ve istersek kendimizin bilebileceğini keşfettiğini açıklıyor. Ardından şu sorgulama doğuyor: Peki fırtına veya deprem niye oluyor? Acaba bunların cevapları da bu şekilde açıklanabilir mi? Görüyorlar ki bunlar da doğaüstü bilgilere değil, gözleme dayanıyor. Fakat herhangi bir şeyi tam olarak anlayabilmek için yeterli sayıda gözlem yapmak mümkün değil. O zaman ortaya bir hipotez atmak ve ondan sonra o hipotezi test etmek gerektiğini fark ediyorlar. Bu anlayışa vardıktan sonra bir bakıyorsun İyonya'da bir nesil veya en çok iki nesil içinde birçok kozmoloji türüyor. Hepsi birbirini tenkit ediyor. Müthiş bir şey bu ve işte bilimin doğuşu da böyle oluyor.

Ancak Sokrates, bunun lüzumsuz bir faaliyet olduğunu ve bizi gerçeğe götürmediğini söylüyor. "Peki, biz gerçeğe nasıl varacağız?" diye sorulduğunda da "Düşünerek ve tartışarak varacağız," diye anlatıyor. "Tartışıyorsun da peki, bunun temeli ne?" diye sorulduğunda "İyilik ve iyi insan," olarak tanımlıyor. "Peki, iyi insanı nereden bileceğiz?" diye soruluğunda ise "İyi insan, Tanrı'ya en çok benzeyendir," yanıtını veriyor. İşte ben bu noktayı anlayamıyorum; Tanrı'nın ne olduğu hakkında telgraf mı çektiler sana, nereden biliyorsun? Hatta Sokrates bir keresinde vahiy aldığını da ima ediyor.

Sokrates'i ölüme götüren süreçler de bu söylemleriyle başlıyor.

Evet, böyle söylediği zaman zaten iş bitiyor. Çünkü Sokrates bu anda realiteden kopmuş ve her şeyi yıkmış oluyor. Aslında biliyorsun Sokrates'in yazdığı bir şey de yok görebileceğimiz. Sokrates'in ilk elden şahidi ve aynı zamanda arkadaşı Ksenofon'un yazdıkları var. Ksenofon aslında asker, haliyle umurunda değil felsefenin konuları. Aslında bana sorarsan Ksenofon'un Sokrates hakkında bildirdikleri, Platon'un bildirdiklerinden daha güvenilirdir. Çünkü Platon büyük bir deha, yazdığı diyalogların Yunancalarını okuduğunda göreceksin, hepsi şiirsel bir tiyatro gibi yani bir sanat eseridir. O yüzden insanlığın aklında Platon'un anlatıları çok daha iyi kalmış.

Bir de mesela Eshilos'un *Bulutlar* isimli oyunu vardır ve orada da Sokrates çok doğru resmedilir. Nihayetinde Eshilos ve Ksenofon'un aktardıklarına baktığında anlıyorsun ki Sokrates hakikaten yobazdır. Kendi zamanında halkın bir kısmının da dalga geçtiği bir adamdır. Platon'u okuyunca Platon da Sokrates'le beraber diyoruz. Tabii Platon ikide bir de onu konuşturduğu için dinden yeni sıyrılmış Yunan düşüncesine tekrar din enjekte ediliyor. Ondan sonra hapı yutuyor işte Yunan düşüncesi.

Sonra Aristo'ya geliyorsun. Aristo, ampirist bir adamdır. Fakat kurtulamamış Platon'un etkisinden. Bertrand Russell, "Aristo'nun zırvaladığı yerde bakıyorsun aldığı eğitim ağır basmış," diyor. Muhakkak bir yaratıcının varlığını kabul ediyor Aristo da. İsimlendiremedikleri, daha doğrusu anlayamadıkları şeylere isim vermek Pre-Sokratik[45] dönemde aslında bitmişti. Fakat Sokrates bu bitişin beline darbe vurmuştur. Nietzsche de işte bunu söylüyor: "Pre-Sokratik düşünce, Helen düşüncesinin zirvesidir." Bu kesinlikle doğrudur.

45 Pre-Sokratik, Soktares'ten önceki döneme verilen isim.

Aslında bir teori ortaya attığında canla başla yanlışını ispat edebilmek için çalışman gerekiyor. Örneğin, bir a olayını gözlemledin ve bunu açıklamak için bir büyük A hipotezi ortaya attın. Birisi de b olayını ortaya attı ve b olayı büyük A hipoteziyle çelişiyor. O zaman küçük a ile küçük b'yi izah edecek bir büyük B hipotezi ortaya atıyorsun. Ondan sonra birisi bir c gözlemi yapıyor ve bu da büyük B hipoteziyle çelişiyor. O zaman küçük a, b, c'yi hep bir arada izah edecek bir büyük C hipotezi gerekiyor. Dikkat edersen büyük C hipotezinin doğru olma garantisi de yok. Ama ötekilerden daha çok şeyi izah ediyor. Dolayısıyla biz gerçeği bulamıyoruz ama bilgimiz giderek genişliyor. Kâinatın daha fazla bir kısmını anlayabiliyoruz ve maksat da zaten bu.

Sizin sosyal bilimleri değil de doğa bilimini sevmenizin sebebi bu ispat edilebilirlik mi?

İspat edilebilirlik, daha da önemlisi yanlışlanabilirliktir. En şahane örnek Newton'dur. Dünya'nın küre olduğu Pisagor'dan beri biliniyor ama Newton dünyanın küre olmadığını söylüyor. "Çok büyük olduğu için merkezkaç kuvveti dünyayı deforme edebiliyor. Dünyanın döndüğünü düşünün; kutuplardan bastırılıyor, kenarlardan genişliyor. Bir dönme elipsoididir," şeklinde açıklıyor. Bugün anlaşıldı ki binde birlik bir hatayla doğru hesap etmiş.

Peki siz bilim yaparak kanıtlanabilir bilginin peşinden mi gidiyorsunuz?

Hayır, tam tersine! Ben kanıtlayamayacağımı biliyorum. Ben bu işin peşine yanlışlarını nasıl temizleyeceğimi bulmak için düştüm. Özetle "Daha iyisini nasıl yaparım?" sorusunun peşine düştüm. Tabii bu yapabildiğimin daha iyisinin kesin bilgi olacağının garantisi olmadığını da biliyorum. Çünkü kesin doğruya ulaştığında bile bunu bilmen mümkün değildir.

Benim bu soruları sormam ve sonuçlarını fark etmem Houston'da birinci sınıftayken jeolojide bazı konular üzerine düşünmemle başladı. Benim çok iyi bir lisans danışmanım vardı: Max Fleming Carman Jr. Şahane bir jeologdu ama işte saf bir adamdı. Benim üzerine kafa yorduğum konuları görünce "Sen bunları bırak, derslerini çok iyi öğren. İlk önce prensipleri iyi öğreneceksin ki ileride bu prensipler üzerine araştırma yapabileceksin," dedi ama ben kafa yormayı bırakamadım. Ren Grabeni'nin oluşumu hakkında bir makale yazdım ve yayımlandı. Bu makalem, ilgili departmanı da çok etkiledi. Şaşırdılar, ikinci sınıfta bir öğrenci böyle bir makaleyi nasıl yazar diye düşündüler.

Aslında her birimiz öncelikle düşünmeyi öğrenmeliydik. Düşünmeyi reddederek önündeki sözüm ona doğruları kabul eden insan, yerinde saymaya mahkûmdur. İnsan tutkusunun ve merakının peşinden gidecek diyoruz ya, işte bu şekilde gidecek. Mesela yayımlanan bu makalemin ilhamını, 1975'te Almanya'da katıldığım bir toplantı verdi bana. Ren Grabeni'nin ve Alplerin oluşumunun aynı anda olduğu anlatılıyordu ama başka yorumlar da getiriyorlardı. Ben üzerine düşününce orada konuşulanların yanlış olduğunu fark ettim. Çünkü Ren Grabeni, Alplerin vurmasıyla oluşuyor. Fark ettiğim bu detayın üzerine oluşturdum makalemi. Almanlar da beğendi tabii ama Max'in pek hoşuna gitmedi bunlar.

Sonra mesela ben, bir milyar yaşındaki iki kıtanın çarpıştığı yer olan Teksas'ta Amerika'nın ilk Prekambriyen yaşlı kenet kuşağıyla ilgili düşündüğümde de ikinci sınıf öğrencisiydim. Nihayetinde baktım bu iş Houstan'da olmayacak, ben de Albany'deki iki İngiliz'in yanına gittim: John Dewey ile Kevin Burke. Bambaşka bir alemdi orası çünkü bu iki adam gerçekten müthiştiler. Benim düşündüklerimin aynısını onlar da düşünüyorlardı.

Siz çoğunlukla hangi konular hakkında düşünüyorsunuz?

Ben hep merak ettiğim konular üzerine düşünürüm. Bunlar genellikle felsefi ve bilimsel konulardır. Beni ilgilendiren bilimsel konular için epey uyku kaybettiğimi söyleyebilirim. Şaka değil, "Bunu nasıl hallederiz? ve "Bu problemi nasıl çözeriz?" diyerek uykusuz kaldığım geceler çok olmuştur. Mesela daha yeni Heraklitos üzerine bir yazı yazdım. Ben bu tip şeylerle uğraşırım. Onun dışında düşündüğüm pek bir şey yoktur. Yemekten sonra Oya'yla beraber otururuz, Oya haberleri açar. Orada biraz ah vah ederiz memleketimizin haline ama benim uzun uzun buna kaygılanmak gibi bir lüksüm yok. Ben kütüphaneme gelip kendi işime dönmeyi tercih ediyorum. Çünkü yapabileceğim başka bir şey yok.

Dünyayı daha iyi anlamamız için bizlere neleri okumamızı ya da nelerden uzak durmamızı önerirsiniz?

David Hume çok önemlidir. Zaten Popper'in başlangıç noktası da Hume'dur. Yani onun amprizmi öldüren adam olduğunu söyleyebiliriz. Ama maalesef kimsenin farkında olduğunu sanmıyorum. Okumanızı önerdiğim düşünürlerden faydalı bir liste yapalım.

Sokrates'ten yani özellikle Pre-Sokratik dönem sonrası filozoflarından uzak durmanızı öneririm. Kısacası tüm düşüncesini Tanrı fikri üzerine odaklayanlardan uzak durun. Çünkü bu doğrulanabilir ya da yanlışlanabilir bir sonuç vermez size ve aslında zaman kaybetmenize sebep olur. Örneğin Schopenhauer'ın masamda bir kitabı duruyor ama bana söyleyeceği pek bir şey yok gibi geliyor.

Benim için Kant fevkalade önemlidir. Hatta asıl önemli olan Kant'ın başarısızlığıdır. Niçin çuvallamıştır? İşte bu bilinmelidir.

CELÂL ŞENGÖR'ÜN OKUMANIZI ÖNERDİĞİ FİLOZOFLAR

- René Descartes
- Karl Raimund Popper
- David Hume
- Immanuel Kant
- Bertrand Russell
- Adam Smith
- Aristoteles
- Pre-Sokratikler
- Galileo Galilei
- Johannes Kepler
- Gottfried Wilhelm Leibniz
- Isaac Newton
- Friedrich Nietzsche
- Ksenofon
- Anaksimandros
- Thales
- Strabon
- Heraklitos

Sizce dünya tarihine en büyük katkıyı sunan toplumlar kimlerdir?

Dünyaya en büyük katkıyı yapan toplumlar, Avrupa toplumlarıdır. Genel olarak Yunan'dan başla İngiliz, Fransız, İtalyan, Alman diye gidiyor.

Sümerler diyeceğinizi düşünmüştüm.

Hayır, en büyük katkı Avrupa'dan gelmiştir. Tabii Sümerlerin katkısı da kritiktir. Nihayetinde adamlar yazıyı icat etmişlerdir. Bir de Sümerler ve ondan sonra gelen bütün insanlık da yalan söylemeyi öğrenmiştir. Bu da çok önemli bir katkıdır.

Mesela sen ve erkeğin mağaranın önünde oturuyorsunuz, çocuğunuz var ya da yok. Şiddetli bir yağmur yağıyor ama nereden geldiğini bilemiyorsunuz. Tabii gökten niye su yağıyor diye merak ediyorsunuz. O sırada bir yıldırım düşüyor ve önünüzdeki ağaç yanmaya başlıyor. Tabii buna bir sebep bulman lazım ama hiçbir fikrin de yok. Bildiğin tek şey kendin ve eşin. Örneğin kocan kızdığı zaman seni arada bir dövüyor. Şempanzeler de yapıyorlar bunu, biliyorsun. Görmediğin bu güç için, o da benim kocam gibi bir güç ama kocamdan çok daha güçlü diyorsun. Çünkü bir darbesiyle koca ağaç gidiyor. Yağmur yağıyor, dere taşıyor ve sel her şeyi götürüyor. İşte insanlık tüm bunların sebebini dinlerle açıklamaya başlıyor. Yani insanlık rahat edebilmek için yalan söylemeye başlıyor ve kendini aldatmak için masallar uyduruyor.

Bu görünmez güç çeşitli şekiller alabiliyor. Mesela Hindistan'da öküz oluyor, bir başka yerde insan, bir başka yerde canavar, bir başka yerde de ejderha oluyor. İnsan her koşulda kendinden daha güçlü bir şeye inanmak ve bunu da korumak istiyor. Buna karşı çıktığın zaman da kafir oluyorsun. Yani en ekstrem hallerde seni öldürüyorlar veya Tanrı'yı pasifize etmek için seni kurban ediyorlar. Örneğin çocuk kurban ediyorlar. Peru'da yeni buldular, küçücük çocukları Güneş Tanrı'sına kurban etmişler.

Ya da mesela Aztekler yakaladıkları esirleri Tanrılarına kurban ediyorlar. Obsidyen bıçakla kişi yaşarken kalbini çıkartıyorlar, vahşeti düşünebiliyor musun?

Bu düşünceler Mısır, İskenderiye, Thebes ve Elefantine'e kadar iniyor. Oralarda olan o muazzam Nil kültürü, Sümerlerin oluşturduğu Mezopotamya kültürü, sonra Indus Harappa kültürü yok oluyor. İşte bütün bunların hepsinde temelde bir din vardır ve bu din senin kimliğini belirliyor. Bir topluluğa bağlılığını belirliyor ve bu böyle Yunanlara kadar geliyor.

Dinin iki amacı vardır; birincisi sorduğun sorulara cevap verebilmektir. Tabiat hakkında çevreni anlamana yardım ettiğini düşünürsün. İkincisi ise cemiyetini düzenler çünkü bu düzen için dine ihtiyaç var. Mesela ben sana gelip "Şöyle bir cemiyet kuralım," desem, sen "Bu nereden çıktı? Senin teklif ettiğin cemiyeti beğenmiyorum," diyebilirsin. Ama sana, bana vahiy geldiğini söyleyip bunu Tanrı'nın istediğini söylesem, işte o zaman her şey değişiyor.

Tabii marifetli adamlar çıkıp "Ben peygamberim!" de diyebiliyorlar zaman zaman. Ya da "Ben büyük rahibim!" diyerek toplumu bir araya topluyorlar. Ama tabii toplum yerleştikten sonra o toplumu bir arada tutmak lazım, işte o zaman din fosilleşiyor. Çünkü yenilik kabul etmiyor. Hiçbir din yenilik kabul etmez, edemez. Nihayetinde Allah arada bir gelip de "Kusura bakmayın, benim hipotez yanlış çıktı, size yenisini gönderiyorum!" demiyor. Çünkü o, her şeyi bilen ve her şeye kadir olandır. Ama Hayyam'ın da gösterdiği gibi "her şeyi bilen her şeye kadir olan" varsayımı kendi içinde tutarsızdır.

Ancak az önce dediğim gibi Yunanlara geldiğinde ilk kez Thales ve Anaksimandros; "Biz bir sürü boğayı Zeus'a, bir sürü kısrağı Poseidon'a kurban ediyoruz. Ne fırtınalar durdu ne zelzeleler durdu. Asklephius'a sürekli horoz kesiyoruz, yine de hastalıklardan ölüyoruz. Burada bir yanlışlık var. Acaba bunun başka bir izahı var mı?" diye sormaya başlıyor. İşte burada ilk kez rasyonel düşünce işin içine giriyor. Einstein'ın Newton'a dediği gibi "Ben bambaşka bir şey buldum!" fikridir bu. Ama işte bu dinde mümkün değildir. Belki bir güç olunca sorgulamıyorsun ama işte sorgulayınca da aslında dünyaya dair birçok şey öğrenmiş oluyorsun. İşte benim tanımıma göre ilk kez Yunanla bilim temelli uygarlık başlıyor.

Thales'in doğumunun, milattan önce 654 yılı olduğu tahmin ediliyor. Ondan öncesinde orada da din var. Mesela Girit'te Vanaks var; Vanaks hem rahip hem kraldır. O ayrıldıktan sonraki kral, Vasileos oluyor ama onun dini görevi yok. Ama Roma'da tekrar bir araya geliyorlar. Roma İmparatoru aynı zamanda *pontifex maximus* yani en büyük rahiptir. Thales ve Anaksimandros başlayan rasyonel düşünce gelişirken Sokrates'le doğudan din tekrar yükselişe geçiyor. Tabii böylece Yunan ve Roma giderek inişe geçiyorlar. Dibe vurmak üzerelerken doğudan Hıristiyanlık geliyor. Sonra da Orta Çağ yani Avrupa'nın en karanlık dönemi başlıyor.

Medeniyet, bilim temelli ve içinde yaşayanların tartışırken birbirini öldürmediği bir sistemdir.

Ben kendimi bildim bileli Heraklitos, Thales ve Anaksimandros hakkında yazılan her şeyi tutkuyla toplamışımdır. Çünkü bu adamlar, içinde yaşadığımız medeniyetin temelidir. Ben medeniyet deyince bilim temelli, içinde yaşayanların tartışırken birbirini öldürmediği bir sistem anlıyorum. Eski Yunandan önce medeniyet yoktu. Sümer, Mısır, Çin, Indus, Orta Amerika... Bunların hepsi çok büyük kültürler fakat medeni değiller. Çünkü buralarda kişisel hürriyet yoktur. Bunu da en güzel anlatan kitap, Ekrem Akurgal'ın *Orient Und Okzident (Doğu ve Batı)* kitabıdır. Ekrem Hoca sanattan başlayarak Doğu ile Batı'nın farkını o kadar güzel anlatıyor ki. "Doğu'ya bakıyorsun birisi bir şey icat ediyor, kaç bin sene aynı kalıyor. Çünkü hiç kimse ustasından iyi olmak iddiasında olamıyor. Bu fikirler

Yunan'a geliyor. Bir nesil içinde çokça stil değişiyor. Çünkü herkes birbirini geçmeye çalışıyor ve tenkit ediyor. Onun için de Yunanistan'da demokrasi ortaya çıkıyor. İnsan haysiyetine saygı bir Yunan icadıdır," diyor.

Diğer tarafta kendini ticarete ve yaşam savaşına vermiş bir toplum var. Sümerlerin mesela hayattaki en büyük gayesi ya toprak genişletmek ya da para kazanmak.

Sana onu biraz daha basitleştireyim: Hayvan gibi yaşamak. Hayvan niçin yaşar? Yemek, barınmak ve çoğalmak değil mi? İlk defa Yunanlar bunun dışına çıkıyor ve kâinatı anlamak işin içine giriyor. Sümerlere bakıyorsun, muazzam zigguratlar var. Buradaki papazlara astronom diyorlar. Hayır, bu adamlar aslında astrologtur çünkü sadece gözlem yapıyorlar. Amaçları anlamak değil, amaçları uydurulan bir yalana evreni de uydurmak. Bugün ülkemizin gazetelerindeki yıldız falcıları gibi.

Bilim devrimi İtalya'da Galileo ile başlıyor. Ondan sonra modern zamanların yaratıcısı Descartes'a sıra geliyor. Muazzam bir adam ve aynı zamanda çok iyi bir yazardır. Bertrand Russell da Descartes için "Felsefe o kadar şanslı ki modern safhasını yaratan adamın da şahane bir edebi zevki vardı," der. Hakikaten Fransızcası da şahanedir. Descartes'ı okumanızı çok tavsiye ederim. Arkasından Kepler ve nihayet Newton geliyor. Daha doğrusu İngiltere'de Newton, Almanya'da da Leibniz.[46] Böylece ilk kez integral ve diferansiyel hesap gündeme geliyor. Yani sürekli değişen değişkenlerin matematiği işin içine giriyor. O zaman istediğin her şeyi tanımlayabiliyorsun.

Düşününce aslında bir daireyi bile tasvir edebilmek için ivmenin sürekli değiştiğini farz etmen lazım. İvme sürekli değişmezse dairede duramazsın. Özellikle konu elips olunca sabit olarak değişen ivme sürekli olarak farklı şekillerde değişiyor.

---

[46] Gottfried Wilhelm Leibniz, Alman matematikçi, filozof, hukukçu ve dönemin idarecilerine danışmanlık yapmış bir entelektüeldir.

Kepler bunu fark ediyor ama elindeki matematik bunu tasvir etmeye yetmiyor. Onun için Newton, integral ve diferansiyel hesabı buluyor. Henüz 23 yaşında ve eğitimini tamamlamamışken üstelik. Cambridge'te tifo salgını var diye üniversiteyi kapatıyorlar ve herkesi evlerine gönderiyorlar. Ancak Newton'un evde canı sıkılıyor. Okumaya başlıyor. Kepler'in sorunu üzerine düşünmeye başlıyor. Bunu çözmek için sürekli değişen bir değişken var ve bunun için matematik gerektiğini fark ediyor. Böylece limit kavramını icat ediyor.

Sonra sıra geliyor Kepler'in ikinci kanununa; bir çizgi değişik zamanlarda eşit alanlar tarar. O alanı da hesap etmesi gerektiğini düşünüyor. İntegral, bir eğrinin altındaki alanı hesap edebilmen için gereklidir. İşte böylece de integrali keşfediyor. Covid zamanında canın sıkıldığı zaman sen ne keşfettin evde? İşte Newton oturup bunları keşfediyor. Düşünebiliyor musun, bizim bugünkü medeniyetimiz ona dayanıyor; kullandığın araba, bunun içindeki motor, uçtuğun tayyare, evindeki mikrodalga fırın, her şey buna dayanıyor.

"Başkalarının da katkısı var. Örneğin, Çinliler ya da Japonlar da şunları yaptı," diyebilirsin ama onların keşfettiği neyi kullanıyoruz? Bakıyoruz, Afyon Savaşları'na kadar Çin kapalıdır. Neredeyse 19. yüzyılın ortasına kadar da Japonya kapalı; Amiral Perry'nin gemileri açıyor. İşte tüm bunlar nedeniyle Avrupa çok mühimdir.

Mesela Polonya'yı ele alalım, dünyanın en önemli mantıkçılarının çıktığı yerdir. Modern mantığın temelleri atılmıştır. Tabii Kopernik'i saymadık ama 20. yüzyılda Alfred Tarski gibi bir adam çıkmıştır. Polonya'yı çok duymuyorsunuz, oysa bilime müthiş katkıları vardır. Ayrıca Çekoslovakya'da Brno, genetik bilimin doğduğu yerdir. Gregor Mendel sayesindedir tabii. Bugün hâlâ Brno'ya gidin, papaz manastırda yaşıyorsa yanında da laboratuvarı vardır. Tarih kitapları çok iyi asker olduklarından bahseder ama işte bunlar da vardır. Hiç unutmuyorum;

bir gün Brno'dan Prag'a gidiyordum. Ekspres tren geldi, trenin adı var: Antonín Dvořák. Çok hoşuma gitmişti. O trende zevkle seyahat ettim. Hannover'den Berlin'e gideceğim. Tren geldi, adı: Leopold von Buch. Buch, 19. yüzyıl başlarında modern jeolojiyi yaratanlardan biridir. Kendisi hiç evlenmemiş ve ömrünü jeolojiye adamış. Humboldt'un da sınıf arkadaşıdır, tren icat edilince "Yaşadık, mostralara çabuk ulaşabileceğim, dağlara çabuk gidebileceğim!" demiş. Trene olan sevgisinden ötürü Hannover ve Berlin'i birbirine bağlayan ekprese onun adını vermişler. Mesela Paris'te *Musée des Arts et Métiers*'te Lavoisier'nin laboratuvarını baştan yaratmışlar. Aileler, çocuklarını getirip "İşte bu Lavoisier'nin oksijeni keşfettiği laboratuvarı!" diyebiliyor. Böyle şeyler o kadar kıymetli ki...

Mesela Collège de France'ta profesör olduğumda ofisimi nerede istersem seçebileceğim konusunda serbest olduğumu söylediler. Herhangi bir üniversite söyleyebilirdim ama ben "Müze istiyorum!" dedim. Tabiat Tarihi Müzesi'nin paleontolojisinin yanında bizim Şevket'in eski ofisi vardı, orayı aldım. Her sabah binaya geliyordum ve müzenin içinden geçip o canım fosilleri görerek ofisime gidiyordum. Her gün geçerken de mutlaka başlarında öğretmenleriyle ilkokul veya ortaokul öğrencileriyle karşılaşıyordum. Çocuklar ellerinde xerox kopyalarıyla paleontoloji müzesini gezmeye gelmiş oluyorlardı. Bazen ben de yardımcı oluyor, onlara bir şeyler anlatıyordum.

Bir keresinde grup ziyareti yoktu. Megatherium'un[47] dibinde bir kız bağdaş kurmuş, oturuyor. Elinde büyük bir kâğıt, çizim yapıyor; yaklaşınca da ne çizdiğini gördüm. Öyle bir çizmiş ki hayvan neredeyse çıkıp yürüyecek. Kıza burada ne yaptığını sorduğumda "Ben Beaux-Arts'danım," dedi. Yani güzel sanatlardan. Ödevi için çizim yapıyormuş. Kızın yetiştiği ortamı düşünebiliyor musun?

[47] Megatherium, Geç Miyosen ila Erken Holosen devirleri arasında Güney Amerika'da yaşamış bir memeli cinsidir.

CELÂL ŞENGÖR'ÜN GÖRMENİZİ TAVSİYE ETTİĞİ MÜZELER

- Naturhistorisches Museum – Avusturya/Viyana
- Museum für Naturkunde – Almanya/Berlin
- Muséum National d'Histoire Naturelle – Fransa/Paris
- The Natural History Museum – İngiltere/London
- The American Museum of Natural History – ABD/New York
- Yale Peabody Museum – ABD/Connecticut
- Globus Museum – Avusturya/Viyana
- Deutsches Museum – Almanya/Münih
- Arkeoloji Müzesi – Türkiye/İstanbul
- Victoria and Albert Museum – İngiltere/London
- The British Museum – İngiltere/London
- Metropolitan Museum of Art – ABD/New York
- Die Museumsinsel Berlin – Almanya/Berlin
- Musée du Louvre – Fransa/Paris
- Musei Vaticani – İtalya/Roma
- Museo del Prado – İspanya/Madrid
- Galerie Belveder – Avusturya/Viyana
- Museo Galileo – İtalya/Floransa
- Musée des Arts et Métiers – Fransa/Paris

Türkiye'de ya da İstanbul'da var mı güzel sanatlar öğrencisinin gidip böyle çizim yapabileceği bir yer?

Binalarımız var, "Git bina çiz," diyebilirler. Ya da "Ağaç çiz," diyorlardır belki, bilmiyorum. Ama tabii İstanbul'da Megatherium yok ne yazık ki. İşte insan medeniyetine en çok katkı yapan yerler buralardır. Önce Yunan, Yunandan alıp Avrupa'ya dağıtan da Roma'dır. Ama tabii Roma'nın çöküşü bir facia olmuştur. Ondan sonra Karanlık Çağ geliyor.

Orta Çağ'da birkaç teşebbüs yapılıyor; Karolenjiyen 9. yüzyıl teşebbüsü, 11. yüzyıl manastır reformu, 12. yüzyıl ilk Rönesans hareketi ve nihayet 14. ve 15. yüzyıl esas Rönesans, hemen arkasından da bilim devrimi...

Hep Avrupa'daki müzeleri listeledik.

Evet çünkü konuştuğumuz gibi medeniyetin temeli Avrupa'dır. Bu sebeple seyahat etmek isteyenlerin ilk durağı da Avrupa olmalıdır. Ayrıca sadece müzeleri gezmekle de kalmasınlar; Avrupa'nın köyleri de çok temiz, tertipli ve güzeldir. Bir şehri özellikle yürüyerek gezmek de çok kıymetlidir. Avrupa'daki köy hayatını gençlerin bir görmesini isterim. Fransa'nın, İtalya'nın, İspanya'nın köyleri ve kasabaları enfestir. Şehrin merkezindeki benzer eserleri ülkemizde de görmek mümkün, bence köylerini görmek daha önemlidir. İngiltere'nin köy ve kasabaları, İskoçya'nın doğası inanılmaz güzeldir. Buralarda estetik anlayışı var, gezip gördükçe bizde de bu olgunun gelişeceğini düşünüyorum. Yeni modern binalar da görülsün elbette ama o eski köyler de görülsün. Hepsi pırıl pırıl duruyor; bir tane çanak anten, su deposu veya klima göremezsin. Örneğin Roma'yı gezerken çirkin bina aradık. Dolaştık ve bir tane bile görmedik. Anca şehrin dışına doğru, banliyölere çıkınca modern binalar çıkıyor. Hiçbir şeyi bozmamışlar. İtalya'da dolaşırken rahmetli Doğan Hoca etrafına bakınıp "Buradakilerin aklına apartman yapmak gelmiyor mu?" demişti. Oysa köyde yaşayanların çok paraları yok, bazı yerler eskimiş, solmuş ya da çok temiz tutamamışlar ama yine de duruyor. İnsanlar da içinde yaşamaya devam ediyor.

Bizde ise tüm Türk kasabalarının ve Anadolu şehirlerinin hepsi birbirine benziyor. Yani aynı mimari özellikleri taşıyor. Özgün bir özelliği vardı eskiden her şeyin, onlar da kalmadı. İşte bunun için Avrupa'daki kırsal alanları gezmelerini tavsiye ediyorum. Oralarda bile çok güzel müzeler var.

Hocam, tüm çağları dahil ederek sormak istiyorum; Celâl Şengör olmasaydınız kim olmak isterdiniz?

Eduard Suess olmak isterdim. Çünkü gelmiş geçmiş en büyük jeolog odur. Ama benim tersime jeolojinin dışında da birçok şey yapmıştır. Mesela Avusturya Bilimler Akademisi'nin on bir yıl boyunca başkanlığını yapmış ve tarihinin en başarılı başkanı olmuştur. Suess aynı zamanda bir politikacıdır, Avusturya parlamentosunda otuz yıl milletvekili olarak çok hayırlı işler yapmıştır. Mesela Viyana'ya su getirmiştir. Tuna'nın regülasyonunu yaptırmıştır. Okulların, kilisenin baskısından kurtulabilmesi için müthiş çalışmalar yapmış ve başarılı olmuştur. Viyana şehri de Suess'a şeref hemşehriliği vermiştir. Bugün Viyana'nın güneyinde Viyana'ya su getiren sistem hakkında bir müze var ve Suess'a verilen bu şeref hemşehriliğinin beratı da orada duruyor. Ayrıca Viyana'da heykeli de bulunuyor ve bütün bunların yanında altı tane de çocuğu vardır. Üstelik altı çocuğu da çok başarılı olmuştur. Çok iyi bir aile babasıdır ve karısı Hermine Suess'dan "Benim hayatımın ışığı," diye bahseder. Ayrıca herkesin sevdiği bir adamdır Eduard Suess. Bu yüzden o olmayı isterdim.

Ben toplumla ilişkisi olmayan bir adamım. Oturup sadece jeoloji yaparım ve evet onu çok iyi yapıyorum. Buna hiç itirazım yok. Ama işte Suess, hanımına ne kadar yardım ediyordu, bilmiyorum. Yine de bence Hermine Suess, Oya Şengör'den daha iyi bir hayat yaşamıştır.

Mesela kadın olsaydım, Hanna Reistch olmak isterdim. Müthiş bir kadındır ve işin içinde uçmak var tabii. En önemlisi kadın karşımızda sırf yetenek olarak duruyor. Tayyareyle çok uçmuş ve milletinin gözünde bir kahramandır. Milletinin en zor zamanlarında en büyük madalyaları almıştır. Bir yandan da dünyanın ilk helikopter pilotu ve büyük bir spor salonunda uçuş yapabiliyor. Düşün ki İkinci Dünya Savaşı'ndan sonra bütün Naziler hapse atılırken bu kadın el üstünde tutulmuştur. Sonra Hindistan'a gitmiş, orada da Hava Kuvvetleri'nin geliştirilmesine yardımcı olmuştur. Amerika'da da birçok madalya kazanmıştır. Başkan Kennedy, Hanna'yı beyaz sarayda ağırlamıştır.

Aslında bir de Popper olmak isterdim. Onun da inanılmaz bir yelpazesi vardır. Popper; biyolojinin, nükleer fiziğin, doğa bilimlerinin ve sosyal bilimlerin felsefesini yapmıştır. Düşün ki Popper hem Royal Society'nin hem de British Academy'nin üyesiymiş. Kaç insana nasip olmuştur bu, bilmiyorum. Ben de öyle bir adam olmayı çok arzu ederdim.

Sonra mesela Anaksimandros olmak isterdim. Çünkü benim için herkesin "insan medeniyetini yaratan adam" demesini isterdim. Anaksimandros, Einstein'dan çok daha büyük bir adamdır. Aslında bir Thales, bir de Anaksimandros, ikisinin de kim olduğunu biliyoruz. Bu bana o kadar garip geliyor ki, düşünebiliyor musun, insan medeniyetini yaratanların kim olduğunu, nerede yaşadıklarını ve çok az da olsa hayat hikâyelerini biliyoruz.

Ayrıca Cengiz'in veya Timur'un generallerinden biri olmayı da isterdim. Onlar satranç oynar gibi oynamışlar ordularıyla. Cengiz'in ve Timur'un çok büyük askeri zekâları vardır. Üstelik Osmanlıvari bir askerlikten değil, daha ciddi bir şeyden söz ediyorum. Cengiz Han ve Timur'un istihbarat teşkilatları ve ordularının içinde istihkam vardır. O günleri görmek ve yaşamak isterdim.

Peki Cengiz Han olmak istemez miydiniz?

Hayır, Cengiz Han'ın hayatı çekilmezdi. Çünkü çok büyük bir mesuliyeti vardı. Bugünden bakıp söylemek kolay, kendimi onun yerine koyamıyorum. Öncelikle hayatı her an tehlikedeydi. Ama onun generalleri; Subutay, Çepe, Mukali'den biri olmak isterdim. Bu generallerin ve Cengiz Han'ın bugün Moğol parlamentosunda heykelleri vardır. Bu insanların orada heykellerinin bulunması çok büyük hikâyelerin sonucudur.

Sizce nasıl kahraman olunur?

Tabii hangi açıdan kahraman olduğuna bağlı ama benim gözümde bir insanın kahraman olabilmesi için kusursuzluğa mümkün olduğu kadar yakın olması gerekir.

NTV Yayınları'nın yayımladığı *Sizin Kahramanınız Kim* adlı bir kitap vardır. Bana da sordular. Benim kahramanım kim diye uzun uzun düşündüm. Önce aileme baktım, ailemde örnek aldığım ve sevdiğim bir sürü kişi var ama "Bu benim kahramanım," diyeceğim biri yok. Bilim dünyasına baktım, mesela Einstein var ama adamın aile hayatına bakıyorsun, çok kötü. Birden aklıma geldi, benim bir tane kahramanım var, o da Koyuncu Albayım. Ben de oturdum şunu yazdım: "Ben Koyuncu Albay gibi yaşamak ister miydim? Hayır. Çünkü bedeli çok yüksek. Ben o bedeli ödemeye hazır değilim. Ben onun kadar mükemmel bir insan değilim ama onun gördüğü sevgi ve saygıyı görmeyi çok arzu ederdim. Onun için benim kahramanım odur."

Ben Atatürk olmak da istemezdim mesela çünkü Atatürk benim olamayacağım kadar büyük bir adamdır. Öncelikle çok yönlüdür; nasıl bu kadar olabiliyor, benim aklım almıyor. Ben bu soruyu Halil İnalcık'a, hocası Fuat Köprülü'yle ilgili sormuştum. "Celâl, onun izahı yok, dâhiydi bu adam. Biz öğrenciyken o aynı zamanda mebustu Ankara'da. Seminerlere gelirdi, paltosunu bile çıkarmadan bir köşede otururdu.

Arada bir laf söylerdi. Hâlâ onun söylediği laflarla uğraşıyoruz!" demişti İnalcık. İşte Atatürk de böyle bir adam, bunun izahı yok. Bu adam dâhi! Çok yönlülüğü de karakterinde bizi etkileyen her şey de işte bundan kaynaklanıyor. Düşün, tek başına hem düşmanlarla hem de arkadaşlarıyla uğraşmış. Son derece yalnız, sağlığını beş paralık etmiş ve hiç anlaşılamadan 57 yaşında ölmüş.

Bir hayat düşün, mezun oluyorsun ve yolculuğun tam sürat başlıyor: Beyrut, Selanik, Kuzey Afrika, Kafkas cephesi, Şam, Balkan Harbi... Adamın yaşamında durup soluklanmaya vakit yok. Mesela Trablusgarp'a giderken ağlıyormuş. Ali Fuat Cebesoy sorduğunda "Döndüğümde memleketimi bulabilecek miyim, ondan emin değilim," demiş ve tabii dediği de çıktı. Selanik'in elden gidişini bizzat göremedi ve annesini oradan getiremedi. Belki onun yaşadığı hayata katlanabilmek için de zaten Atatürk olmak gerekiyordu. Atatürk'ün en büyük pişmanlığı son bir kez Selanik'e uğrayamamaktır. Ben bunun acısını dedelerimden çok iyi bildiğim için Atatürk benim olamayacağım bir adamdır.

Ben bir göçmen ailesi çocuğu değilim ama çok büyük bir acı olduğunu tahmin ediyorum. Neler söylemek istersiniz bu konuda?

Cevdet de hep, "Sizin anlamanız mümkün değil!" der. Doğup büyüdüğün yeri, bir daha dönmemek üzere kaybetmek çok feci bir şeydir. Bir de o zamanları düşün, televizyon yok ve dünyadan bihabersin. Bildiğin, sevdiğin her şeyi orada bırakıp bir bilinmeze gidiyorsun. Bir eski fotoğrafını görmek bile mümkün olmuyor bazen. Hatırlıyorum, babamın babasının evinde tek bir fotoğraf vardı, o da doğduğu evin fotoğrafıydı, kapının üzerine asmıştı.

Aslında işin içinde bir de kendi ülkene yabancı olmak var. Bir Türk olarak memleketine göçüyorsun ama burada da yabancı kalıyorsun.

Düşünsene, ben buradaki ikinci nesil olmama rağmen hâlâ ülkemin yabancısı olduğumu hissediyorum. Çünkü bunu hissettiriyorlar. Benim İTÜ'deki arkadaşlarım bile bana yabancı gözüyle bakıyorlardı. Mesela Naci şakalaşır, hırdavat derdi bize. İşte bunlar insana kendini çok tuhaf hissettiriyor. Şimdi Viyana'ya taşınmayı düşünüyoruz. Asım annesine "Her yüz yılda bir bu ailenin kaderi taşınmak mı?" diye sormuş.

Hocam siz Amerikan vatandaşı olarak doğmak ister miydiniz?

Hayır. Hayatım çok farklı olurdu, çok! Ama tercih etmezdim. Çünkü o zaman bu kadar kültürlü bir insan olamazdım. Çok aptalca önyargılarım olurdu. Bu aileye ve Türk olarak İstanbul'da doğmak optimum şanstır benim için.

Atatürk'ün şu sözünden yola çıkarak söyledim aslında: "Doğuşumdaki tek olağanüstülük Türk olarak doğmamdır!" Ne düşünüyorsunuz bu söz hakkında?

Ben olağanüstülük olduğunu düşünmüyorum. Atatürk propaganda yapıyor. Atatürk'ün Arnavut olduğunu Nuri Conker anlatıyor ki hem anne hem baba tarafından akrabadır.

"Türk milleti zekidir, Türk milleti çalışkandır" da der Atatürk. Rahmetli Doğan Kuban Hoca derdi ki "Adam böyle olmadığını biliyor, olmasını istiyor."

BÖLÜM IX

İNSANI ANLAMAK

"Hayatın hiçbir amacı yoktur.
Hayat sizin yüklediğiniz anlam kadar anlamlıdır."

Hocam, bir röportajınızda ben insan sevmiyorum diyorsunuz.

Sen fokları ne kadar seviyorsun?

Canlı olduğu ve yeryüzünde yaşadığı için seviyorum tabii.

İşte insanlar hakkında da benim düşüncem aynıdır. Benim insanlar arasında çok sevdiğim ve saygı duyduğum kimseler var elbette ama onlar kâinatı anlamamıza yardımcı olan kişilerdir. Albert Einstein, Isaac Newton, James Hutton ve Eduard Suess, hepsi çok büyük adamlardır. Sevgiye ve saygıya layık insanlardır ve bilgimize çok şey katmışlardır.

Ben hep şunları sorgularım; "Biz niye yaşıyoruz?" ve "Hayatın amacı nedir?" Nihayetinde bana göre hayatın hiçbir amacı yoktur. Hayat sizin yüklediğiniz anlam kadar anlamlıdır. Peki, bizim yüklediğimiz anlam ne olacaktır? En akıllıcası Pascal'ın dediği gibidir: "Tabiat insan zihninde kendini tefekkür eder." Gerçekten müthiş bir sözdür bu. Ben tabiatın beyni oluyorum, dolayısıyla tabiatın beyni olan adamlara da sonsuz bir sevgi ve saygı duyuyorum. Onun dışındaki adamın bir şempanzeden ya da bir foktan hiçbir farkı yok benim için.

Benimki aslında sevmemekten ziyade foktan ayıramamaktır. Bildiğin canlı işte... Ben bir ağacı kestiklerinde ne kadar üzülüyorsam bir insanı öldürdüklerinde de o kadar üzülüyorum. Daha fazla bir üzüntü duyamıyorum. Ama mesela İhsan Hoca ve Baha Bey Amca öldüklerinde çok büyük üzüntü duymuştum. Çünkü bu isimler insanlık adına birer kayıptı. Özellikle benim adıma çok büyük kayıplardı.

İhsan Hoca'yı 1995 yılında kaybettik. O, kelimelerle anlatılamayacak kadar mükemmel bir adamdı. Biz ona emeklilik hediyesi olarak bir kitap hazırlamıştık, kitabın ilk sayfasındaki yazı da benimdi ve kitap Hollanda'da basıldı. Cengiz Dökmeci Hocamız, "İhsan Hoca'nın şanına layık bir şey yapalım," demişti. Ben MIT'deki arkadaşlarıma söyledim, onlar da "NATO'dan para isteyelim, onların NATO School formatı buna çok uygun. Bir 'İhsan Ketin School' yapalım," dediler. İhsan Hoca dünya çapında tanınıyor ve çok seviliyordu. Öldüğünde bir ansiklopedi kadar taziye mesajı gelmişti. Remzi, o dosyayı Bedia Teyze'ye vermişti. Bedia Teyze dosyaya şöyle bir baktı, "Neymiş o sessiz adam!" dedi. Ama maalesef, İhsan Ketin Türkiye'de tanınmıyor. Oysa büyük bir değerdir, tıpkı Ekrem Akurgal gibi. Gerçi o da tanınmıyor, oysa dünyanın en ünlü arkeologlarından biriydi. İhsan Hoca'nın da arkadaşıydı. İhsan Hoca çok sessiz biriydi, televizyona da çıkmazdı. Fazla makale de yazmazdı, çoğunlukla ders kitabı yazdı. Bu konuda da bana çok kızıyordu, "Hocalık ders kitabı yazmakla başlar," diyordu. Özellikle ben geldikten sonra, bilhassa yurtdışında yayın yapma konusu İhsan Hoca için daha çok üzerine düşülür bir konu haline gelmişti.

Baha Bey Amca öldüğünde ise oğlu Yılmaz Ağabey, "Bu bizden çok sana layık," deyip köstekli saatini bana verdi, bugün hâlâ kütüphanemde durur. Bu beni çok gururlandırmıştı. Beni en iyi tanıyan insanlardan biri Baha Bey Amca'ydı, hani "Ben onun eline doğdum," denir ya öyleydi. Onun esprisi bana en cazibi geldi, örnek alabileceğim birçok insan vardı ama ben onu seçtim. Benim hayatımdaki bu insanlar o kadar çok önemli ki âdeta benim mektep dışında aldığım bir eğitim var.

Siz elit insanı nasıl tanımlarsınız?

Çok zor bir soru bu ama "Toplumun genel kültür ve beceri seviyesinin üstündeki insanlar elitlerdir," diye tanımlayabilirim. Yani her toplumun kendine göre bir eliti vardır. Bu durumda, Türkiye'de elit olmam beni Almanya'da elit yapmaz.

Ama sana şunu söyleyebilirim ben birçok yerde çalıştım: Almanya, Avusturya, İngiltere, Amerika, Fransa... Gittiğim her toplumda elittim. İşte bunu yaratmak lazım. Özellikle kendi konumda gittiğim her toplumun en tepesindeydim. Fransa'da Collège de France profesörüydüm, bir avuç adamdır bunlar. Alman Milli Bilimler Akademisi, Amerikan Bilimler Akademisi ve Rus Bilimler Akademisi üyesiyim. İngiltere, Fransa, Almanya ve Avusturya'da madalya aldım.

Bu toplum belki çok fazla Celâl Şengör yetiştiremez ama elit tanımını özümseyebilir.

> **En önemli şey, toplumdaki bütün bireylerin eşit olmadığı ve olamayacağı fikrini anlamaktır.**

Celâl Şengör'e özense yeter. Elit saygı duymayı öğretmekle yetiştirilir. Yani elit olmanın önemli ve gerekli bir şey olduğunu, toplumda elitlere saygı duyulması gerektiğini öğretirsin. Ondan sonra o çocuk elit olmak için çalışır zaten. En önemli şey toplumdaki bütün bireylerin eşit olmadığı ve olamayacağı fikrini anlatmaktır. Türkiye'de şimdi solcusu da sağcısı da bunun tam tersini yapıyor. Hoşlanmadığım bir kelime vardır: emekçiler. Yaşayan her insan hayatta kalabilmek için emek sarf eder. Dolayısıyla bir emekçidir. Sosyal haklarına pek çok çözüm bekleyen işçi sınıfını, keyif içinde yaşayan diğer emekçilerden ayırmak lazımdır. Bu ayrım eskiden, beyaz yakalılar ve mavi yakalılar olarak dile getirilirdi. İşçi sınıfının içinde ben pek çok derin hürmete layık, toplumun elitlerinden addedeceğim kişiler tanıdım. Ama vasıfsız işçi dediğimiz kişiler, elit takımdan addedilemezler. Bu demek değildir ki onlar medeni dünyanın söz verdiği haklardan mahrum bırakılsınlar. Ama toplum yönetimi tahsili kıt bir grup insana teslim edilemez. Bence toplumda herkesin eşit olması mümkün değildir. Bir toplumun yücelebilmesi için elitler sınıfı olmalıdır. Toplum, onlara özenmelidir. Toplum, onların seviyesine yaklaşırken kendileri de daha yukarı çıkmalıdır. Böylece toplum, bir bayrak yarışı gibi giderek gelişir. Bizim gelişmelerini gördüğümüz toplumların hepsinde bulundum ben, hiçbirinde eşitlik yoktu ve elitlere hep saygı vardı.

Sosyal medyada elitist olmakla suçlandığınızı biliyor musunuz? Bir kesimi ötekileştirdiğinizi düşünüyorlar.

Suçlandığımı biliyorum. Ama bak, bu suçlanmayı bir şekilde ortadan kaldırmamız lazım. Cahilse kendini öteki olarak görüyor olabilir ama kabahat benim mi? Cahil benim yanıma çıkmak için çabalamıyor, beni kendi yanına çekmek istiyor. Sonra da beni elitist ve kendini beğenmiş olmakla suçluyor.

"Neden köydeki çobanı anlamıyor Celâl Şengör?" deniyor ama fevkalade anlıyorum. Yoksa anlamasam kimseye cahil demem. Ama bunun yanında bir çobanın bana öğreteceği çok şey olduğunu da biliyorum. Gidip ondan istifade de ediyorum. Ben arazi jeoloğuyum; arazide çok dolaştım, köylülerle çok konuştum. Onlardan bir sürü şey de öğrendim. Bence toplumun yücelmesini istiyorsanız mutlaka bir elit sınıf lazım. Bu da yetmiyor, o elit sınıfa saygı duyulması lazım.

Aslına bakarsan insanlar beni ötekileştiriyor, "Efendim o zengin çocuğuydu, İstanbul çocuğuydu..." diyorlar. Lütfen kimse bu kolaylığa kaçmasın. Türkiye'yi ayağa kaldırabilmek için elitleri çoğaltacaksın ama onların çoğalabilmesi için elite saygı duyulması lazım. Maalesef bu, Türkiye'de yok. Bizim aslında liderlerin ya da elitlerin değil, vatandaşın düşüncesini değiştirmemiz gerekiyor. Elitin kıymetinin bilinmesi lazım.

Bizim aslında liderlerin ya da elitlerin değil, vatandaşın düşüncesini değiştirmemiz gerekiyor.

Başkalarının fikirlerine çok fazla önem vermeyin diyeceğim ama bunun insanların pek hoşuna gideceğini sanmıyorum. Ama her düşünce doğru olamaz, onu önce kendinize göre tartın. Bakın bakalım, aklınıza yatıyor mu yatmıyor mu?

İlk derse girdiğim gün öğrencilerime hep aynı şeyi söyleyerek başlıyorum; "Robert Kolejli, St. Josephli, Alman Liseli, St. Benoîtli ve St. Georglu olanlar ön tarafa buyurun." Ondan sonra da sınıfın diğer öğrencilerine hitap ederek diyorum ki "Bakın, ben dersi saydığım okullardan gelen öğrencilere göre anlatacağım. Yetiştiniz yetiştiniz, yetişemediniz işte kapı!" Çünkü bunu bir yarış olarak görmekte fayda var. Tabii elenenler oluyor ya da aynı dersi on defa alanlar, malum atılmak kalktı. Ama yine de öğrenci alması gereken o notu alana kadar vazgeçmiyorum.

Aslında böylesi çok daha faydalı çünkü hepsinin önünde bir vizyon olarak siz duruyorsunuz. Zira Türkiye'ye de bir vizyon kazandırıyorsunuz ve bu çok önemli. Öyle ki birçok Akademi'ye üye olan, dünyaca tanınan ve yaşayan en ünlü Türklerden birisiniz şu an...

Teşekkür ederim hayatım. Şunu da vurgulamak gerekiyor bence: "Ve Türkiye'de çalışan!" Bu çok önemli çünkü pek çok değerimiz var, çalışmalarını ülkemizde sürdürmüyor. Mesela Aziz Sancar Nobel aldı ama bu Nobel'in Türkiye'nin olduğunu söyleyemeyiz. Nobel aslında Amerika'nındır çünkü adamın yaptığı bütün iş Amerika'da yapılmış ve dikkatini çekerim, kalkıp gelmiyor da.

Peki sizin aydın tanımınız nedir?

Benim aydın tanımım da çok basit; kısaca karşısına çıkan durumları eleştirebilen insana "aydın" denir. Oysa buna karşılık, karşısına çıkan durumları olduğu gibi kabul eden insana da "akılsız" denir. İşte ben bu yüzden dindar insanları, aralarında hem Türkiye'de hem de yurtdışında çok saygın dostlarım bulunmasına rağmen anlamakta zorlanıyorum. Çünkü bir yerden sonra gerçekten akıl almıyor.

Bizim toplumumuzda herkes, "Okuyun!" diyor ama niçin söylüyor? "Devlete memur ol. Oku, bir baltaya sap ol," demeyi kastediyorlar. Kimse "Okuyun, bir işte siz tek olun, çevremizi anlayın, tabiatı tanıyın," demiyor. Çünkü kültürel kodlanma var. İşte bu çok feci bir durumdur. Tabii bu süre zarfında Anadolu halkı da aptallaşmış oluyor. Çünkü ayaktakımı millete egemen oluyor. Ben zamanında şunu yazmıştım: "Türkiye'nin bütün dünyanın bildiği ve takdir ettiği tek bir kişisi vardır: Atatürk. Onun yönetimindeki on beş sene ülkemiz tarihinin altın çağıdır. Ondan öncesi ve sonrası birer felakettir."

İnsanın cehaletten kurtulma yolculuğu bir dönemde biter mi, yoksa son nefesimize kadar öğrenmeye devam mı edeceğiz?

Durmak diye bir şey yok, son dakikaya kadar devam edeceğiz. Eduard Suess'un dediğini unutma, "Sonuna kadar öğrenci kalacaksın." Sonunda yine bu dünyadan cahil olarak ayrılacaksın.

Sizce dünyada edinebilecek bilgilerden Celâl Şengör olarak ne kadarını biliyorsunuz?

Herhalde milyarlarda birinden azdır. Nihai otorite bilimde yoktur. Bakın bu çok mühim, her zaman el elden üstündür. Ben öğrencilerime her derse başlarken şöyle söylerim: "Ormanda kaybolmuş gibiyiz. Hepimizin elinde bir meşale. Benim meşalem sizinkilerden biraz daha büyük ama benim doğru yolu bulacağımı garanti etmiyor. Sizden biri bulur, peşine takılıp gideriz. Benim dediğim hiçbir şeye inanmamaya gayret edin. Açık yakalamaya çalışın. Çünkü bakarsınız o açıklardan bir tanesi keşif oluverir."

Oya'ya bazen söylediğimde bana kızıyor ama ben her gün cehaletim altında eziliyorum. Bunu da bütün samimiyetimle söylüyorum. Dünyayı tanıdıkça hiçbir şey bilmediğimi fark ediyorum. Bu korkunç bir şey! Etrafına baktıkça neler olduğunu görüyorsun. Bu evreni bırak, örneğin bir çiçeği al ve bak o çiçeğe, ne sorular çıkıyor. Bir hayvanın davranışlarına bak mesela... Örneğin fil yavrularının derileri kırış kırıştır, ihtiyar derisi gibi ve ölene kadar da hep öyle kalır. Bunu da geçen gün David Attenborough'un belgeselinden öğrendim; bu kırışıklıkların arasında su kalıyor, buharlaşıyor ve hayvanı serin tutuyor. Örneğin zebranın derisi neden çizgi çizgidir? Çünkü konveksiyon akımı yaratıyor. Siyahın üzeri daha çok ısınıyor, beyaz daha az ısınıyor. Konveksiyon oluyor ve hayvan serinliyor. Her hayvanın kendine göre bir özelliği var, yaşadığı yere göre değişiyor. Bazı hayvanlar ise serinlemek istemiyor, sıcak durmak istiyor. Mesela su samurlarının iki üç kat tüyü var, bu tüyler öyle bir yapılmış ki su geçirmiyor. Oysa hayvan sürekli suda yaşıyor. Buna benzer o kadar çok şey var ki!

Örneğin tiranozorun yavrusu küçükken tüylü, tavuk gibi ve çok sevimlidir. Çünkü küçükken hayvan ısısını tutamıyor, oysa sıcak durması lazım ve tüyleri bunu sağlıyor. Büyüdükçe de tüylerini döküyor. Hacim ile yüzey arasındaki ilişki büyük hayvanlardaki ısıyı dengeliyor. Tabii buna benzer daha çok şey var. Mesela spinozoru bulmuşlardı; ilk kez nehirlerde yaşayan bir dinozordur. Hayvan suya alışmış; ağzı timsaha benziyor. Peki, suda nasıl gidiyor? Birçok teori ortaya atılmıştı. En sonunda birisi kuyruğunu buldu hayvanın, timsah gibi kocaman. Oysa eski şekillerine bakıyorsun, kuyruğu incecik çizmişler. Çünkü kuyruğu bulamamışlardı, öteki dinozorlar gibi zannediyorlardı.

Sonra volkanlara bak mesela. Volkanların patlaması esnasında kabarcıklanma çok önemlidir çünkü büyük patlamayı o yaratıyor. Neye benziyor biliyor musun? Gazoz şişesini sallarsın da patlar ya, işte aynı durumdur. Peki patlamaya sebebiyet veren nedir? Su! En büyük patlamaları su yaratıyor. Bu su bazen yer altından bazen yerin de üzerinden geliyor. Su, magma cebine giriyor ve sonrasını düdüklü tencere gibi düşünebilirsin. İşte volkan da öyle patlıyor.

Şimdi anladın mı niye cehaletimin altında eziliyorum? Çok rahatsız ediyor bu beni. Mitolojide Sisifos'un felsefesini biliyorsun, ben Sisifos gibiyim. O kaya hep sırtımda, götürüyorum, geri geliyor.

Sisifos'un sonu mutlu değildir ama.

İşte hiçbirimizinki değil. Bence mutlu son olamaz. James Frazer'in *The Golden Bough* adlı şahane mitoloji kitabını okudun mu? 13 cilttir, ölen ve tekrar dirilen kral mitolojisini anlatır. Kitabın başında, "Şunu sorabilirsiniz, bu tür çözümü mümkün olmayan mitolojik problemler peşinde koşmak akıllıca bir şey mi? Belki değil ama hepimizin içinde bir dürtü var. O da karşımızdaki bu korkunç düşmana karşı savaş isteğidir. O düşman, cehalettir. O savaşta şehit olmak, o kadar da kötü bir şey değildir," yazıyor. 13 cilt belki okunmaz ama tek ciltlik özet halinde bir kitabı da var, onu okumanızı tavsiye ederim.

Nasıl entelektüel bir insan olunur?

Entelektüellik kısaca aklı kullanmak diye tanımlanabilir. Ben ise öğrendiklerini akıl süzgecinden geçirerek hayatına uygulamak diye tanımlıyorum. Mesela bir romanı sadece okumak var, -ki böyle bir okumadan sonra çoğunlukla unutursun- bir de o romandan gerçekten bir şeyler öğrendiğini hissederek kitabın kapağını kapatmak var. Tabii ikincisini yaptığında o romandan öğrendiklerini de tecrübelerine ekleyip kendini zenginleştiriyorsun.

Örneğin Sherlock Holmes'ü okuduğun zaman bazı şeylerin çok saçma olduğunu düşünebiliyorsun ama kritik yaklaştığında oradan pek çok şey çıkardığını da görüyorsun. Tabii bunun yanında insanların sana yaklaşımları da var ve bu entelektüellik konusu eleştirileri de beraberinde getirebiliyor.

Mesela Hilmi Yavuz benim hakkımda "Bu adam entelektüel değil," demişti. Aslına bakarsan *Zaman* gazetesinde yazan bir şairin benim hakkımda böyle söylemesi beni memnun bile etti. Çünkü onun entelektüellik anlayışı nedir, bu belli değildir.

Aslında burada aydını da uzun uzun tanımlayalım; herhangi bir fikre bağnazca bağlanmayacak kadar serbest ve eleştirel düşünebilen, düşünmeyi seven ve kendi kendine bilgi edinilebilen insanlara "aydın" denir. Dikkat edersen burada diplomadan hiç söz etmedim. Türkiye'de bir ne oldum delisi olma hastalığı var. İşte aydın, buna kapılmayan kişidir. Türkiye'de Cengiz Dökmeci, Erdoğan Şuhubi, Mithat İdemen, Kazım Çeçen, İhsan Ketin, Ekrem Akurgal, Sinan Özeren, İlber Ortaylı, Fatih Altaylı aydın insanlardır.

Herhangi bir fikre bağnazca bağlanmayacak kadar serbest ve eleştirel düşünebilen, düşünmeyi seven ve kendi kendine bilgi edinilebilen insanlara "aydın" denir.

İlber Ortaylı demişken tarih de bir sosyal bilimdir. Bu konu hakkında ne söylersiniz?

Tarih sosyal bilimdir ama belgelerle kontrol edilir. Yani tarihçi bir sosyolog gibi palavra atamaz. Çünkü belgeyle konuşmak zorundadır. Nasıl ki bir jeolog arazide gördüğü taşla konuşmak zorundaysa tarihçi de elindeki belgeyle konuşmak zorundadır. Meşhur İngiliz tarihçisi John Bagnell Bury şöyle diyor: "Tarih bir bilimdir. Ne eksik ne fazla." Dolayısıyla İlber de bizdendir.

Psikoloji ve psikiyatri ayrımınıza da kitabımızda yer verelim isterim. Anlatır mısınız?

Psikiyatr tabiptir. Psikolog ise Edebiyat Fakültesi'nden yetişir. Onun için psikoloji üzerine bir çarpı koy ve psikiyatra git!

Psikoloğa gitmeyi niçin bu kadar yanlış buluyorsunuz? Çünkü çoğunlukla insanlar duygusal iletişim kurmak ve paylaşıp rahatlamak için psikoloğa gidiyorlar.

Hayatım o zaman bir arkadaş bulsunlar kendilerine, buna para vermenin ne anlamı var? Ben bunun farkını şöyle deneyimlemiştim: Oya, beni önce psikoloğa götürdü. Orada baktım ki adamcağızı ben tedavi etmek üzereyim, vazgeçtim. Ondan sonra bir psikiyatra götürdü. Psikiyatrın ilk istediği bir kan tahliliydi. Orada da dedim ki bu ciddi bir iş. Psikiyatr tahlil sonuçlarıma bakarak derhal lityum almamı istedi. İşte bu beni çok mutlu etti. Ancak diğer tarafta "çocukluğunu anlat" üzerinden gidiliyor, olacak iş değil bu. Eğer bir hastalığın varsa bu şu anda vardır ve bunun biyokimyasal bir sebebinin olması gerekir.

Bütün ruhsal hastalıklar bir biyokimyasal sebebe dayandırılabilir mi?

Elbette çünkü sinirsel hastalıksa sinir sistemini, bağırsak hastalığıysa bağırsağını etkiliyor. Hepsinin biyokimyasal bir sebebi vardır. Dolayısıyla kişinin bir akıl rahatsızlığı varsa psikiyatra gitmesi gerekir.

Peki hocam, bir hastalığa çocukluktan gelen bir travmanın da sebep olabileceğini düşünmüyor musunuz?

Olabilir tabii ama nihayetinde etki ettiği şey senin biyokimyanı bozuyor. Zaten psikiyatr, psikoloğun soracağı her şeyi soruyor. Ayrıca bunun yanında senin vücuduna da bakıyor. Çünkü burada en önemlisi, kişi bir tedavi için gidiyor ve aklı da yerinde değil. Mesela Oya'nın bendeki endişesi oydu. Psikiyatr senin tecrübene, geçmişine ve o anlık insan ilişkilerine de bakıyor ama sonra vücuduna da bakıyor. Yani sıkıntıda olan aslında vücudundur. Bunu anlayabilmek için de karşındakinin mutlak surette doktor olması gerekir. Hasta olduğum zaman edebiyatçıya niye gideyim ki doktora giderim.

Ben psikolojiyi bilim dalı olarak kabul edemiyorum, tıpkı sosyolojiyi edemediğim gibi. Ama felsefe bambaşka çünkü nasıl düşüneceğimiz konusunu irdeliyor. Bu çok önemli bir şey. Yani sosyolojinin Platon zamanındaki problemleriyle bugünkü problemleri aynıdır. Hiçbir gelişme olmamıştır. Ama fiziğin, biyolojinin ya da jeolojinin sorunları, Platon ve Aristo zamanında olan sorunlar değildir.

Aslına bakılırsa birçok insan psikolojinin, toplumun refah seviyesi için de fayda sağladığını düşünüyor. Netice de öfkeli bir toplumuz...

Görebilsem bu dediğini, ben de katılacağım o insanlara. Aslında belki de öfke için lityum alsa kendine gelecek. Öfkeli bir insana oturup "Yapma, etme! Bu senin çocukluğunla ilgili. Baban seni dövdüğü için bugün böylesin!" dedikçe onu daha çok sinirlendirirsin. Bunun lüzumu yok. Dediğim gibi aklın yerinde değilse bunu incelemenin bir yolu var, o da bilimden yani psikiyatriden geçiyor.

Aklın yerinde değilse bunu incelemenin bir yolu var, o da bilimden yani psikiyatriden geçiyor.

Feminizm hakkında ne düşünüyorsunuz?

Aptallığın daniskası olduğunu düşünüyorum. Ama burada benim feminizme şiddetle karşı çıkmam, "Kadın ikinci sınıftır da biz bunu birinci sınıfa getirelim," düşüncesinin zaten olmadığını düşündüğüm içindir.

Mesela Marie Curie'ye bakın. Onu Akademi'ye seçmemişler ama tarih önünde Akademi rezil oldu. Marie Curie'ye hiçbir şey olmadı. Onun başarısı tarihte her daim hatırlanacak. Kimyaya adanmış bir ömür ve iki Nobel Ödülü! Tıpkı onun başarısı gibi Akademi'nin rezilliği de tarihteki yerini koruyacak. Onun için bu tarz şeyler benim çok canımı sıkıyor.

Size bir dedikodu sorayım: Mileva Marić ile Einstein sınıf arkadaşı ve daha sonra da evleniyorlar. Ancak teoremin makalesini birlikte yazıyorlar ve "Mr and Mrs Einstein" diye imzalıyorlar. Boşandıklarında da Einstein tek başına üstleniyor, tabir yerindeyse çalıyor. Bu hikâyenin kitapları yazıldı, oyunları oynandı. Bu konu hakkında ne dersiniz?

Hayır canım, bu bir safsatadan ibarettir. Hadi diyelim ki bunu Mileva Marić'ten çaldı, o zaman 1916'dakini kim yaptı? Bu aptalca bir şeydir. Hatta Mileva'yı kahramanlaştırmaya çalışan güruh, aptaldır. Mesela Wallace mektubu gönderince Darwin'in uyandığı söylenir. Tarihe bakarsan alakası olmadığını görürsün. Darwin'in buluşu 16 yıl öncesi ve üstelik Wallace, *Darwinizm* adını verdiği bir kitap yazıyor. Dikkat et bu tip şeyler hep Amerika'dan çıkıyor, böyle şeyler Avrupa'dan çıkmaz. Çünkü Amerikalıların bunları satabilecekleri aptal bir nüfusu var ama Avrupa'da bunu satamazsın.

"Eski toprak" dediğimiz bir tabir vardır ya insanlar için, onların elinin değdiği her şey daha güzeldir. Nedir sizce bu eski toprak?

Yaptığı işle iftihar etmektir. Bu o kadar önemli bir şey ki

eski topraklar işini sırf para için yapmıyor. Tabii bundan para kazanıyor ama öncelikle yaptığı işle iftihar ediyorlar. "Bu, benim eserim!" diyor. Kendisi de o yüzden saygı görüyor. Günümüzde işini ciddiye almak azaldı ve işin karşılığı sadece para oldu.

Neden eskiden ekonomi bu kadar ön planda değildi?

Çünkü açgözlülük yoktu. Şimdi insan her şeyi istiyor ama istediği her şeyle ne yapacağını bilmiyor. Mesela '60'lı yıllarda ilkokula giderken beni okula götürüp getiren dedemin arabası 1955 modeldi. Dedem onu on sene, belki de daha fazla süre boyunca değiştirme gereği duymamıştı. İstese on tane alırdı aynısından ama almadı çünkü gerek yoktu. Kendini kime satacaktı ki? Bu sıkıntı çok önemlidir.

Biz bugün ayaktakımının ve ayaktakımından gelen "ben de varımcı" güruhun hâkimiyeti devrini yaşıyoruz. Bugün ülkemizin en büyük sıkıntısı budur, insanımız bu kompleksi atamıyor üzerinden. Çünkü biliyor ki benim gibi adamlar ona saygı duymuyor. İtibar, bir kişinin ne kadar çok adamı olduğuna veya ne kadar lüks arabaları ve tayyareleri olduğuna bağlı bir kavram değildir. Türk toplumunun da aslında büyük çoğunluğu bu şaşaayı seviyor. Çünkü Türk toplumunun bu çoğunluğu ayaktakımıdır. Amerika'da da cehalet aynı şeyi getiriyor. Mesela Amerika'da da siyahilerin oturduğu gecekondu mahalleleri vardır. Adam tenekeden evde oturuyor ama kapısında Cadillac duruyor. Ben Anadolu köylüsünde gördüğümü Amerika'nın siyahisinde de görüyordum.

Hocam, sizi nasıl insanlar etkiler?

Beni çocukluğumdan beri kendi alanında iyi işler yapabilenler cezbediyor. Ben sanırım donanımlı olmayan insanla bağ kuramıyorum. Çünkü donanımlı olmak çok önemlidir. İnsan, insan olmakta uzmanlaşmalıdır.

İnsan olmak, çevreni iyi tanıyıp anlamaya çalışmak, yaptığın işlerde en iyi olmaya gayret etmek ve çevrene zarar vermemektir. İnsan önce geçmişini, sonra çevresini, yaşadığı coğrafyayı ve olduğu ırkın soyunu tanımalıdır. Bütün bunların nihayetinde de kendini tanır. Kendini geliştirdikçe de kendi için mutlu olur. Mesela ben bugün mutlu bir insanım. Çünkü geçmişime ve yaptıklarıma bakıyorum, yeniden dünyaya gelsem, yine aynı şeyleri yapardım. Bu yüzden de çok mutlu oldum. Başarılı olamadığım bir şey de oldu tabii; hava subayı olamadım. Ama o bana apayrı bir mutluluk ve çevre kazandırdı. Bundan da çok memnun oldum ve çok şey öğrendim.

Benim için hayat, hâlâ öğrencisi olduğum bir okul.

Eduard Suess emekli olduğu zaman, "Ben bir zamanlar öğrenciydim, sonra öğretmen oldum ve şimdi öğretmenliğim bitti. Ama ben işi bırakmıyorum, eski mesleğime dönüyorum: öğrencilik. Gözlerim gördükçe, burnum koku aldıkça, kulaklarım duydukça ve ellerim tuttukça ben öğrenmeye devam edeceğim!" diyor. Bu sözü çok severim. Benim için hayat, hâlâ öğrencisi olduğum bir okul.

İşte bunu oturtamıyoruz belki de hayatımızda.

Evet çünkü insanlar yaptığı işten zevk almıyor. Mesela yakında Viyana'ya gidiyorum, orada kaldığım Hotel Sacher'in şahane bir kafesi var, orada otuz senedir tanıdığım garson beni güler yüzle karşılıyor. Adam yaptığı işten mutluluk duyuyor. Bizdeki garsonun yüzünden düşen bin parça.

Bizdeki garson yüzünden bin parça düşürmekte haklı değil mi? Yaşam standartları ve yaptığı işin sağladığı gelir yurtdışından çok daha düşük.

İyi de sevgilim, başka iş yapsın beğenmiyorsa. Karşısındakine neden mutsuzluk veriyor? Okusun ve kendini geliştirsin.

Garson demişken aklıma Atatürk'ün meşhur bir lafı geldi: "Ben milletime her şeyi öğrettim ama uşak olmayı öğretemedim."

Benim başka bir yorumum var buna: Uşak olabilmek için işverenin seviyesine yakın olmak gerektiğini düşünüyorum. Mesela İngiltere'de bir uşaklar kulübü vardır. Oraya gidersin ve bana şu evsafta biri lazım dersin. Onlar da birisini bulur gönderirler. Yabancı dil bilmesi şart değil ama her şeyiyle yaptığı işi bilen kişilerdir onlar. "Bir yemek nasıl servis edilir?" ve "Hangi yemeğin yanında ne yenir, hangi şarap içilir?" gibi konularda uzmandırlar. Bunu başarmak için de ülkemizi dünyaya açmamız gerekiyor, işte bizde bu eksik.

Sosyal medyada insanlar kendilerine popülerliklerine göre değer biçiyorlar. Özellikle son yıllarda bunun artmasından da yola çıkarak soruyorum, insanın kendini bu kadar önemsemesinin nelere yol açacağını düşünüyorsunuz? Bu da cehaletin bir parçası mı?

Evet, bu da cehaletin bir parçasıdır. İnsanın kendini gereksiz yere bu kadar önemsemesi, aptallığın göstergesidir. Ve aptallığın bir fonksiyonu da cehalettir. Aptalsan cahil kalırsın. Bu, sonunda toplumsal hırlaşmaya yol açacaktır. Yani insanlar giderek birbirlerinden daha çok nefret etmeye başlayacaklar. Toplumların çözülmesine sebep olacak bu. Toplumlar, daha çok bireyselleşmeyle çözülecektir.

Cehalet sizi şimdi mi daha çok rahatsız ediyor, yoksa eskiden mi daha zordu?

Cehalet, beni hep çok rahatsız etmiştir. Biliyorsunuz Mozart küçükken kötü müzik çalındığı zaman ağlaya ağlaya kaçıyormuş. Cehalet bu etkiyi yaratıyor bende. Cahil insanlara tahammül edemiyorum.

Peki, siz hangi insanları hiç yaşamamış sayarsınız?

Hayata hiçbir şey katamamış ve çevresini anlayamamış insanları yaşamamış addederim ben. Çevreyi anladıktan sonra kendini anlamaya başlıyorsun. Dışarıdan geliyor bu anlam ve çok mühim. Mesela Doğu kültürleri hep içine dönüktür ne kendini anlamıştır ne de çevreyi. Batı kültürlerinde ise Yunan medeniyeti gözlemle başlamıştır. Giderek kendini anlamaya dönmüştür. Doğan Hoca'nın lafını aklınızdan çıkarmayın, "Heykel ve resim yapmayan kültür, bilim yapamaz!" Bu, hayatımda aldığım en önemli yorumlardan biridir.

İnsanın hamurunda ne olmalı ki "gerçek" bir yaşam inşa etsin?

Gerçek yaşamdan ne anladığına bağlıdır. Gerçek yaşamı, çevresini tanıyan, anlayan ve çevresine iyi gelen bir şekilde yaşamak olarak tanımlamalıyız. Burada anlamak motifinin altını sık sık çizelim isterim. Bu çok mühim çünkü sadece bilmek yetmez, anlamak da gerekiyor. İnsanın hamuru konusuna gelirsek zekâ ve sağlık olması lazım. Başka hiçbir şey lazım değil. Çünkü bütün o merak, bilgi ve anlayış, her şey zekânın içinde bulunuyor.

BÖLÜM X

CELÂL ŞENGÖR'ÜN ÖNERİLERİ

"Mitoloji, bilimle didişmek yerine çocuk hikâyeleri haline gelmiştir. Bir din için bundan daha şerefli bir son düşünülemez."

Antik olarak çok değerli bir miras olan Türkiye'yi gezmek istersek nerelerden başlayalım?

İlk gideceğiniz yer Miletos olmalıdır. Çünkü insan medeniyetinin doğduğu yer orasıdır. Her ne kadar bir Roma yapısı olsa da antik tiyatroda oturup oranın ne anlama geldiğini düşünmek gerekir. Miletos'un güneyinde, bir buçuk kilometre kadar mesafede Balat isimli bir köy var. Bugün Balat'ta yaşayanlar 2.500 sene evvel Miletos'ta yaşayanlardan çok daha geride bir hayat sürüyor maalesef. İşte orada "Bu nasıl ve neden böyle oldu?" diye düşünün. Miletos'ta ne yaratıldığını düşünün ve gözlerinizi kapatıp 2.500 yıl öncesine ışınlanın.

Sonra Efes'e gidin ve Heraklitos'u düşünün. Urla'ya gidin ve Ksenofanes'i düşünün. Truva'ya gidin ve orada Homeros'u okuyun. Homeros'u okurken bütün Yunan mitolojisini öğrenin. Miletos'ta nasıl bu mitoloji reddedilip onun içinden bilim çıkmıştır ve o mitoloji, bilimle didişmek yerine çocuk hikâyeleri haline gelmiştir, onu düşünün. Ben her zaman söylüyorum, bir din için bundan daha şerefli bir son düşünülemez.

Gezeceğiniz yerlerden önce Türkiye arkeolojisi için Ekrem Akurgal'ın *Anadolu Uygarlıkları* kitabını okuyun. Çok güzel bir giriş kitabı ve sayacağımız yerlerin hepsi de içinde var. Zaten Ekrem Hoca kitabıyla sizi başka yerlere de yönlendirir. Ayrıca Ahmet Arslan Hoca'nın beş ciltlik *İlk Çağ Felsefesi* kitabını da okumanızda yarar var.

Sonra mesela güneye gidin, Akdeniz kıyılarının tamamını dolaşın ve oradaki antik tiyatroları görün. Epikürcülerin[48] elimizdeki en uzun metinlerden biri bizim Yalvaç'a yakındır, orayı mutlaka görün. Onun hakkında Cambridge'te üç ciltlik kitap yazıldı.

Bu arada Türkiye'nin en önemli omurgalı paleontoloğu Şevket Şen, Yalvaçlıdır ama Paris'te yaşar. Çünkü Isparta'da imkânlar eksik ne yazık ki. Bir röportajında "Ben Yalvaç'tan ayrılırken babam bana 50 TL verdi, hayata öyle başlangıç yaptım," dediğini okudum. Çok kıymetli biridir, araştırın.

Sonra Amasya'ya gidin, Amasya'daki kral mezarlarını görün ama elinizde Strabon'un kitabı olsun. Strabon Amasyalıdır ve Amasya'da Strabon'u düşünmek gerekir.

Amasya'dan sonra Güneydoğu'ya gidin. Göbeklitepe'den başlayabilirsiniz ama tabii orası çok tartışmalı bir yer, henüz ne olduğu belli değil. Çünkü geçerliliği olan yazılı hiçbir şey yok. Tapınak sanmışlar, halbuki tapınak değil. Detayları ortaya çıktıkça anlaşıldı ki aslında toplantı yeriymiş.

Tabii Güneydoğu'da başka yerler de var. Mesela Mardin var, oradaki zenginliği de görün. Süryani kültürünü öğrenin. Süryanilerin dünyaya öğrettiği o kadar çok şey vardır ki tanıyın mutlaka. Süryaniler, Arap medeniyetinin, daha doğrusu Müslüman medeniyetinin ortaya çıkmasının ilk adımıdır. Çünkü onlar Yunanlardan tercüme etmiş ve Araplar da Süryanilerden tercüme etmiştir. Direkt Yunancadan tercümeler daha sonra gelir. Bu yüzden tarihte Süryaniler birkaç adım önde ilerlemiştir. Diyarbakır yakınlarındaki Süryani eserlerini mutlaka gezin.

[48] Epikürizm, MÖ 307'de kurulan ve Antik Yunan filozofu Epiküros'un öğretilerine dayanan bir felsefe sistemidir.

Hatay da çok muhteşemdi ama depremden sonra bir şey kalmadı diyorlar. Depremler sonucunda birçok yapı etkileniyor tabii, ortada bir şey kalmıyor. Bu, insanlığın kaderidir. Büyük depremlerin olduğu yerlerde büyük zararlar oluşur. Bir sürü şey yıkılır ve ortadan kalkar. Mesela İskenderiye Feneri ne oldu, hâlâ bilmiyoruz. Tabii kalıntılarını görüyoruz ama fener ortada yok... "Pharos[49] bitmiştir!" diye istediğin kadar dövün, "Vah vah, niye Pharos yok!" de ama yok işte. Hiçbir şey kalıcı değildir ve bunu en iyi anlamak için Efes'e gitmek gerekir. Artemis tapınağı bugün havuz gibi bir şeyden ibaret ama döneminde ne kadar da görkemli bir tapınakmış. İnsanın ve hayatın gelip geçiciliğine şahane bir örnektir tarihi yapıları gezmek, insana kibirinin ne kadar yersiz olduğunu gösterir.

Van da çok şahanedir, ben Aktamar Kilisesi'ne bayılıyorum, görmenizi isterim. Tabii batı gibi değil doğu çünkü Doğu Anadolu'daki kalıntılar doğuyu yansıtır. Batı Anadolu'daki kalıntılar ise insan medeniyetinin doğuşunu anlatır ki bence muhteşem olan budur. Van'a gitmişken Van Gölü'nü görün, çok güzeldir. Özellikle etrafındaki koca koca volkanlar görülmeye değerdir. Volkan demişken Nemrut'u da görün tabii. En son 1443'te patlamıştı, hâlâ her an patlayabilir. Bu volkanlar aktif durumdalar, örneğin Tendürek de aktif volkanlardan biridir.

Türkiye'nin her bir köşesi görülmeye değerdir ama en önemlisi gezmenin yanında bir de okumaktır. Yoksa her yer gözünüzde bir yıkıntıdan ibaret kalır.

Kars'ta da çok güzel yerler var. Karadeniz'de de mesela Sümela Manastırı'na git ki için kararsın. Ancak çok inanmış bir adam orada oturur çünkü oraya gitmek bile zor, orada yaşamayı kim ister ki? Ama mesela benim kütüphanemi götür, iyi bir internet bağlantısı sağla ve postayı sağlam tut, ben Sümela'da yaşarım. Hiç dışarı çıkmaya ihtiyacım olmaz. Ayrıca Karadeniz, İsviçre gibi muazzam dağlıktır ve doğası çok da güzeldir.

[49] Pharos; İspanyolca, Fransızca ve İtalyancada deniz feneri anlamına gelir.

Karadeniz demişken mesela Sinop'ta yeni kazılar yapılmış, oraları görün. Ben çok detaylı bilmiyorum ama Ekrem Akurgal başlatmış oradaki kazıyı. Güzel de müzeleri var ama işte hiçbir zaman Batı Anadolu gibi değildir. Karadeniz'de yaşayanlara ben tabiatla uğraşmalarını tavsiye ederim. Karadeniz'in tabiatına baksınlar, bitkisini ve hayvanını tanısınlar. Ne kadar muhteşem bir zenginliğe sahip olduklarını bilip değerini anlasınlar.

Ayrıca unutmamak gerekir ki Bursa çok kıymetlidir. Yeşil Cami çok güzeldir örneğin ama maalesef çinilerini çalıyor ahlaksızlar. Tabii ben Yıldırım Bayezid'i aptal olarak görüyorum ama onun camiine bile gitmiştim. Sonra Ulu Cami muhteşem bir yerdir. Timur'un torunu Mirza Mehmet Sultan, atları bağlatmış zamanında içine. Ayrıca İpek Yolu da hemen Ulu Cami'nin arkasında bitiyor. Hanın adı da İpek Han'dır. Hemen onun yanında Çiçek Köftecisi vardır, çok lezzetlidir köfteleri, gitmişken oranın köftesini de tadın. Tüm hanları ve lokantaları insan ancak gezerek öğrenebilir. Bir şehir sadece antik tarihini vermez size, gittiğinizde birçok başka deneyim de kazanırsınız.

Bir şehir sadece antik tarihini vermez size, gittiğinizde birçok başka deneyim de kazanırsınız.

Peki insan doğduğu ya da yaşadığı şehri nasıl tanıyabilir?

Bir şehri yürüyerek gezmelisiniz, ancak öyle tanıyabilirsiniz. Bir de biraz okumak lazım tabii, şehrinizin tarihini iyi bilmelisiniz. Ben İstanbul'u dolaşarak tanıdım ama daha önemlisi, gittiğim her yer hakkında bilgi edinebileceğim kitaplar ya da insanlar buldum. Bir yeri daha da önemlisi kültürünü tanımak için insanlarla sohbet etmek de çok değerlidir. Mesela ben ortaokuldayken tek tek bütün camileri dolaşıp fotoğraflarını çektim. Mimari güzellikleri ve vitrayları çok hoşuma gidiyordu. Tabii bunun yanında bütün müzeleri gezdim. Başka hangi şehirde yapabilirsin bunu... Her şeyden önce İstanbul çok doyurucu bir şehirdir. Avrupa'nın en baba şehrine gittiğinde bile sadece iki üç katedral vardır. Bizim ülkemizin ise ucu bucağı yok, istediğiniz kadar gezebilirsiniz. En başından bir araştırma yapmakta da fayda var; şehrinde hoşuna giden neler var, güzel yerleri nereler? Mesela ben ortaokul ve lisedeyken hava almak için en kuzeyi, boğazın Karadeniz'e açıldığı yeri, yani Kabakos Körfezi'ni görmeye giderdim. Aynı zamanda askeriyenin de olduğu yerdir, oradan Karadeniz'in güzelliklerini seyrederdim. O şehirde yaşıyorsun ya da yaşamıyorsun fark etmez, ilginç olan şeyleri arayıp bulmalısınız.

Yaşadığın şehri tanımak için kitapçıları bilmek de çok mühimdir. İstanbul'da eskiden sahaflar bir tek Bayezid'deydi. Yüksek kaldırımda da gayrimüslim sahaflar vardı. Çocukken Bayezid'e giderdim ve çok kitap aldım oradan. Sahafların yanında tabii normal kitapçıları da tanımak lazım. Mesela İstanbul'da Necdet Sander'in Sander Kitabevi vardı. Hâlâ kütüphanemde olan yabancı jeoloji kitaplarından bazılarını ben lisedeyken ondan almıştım.

Şimdiki zincir mağazalar da fena değil tabii, oralarda da bir sürü yeni kitap görüyorsun. Ne yayımlanmış görmek için epey dolaşıyorum onları da ama üzülerek söylüyorum ki giderek daha az dolaşıyorum. Çünkü Türkiye'de giderek daha az benim okumak isteyeceğim kitap yayımlanıyor. Mesela Türkçe tercüme hiç okumuyorum çünkü genellikle hayal kırıklığı oluyor. Türkçe orijinal yayınlar arasında da beni ilgilendirecek kadar konuya hâkim yazılmış pek kitap yok.

Ülkemizdeki yayıncılıkta neler eksik, neleri tamamlamalıyız?

Her şeyden önce kitap yazacak insan bulmak lazım. Mesela bir Ekrem Akurgal artık yok. Öyle insanların olması lazım ki kitap aldığına değsin. Bir de tabii yayıncının orijinal laf söyleyen yazarı bulması lazım. Sonra Türkiye'de editörlük konusu da zayıftır. Yani bir kitabın hazırlanışı maalesef pek özenli olmuyor.

Atatürk'ün eseri *Nutuk* için ne düşünüyorsunuz?

Nutuk'u büyük bir dikkatle okudum, o bir deney protokolüdür. Çünkü deney yaparken not tutarsın ve deney bittikten sonra o deneyi anlatırsın. Yani niçin yaptın, nereden başladın, hangi imkânları kullandın ve sonunda ne oldu? İşte *Nutuk* budur. Atatürk bir deney yapmıştır. Bu deneyi yaparken amaçları vardır ve bazı yöntemler kullanmıştır. Bu yöntemlerden bazıları başarılı, bazıları da başarısız olmuştur. Ancak başarısız yöntemleri derhal terk edip yeni yöntemler geliştirmiştir. Bunların hepsi *Nutuk*'ta vardır.

Bununla birlikte kendinden sonra gelecek olanlara da bir mesaj bırakmıştır: *Gençliğe Hitabe*! Atatürk işte bu yüzden "Ben size bir şey bırakmıyorum," diye söyler. Çünkü *Nutuk* bir deney protokolüdür ve sen bir laboratuvarda çalışıyorsan senden önce yapılmış deneyin aynısını yapmak için uğraşmazsın. Yeni bir şeyler de deneyerek bu deneyin bazı etaplarından bir şeyler öğrenmeye çalışırsın. *Nutuk* işte böyle bir kitaptır ama doğru anlamak gerekir. Muhakkak okunması gereken kitaplar arasına ekleyebilirsin. Tıraşlanmış şekli değil ama mutlaka orijinal *Nutuk* okunmalıdır. Bende Atatürk zamanında mebuslar için hazırlanan, içinde haritaların arasında pelür kâğıtlar olan o çok güzel baskısından var. Şahane bir kitaptır, çok tavsiye ederim.

Edebiyat konusunu detaylandıralım isterim, kimleri okumayı seversiniz?

Maalesef edebiyat benim hayatımda dar bir alanı kapsıyor. Mesela Mehmet Âkif'in müthiş bir şair olduğu düşünüyorum ama kendisini sevmem. Örneğin Nâzım Hikmet'ten çok daha iyi bir şairdir hatta mukayese bile edilemez. Oğluma Asım adını verirken iki faktör vardı; ilki tabii babamın adının olması, ikincisi de Mehmet Âkif'ten "Asım'ın Nesli" sözü. Tabii Âkif şiirlerinde de dindar bir adamdır. Ama işte bu, onun ifade tarzıdır ve aruz veznini çok iyi kullanmıştır. Keza *İstiklâl Marşı*'nda da aruz veznini muazzam kullanmıştır. "Seyfi Baba" ve "Çanakkale Şehitleri" şiirleri de muhteşemdir.

Tevfik Fikret çok sevdiğim bir adam ve müthiş bir şairdir. Tevfik ile Âkif kapışmışlardır, biliyorsun ve maalesef Âkif karakterini orada belli etmiştir.

Yahya Kemal'i de çok iyi bir şair olduğu için severim. "Akıncılar" şiiri gerçekten enfestir. Hâlâ ezberimdedir: "*Bin atlı, akınlarda çocuklar gibi şendik./Bin atlı o gün dev gibi bir orduyu yendik!*" Mesela onun şiirlerinden Münir Nurettin'in yaptığı besteleri de çok beğenirim.

Abdülhak Hamid Tarhan'ı çok severim. Ben "Makber"i çocuk yaşımda Müzeyyen Senar'dan dinleyip çok sevmiştim. Çünkü bizim evde okumuştu.

Ben aruz veznini taşıyan şiirleri seviyorum. Mesela Faruk Nafiz rezil bir adam olsa da aslında büyük şairdir. "İstanbul" şiiri müthiştir. Çünkü bu şiirlerde bir emek var. İnsan bunun arkasında bir öğrenme dönemi olduğunu hissedebiliyor ve belli ki bir ustalık gerektiriyor. Ancak Nâzım'ın şiirlerinde bu ustalık bulunmaz.

Bu durumda sizin için şiir, Nâzım Hikmet ve Garip Akımı'yla bozuldu.

Bilmiyorum da işte bu serbest şiirle şiir, şiirlikten çıktı. Mesela ben modern resim sanatını da sevmem. Örneğin Picasso'nun erken dönem resimleri müthiştir ama sonrası tam bir saçmalıktır. Herkesin yapabileceği kolaylıkta olan bir şey nasıl olur da sanat olur! Onu sen de yaparsın, ben de yaparım ama bizim adımız Picasso olmadığı için satmaz.

Peki hocam, iyi şairi nasıl tanımlayalım?

Müzikalitesi yüksek ve düşündüğünü uygun kelimelerle anlatabilen kişi iyi şairdir. Mesela Ömer Hayyam'ın *Rubailer*'inin her biri aynı zamanda silojistik bir yapıya sahiptir; bir silojizmdir. Çünkü mantıksal bir yapısı vardır. Pek çoğunda Hayyam, her şeye kâdir tanrı fikrinin kendi içinde tutarsız olduğunu ispat etmektedir. Hayyam'ı en sevdiğim şairler arasında ilk sırada sayabiliriz. Çünkü adamın asıl işi şairlik değil, aynı zamanda astronom ve matematikçidir. Ali Dashti'nin Hayyam hakkında çok güzel bir kitabı vardır.

Hayyam "Dostlar eğlensin diye yazdım," diyor ama pek çok ismi de etkilemiştir. Mesela Yavuz Sultan Selim birçok şiirini yazarken ondan etkilenmiş ama tabii bir Hayyam olamamıştır. Onun şiirleri hiç ilgimi çekmemiştir. Mesela Kanuni Sultan Süleyman da Hayyam'ı anlamamıştır. Keşke okuyup da ne demek istediğini doğru anlasalarmış. Hayyam'ı anlayacak bir tane Osmanlı padişahı gelmiştir; o da Fatih'tir, gerisi hikâyedir. Yani bütün Osmanlı'yı al bir yana, Fatih'i de diğer yana koy, Fatih hepsinden ağır basar.

"Fatih tek, ikinci sırada kimse yok," mu diyorsunuz?

Sıralamak gerekirse ikinci sıraya II. Mahmut'u alırım. Çünkü o, reformu başlatan yani yüzümüzü Batı'ya döndüren adamdır. II. Mahmut olmasaydı, Atatürk de olmazdı. Mesela ilkokulu mecburi yaptı. Gerçi bir tek İstanbul'da yapabildi ama olsun, bu fikri getirdi. Sonra sarığı ve şalvarı kaldırdı, fes ve pantolonu getirdi. İstanbulin adı verilen bir ceket icat edildi, bunlar boynundan kapalı ceketlerdi. Tabii sonra Galata Köprüsü'nü yaptırdı. İlk kez buharlı motorlar geldi ve ilk kez nüfus sayımı yapıldı. Tabii bu sayım kadınlar olmadan yapıldı ve bu sebeple de eleştirilir ama o dönemi düşünün, zaten kadına ulaşamıyor ki nasıl saysın?.. Eleştirmek kolaydır ama elbette her yapılan ilk işin bir eksiği gediği olur.

Dünya edebiyatından kimleri okumayı önerirsiniz.

Okuduğumda çok hoşuma giden ve çok şey öğrendiğim kitaplardan biri *War and Peace (Savaş ve Barış)* oldu. Napolyon Savaşları'nı bu kitap sayesinde öğrendim. Tabii bir de Tolstoy'un kişi tasviri inanılmazdır. Mesela Helen'in nasıl bir kadın olduğunu, öte yandan da Natasha'nın fırıldak olduğunu ama bunun saflığından kaynaklandığını çok güzel anlatır. Tolstoy, yaşayan canlı karakterler yaratır. Ama mesela *Anna Karenina*'yı okuyamadım. Aslında Tolstoy çok güzel anlatıyor ama karakteri hiç sevmedim.

Goethe'nin *Faust*'unu çok severim, hâlâ da ara sıra okurum.

Voltaire'in *Candide* kitabı ilgimi çekmişti. Hikâyesi burada, Anadolu Hisarı'nda bitiyor. Pangloss'la beraber köylünün tarlasına geliyorlar. Köylü, onlara "Kendi bahçene bak!" diyor. Bu çok hoşuma gitmişti.

Mesela okurken nefret ettiğim kitaplar da vardı. Örneğin Hemingway'in *The Old Man and the Sea (İhtiyar Adam ve Deniz)* kitabını mecbur olduğum için Robert Kolej'de orijinal baskısından okumuştum. Ama çok zorlandım. Neden bu kadar meşhur olduğunu da hiç anlamadım.

Sonra mesela Roussea'nun *Les Confessions (İtiraflar)* adlı kitabı midemi bulandırmıştı. Adamın kendisinden de nefret ettiğim için kitabı da sevemedim.

Mesela yazılışını ve tarzını çok beğendiğim fakat bir daha okumak istemeyeceğim Kafka'nın *Die Verwandlung*'u *(Dönüşüm)* var. Bu gerçekten korkunç bir kitaptır. Psikolojini bozuyor ama herhalde maksat da budur çünkü adam son derece başarılıdır. Kendini ifade edişi müthiş, yani böceğe dönüşen bir adamın ne düşündüğünü o kadar güzel anlatıyor ki. Sanatıyla beni çok etkilemişti ama tövbe bir daha okumak istemem.

CELÂL ŞENGÖR'ÜN TAVSİYE ETTİĞİ YERLİ KİTAPLAR

- Ahmet Arslan – *İlk Çağ Felsefesi*
- Ekrem Akurgal – *Anadolu Medeniyetleri*
- Mustafa Kemal Atatürk – *Nutuk*
- Ömer Hayyam – *Rubailer*
- Mehmet Âkif Ersoy – *Safahat*
- Tevfik Fikret – *Rübâb-ı Şikeste*
- Yahya Kemal Beyatlı – *Kendi Gök Kubbemiz*
- Abdülhak Hamid Tarhan – *Makber*
- Faruk Nafiz Çamlıbel – *Han Duvarları*
- Yakup Kadri Karaosmanoğlu – *Yaban*
- Adnan Adıvar – *Tarih Boyunca İlim ve Din*

CELÂL ŞENGÖR'ÜN TAVSİYE ETTİĞİ YABANCI KİTAPLAR

- Lev Tolstoy – *War and Peace*
- James Frazer – *The Golden Bough*
- Voltaire – *Candide, ou l'Optimisme*
- Johann Wolfgang von Goethe – *Faust*
- William Golding – *Lord of the Flies*
- Victor Hugo – *The Hunchback of Notre-Dame*
- Agatha Christie – (Bütün Kitapları)
- Edgar Allan Poe – (Bütün Kitapları)
- George Orwell – *Animal Farm*
- Bram Stoker – *Dracula*
- Jack London – *White Fang*
- Honoré de Balzac – *La Peau de Chagrin*
- Mary Shelley – *Frankestein*
- David Friedrich Strauss – *Das Leben Jesu*
- James Hogg – *The Private Memoirs and Confessions of a Justified Sinner*
- Andrew Mango – *Ataturk: The Biography of the Founder of Modern Turkey*

Biraz da sinemayı konuşalım, tavsiye ettiğiniz filmler neler?

Mesela Rex Harrison filmlerini severim, İngilizcesi müthiştir. Sonra Stanley Halloway, meşhur lokal aksanları yapar; İngiliz tiyatro tarihinin büyük adamlarındandır.

Those Magnificent Men in Their Flying Machines'i mutlaka seyredin müthiş bir filmdir. *Memphis Belle*, başlı başına bir kahramanlık hikâyesidir. Bir B17, hasar alıyor ve dört motorlu tayyare tek motora kalıyor. İçeride ağır yaralı askerler de var. Tayyareyi başarıyla indiriyorlar ve herkesin hayatı kurtuluyor. Mesela o tayyare uçuşa giderken personelden bir tanesi 25 mecburi uçuşunu tamamlamış. "Sen gitmek zorunda değilsin," diyorlar ama o, "Hayır, arkadaşlarım gidiyorsa ben de gidiyorum," diyor. Fakat tayyarenin inişi görülmeye değer ve bu film yaşanmış bir hikâyeden uyarlanmış.

*Pearl Harbo*r'ı müthiş bir kahramanlık öyküsü olduğu için keyifle seyretmiştim ama oradaki bazı manevraların yapılması mümkün değil.

Tora! Tora! Tora! filmini de sinemada seyretmiştim, tavsiye ederim. *Operation Crossbow*'u tavsiye ederim. Orada Hanna Reitsch da vardı. Mesela Hanna Reitsch'ın hikâyesinin hâlâ neden dilimize tercüme edilmediğine de hep şaşırmışımdır.

Nedir hikâyesi?

Bu kadın, dünyanın en meşhur tecrübe pilotudur. Ayrıca ilk helikopter pilotu! Bakın, "ilk kadın helikopter pilotu" demiyorum. Bu kadın, Hitler'den iki tane madalya almış ve çok zorluklar yaşamış. Amerikalılara yakalanıyor ve bir odaya hapsediliyor; odada tuvalet ve yatak yok, saman koymuşlar sadece. On sekiz gün geçiriyor orada. İstedikleri tek bir şey var: Hitler aleyhine bir beyanat vermesi. Hanna kesinlikle kabul etmiyor. Bakıyorlar ki kadının ağzından laf alamayacaklar, sahte bir beyanat hazırlıyorlar. Hanna Reitsch bunu öğrenir öğrenmez işgal kuvvetlerini mahkemeye veriyor. Daha önce Robert Ritter von Greim ile beraber Berlin'e geliyor. Ateş altında olan Unter den Linden Caddesi'ne iniyorlar. Maksatları Hitler'le görüşerek son bir emri olup olmadığını sormak. Hitler, "Kaçın, Güney Almanya'ya gidin!" diyor. Fakat gitmeden ihtiyaç olursa diye her ikisine de birer siyanür kapsülü veriyor. Güney Almanya'ya gidiyorlar ama yine Amerikalılara esir düşüyorlar. Von Greim derhal intihar ediyor. Hanna Reitsch da esir alınıyor ve hücreye hapsediliyor. Harpten sonra da havacı olarak tekrar büyük şöhret kazanıyor hatta Amerikalılar özel ödüller veriyor. John F. Kennedy, Beyaz Saray'a davet ediyor. Değişen hiçbir şey yok aslında, kadın hâlâ Nazi! İlginç olan, pişman da değil. 1979'da kalp krizinden öldüğü söyleniyor. Bir İngiliz donanma pilotu mektup yazıp "Hanna Reitsch kalp krizinden ölmedi," dedi yıllar sonra. Onunla haberleşiyormuş Hanna harp bittikten sonra. Son mektubunda "Her şey Bunker'de başladı, orada bitecek!" diye yazmış. Buna dayanarak da gazetelerde "Hanna Reitsch, Hitler'in verdiği kapsülü nihayet kullandı!" diye haber yapılmıştı. 35 yıl sonra!

Harpten önce de Almanlar ilk helikopteri yapıyorlar. General Udet, helikopteri dünyaya nasıl göstereceğini düşünüyor. "Helikopter yaptık, gelin bakın dersek kimse gelmez," diyor. Bunun üzerine bir otomobil fuarı yapılıyor, bütün dünya oraya üşüşüyor. General Udet, Hanna'ya "Büyük bir spor salonu var. Helikopteri bunun içinde uçurur musun?" diye soruyor. Herkes davet ediliyor ve Hanna Reitsch, helikopteri spor salonunun içinde uçurabiliyor. Çok özel biridir, filmi de izlenmelidir.

Ayrıca, Around *The World in 80 Days* ve *In Search of the Castaways* de mutlaka seyredilmesi gereken şahane filmlerdir. Prof. Paganel'i, meşhur Fransız oyuncu Maurice Chevalier oynuyor, epey beğenmiştim.

Krakatoa: The Last Days filmini de mutlaka seyredin. BBC televizyonun çektiği bir dramatik belgesel filmdir, Krakatoa'nın

1883 yılında patlamasını konu edinir. Bu patlama, tarihe geçen en büyük ikinci volkanik patlamadır. Ondan sonra 40 metre yüksekliğinde bir Tsunami meydana geliyor; deniz feneriyle aynı yükseklikte. İşte burada Kaptan Lindemann'ın bilgisi, bir gemi dolusu yolcunun hayatını kurtarıyor. Krakatoa patladığında herkes "Sahile çıkalım," diye düşünürken kaptan "Hayır," diyerek resmen gemiye sörf yaptırarak "Derhal denize açılacağız," diyor. Çünkü derin denizde Tsunami etkisi yaygın ama yüksek değil. Çok maceralı ve güzel bir filmdir.

Bir de yine BBC'nin *Atlantis: End of a World, Birth of a Legend* adlı belgesel tadında filmi vardır. Meşhur Santorini patlamasını konu alır ve Minos medeniyetinin ortadan kalkmasını anlatır. Bir volkan patlaması nelere sebep olur, onu seyrediyoruz. Çok güzel filmdir; bunun için de dramatik belgesel diyebiliriz. Yunan dini ve patlama hakkında her şeyi öğretiyor.

Ayrıca Haroun Tazieff'in volkanlar hakkında *Le volcan interdit* adında nefis bir belgesel filmi vardır. Çok eski bir filmdir; ben ilkokulda seyredip hayran olmuştum.

Bunların yanında *Jurrasic Park*'ı ciddiye alıp seyretmeyin çünkü bu bir korku filmidir. Ayrıca içinde bir sürü yanlış vardır. Bu filmin tek amacı bir korku filmi yaratarak para kazanmaktır. Bu filmi özellikle çocukların seyretmemesi çok önemlidir. Çünkü çocuklar dinozorları sever, ben dinozorla çocukları korkutmak kadar büyük bir hainlik düşünemiyorum. Sonra *Jurrasic Park*'ın *The Lost World* adlı ikinci filmi, Sir Arthur Canon Doyle'dan çalıntıdır. Dolayısıyla bu tip şeylere iltifat edilmemesi lazım. Onun için bu *Jurrasic Park* gibi filmlerin oynatılmaması ve bunların seyredilmemesi gerekiyor. Bir de yanlışlarla dolu, mesela Velociraptor'u gösteriyor. Velociraptor hindiden biraz büyük bir hayvan aslında ama filmde öyle bir gösteriyorlar ki kocaman. İnsanlar, çocuklarının bilime ilgisi olsun diye bu filmi izletiyor ama değil. Çocuklar üzerinde negatif bir etki yaratır.

Peki hocam hiç dizi takip ettiniz mi?

House'u muntazam takip etmiştim çünkü bilimsel yöntemle yaklaşıyorlar ve yanlışları eleyerek nasıl doğruya yaklaşacağımı anlatıyorlar. Fakat 4. sezondan sonra aşk hikâyeleri işin içine girince tipik Amerikan dizilerine döndü. Galiba Amerikan toplumuna bu kadar bilim fazla geldi, bozdular. Aslında yine çok severek seyretmiştim. Tabii Hugh Laurie'yi nereye koysan seyredilir; çok büyük adamdır.

Elementary'yi seviyordum. Oradaki Sherlock Holmes karakterini beğeniyorum. Tabii yaptıkları pek mümkün değil ama "Keşke böyle insanlar olsa," demek hoşuma gidiyordu.

The Bing Bang Theory'yi de izliyor ve gülmekten ölüyorduk. Oya daha muntazam takip etti, birlikte izliyorduk. Bana "Sen tam Sheldon'sın!" diyordu. Çünkü benim de hem İstanbul'daki hem de Asos'taki evimizde hep oturduğum belli bir yer vardır. Hatta Oya, misafirler geldiğinde onları oraya oturtmaz.

Benim dizileri muntazam takip etmeye maalesef vaktim yok tabii. Ama mesela *Harry Potter*'ın iki filmini, bana Cambridge ve Oxford'u hatırlattığı için seyretmiştim. Yani burada benim için hikâye mühim değildi. Aslında diziler ve filmler hakkında da genel olarak şöyle düşünüyorum; aktörlere bak, eğer İngiliz'se seyretmeye değer oluyor. Ama Amerikalılar öyle değil çünkü onlarda sanat bileşeni çok az bulunuyor. Mesela Amerikan komedilerini seyrettiğimde ben hiç gülemiyorum, bence aptalca şeyler. Oysa İngiliz komedileri güldürürken düşündürüyor da.

Mesela *Vicious* adlı, iki homoseksüelin ortak evlerini anlatan bir İngiliz komedisi vardı. Freddie Thornhill (Sir Ian McKellen) ve Stuart Bixby (Sir Derek Jacobi) oynuyorlardı; iki Shakespeare artisti. O, bizi çok güldürüyordu. Bir de tabii adamların ağırlığı altında eziliyorduk...

CELÂL ŞENGÖR'ÜN TAVSİYE ETTİĞİ FİLMLER

- *Those Magnificent in Their Flying Machines (1965)*
- *Memphis Belle: A Story of a Flying Fortress (1944)*
- *James Bond (Bütün Filmleri)*
- *My Fair Lady (1964)*
- *The Sound of Music (1965)*
- *Star Trek (Bütün Filmleri)*
- *Tora! Tora! Tora! (1970)*
- *Operation Crossbow (1965)*
- *Corelli's Mandolin (2001)*
- *Around The World in 80 Days (2004)*
- *Close Encounters of the Third Kind (1977)*
- *In Search of the Castaways (1962)*
- *Zorba (1964)*
- *Indiana Jones (Bütün Filmleri)*

CELÂL ŞENGÖR'ÜN TAVSİYE ETTİĞİ BELGESELLER

- *Planet Dinosaur (2011)*
- *Genius (2017)*
- *Alexander the Great (2014)*
- *Atlantis: End of a World, Birth of a Legend (2011)*
- *David Frederick Attenborough (Bütün Belgeselleri)*
- *Antiques Roadshow (1979)*
- *Haroun Tazieff: Le volcan interdit (1966)*
- *Krakatoa: The Last Days (2006)*

CELÂL ŞENGÖR'ÜN TAVSİYE ETTİĞİ DİZİLER

- *House (2004)*
- *Elementary (2012)*
- *The Big Bang Theory (2007)*
- *NCIS (2004)*
- *Death in Paradise (2011)*
- *Vicious (2013)*

BÖLÜM XI

SENİN CAHİLLİĞİN BENİM YAŞAMIMI ETKİLİYOR

"Senin cahilliğin benim hayatımı rezil edebilir. Bu bir felsefe değildir, son derece somut bir gerçektir."

Televizyon ekranında söylediğiniz bir cümleniz epey konuşuldu: "Senin cahilliğin benim yaşamımı etkiliyor."

Bu cümle, eğer sen cahilliğin yüzünden bir yönetici olarak benim eğitim sistemimi çökertirsen, eğer sen cahilliğin yüzünden benim sağlık sistemi çökertirsen ve eğer sen cahilliğin yüzünden doğru düzgün araba kullanmazsan beni öldürürsün demek. Bütün bunları topladığında senin cahilliğin benim hayatımı rezil edebilir. Bu bir felsefe değildir, son derece somut bir gerçektir.

Hiç unutmuyorum, şoförüm Cevdet'le yağmurlu bir günde trafikte giderken bir araba hızla yanımızdan geçti. Bulgar eğitimi görmüş Cevdet arabaya baktı ve "Bu adam Newton'u okumamış!" dedi. Yani o adam cahildi ve cahilliğiyle o hızla gelip bize çarpabilirdi. Cevdet karşı tarafın bir fren yapması halinde on kez kendi etrafında döneceğini çünkü tekerleğin altında basınç nedeniyle su birikeceğini ve tekerleğin yolla temasını kaybedeceğini ekledi. Çünkü Cevdet, Newton'u okumuştu. Biz öncelikle bu cahilliği yenmeliyiz, cahilliği yenmek bu riskleri de yenmektir.

Sizin için başarı ne demektir?

Önce ayırt etmek gerekir ki başarı denildiğinde toplumun başarı olarak gördüğü şeyleri mi, yoksa insanın kişisel olarak "Başardım," dediği şeyleri mi anlıyoruz? Aslında kendimize bu sorunun cevabını verdiğimizde nasıl bir hayat yaşamak istediğimizi ve yaşadığımızı da görebiliriz.

Toplumdan saygı görmek, toplumun beğenisini ve tasvibini kazanmak, toplumun başarı olarak gördüğü değerlerdir. Ben hiçbir zaman bunların peşinde koşan biri olmadım. Çünkü toplumun ne söylediği asla umurumda olmadı. Ben ömrüm boyunca kendi istediğim şeyi yaptım ve merakımın peşinden koştum. Merakımı tatmin ettiğim zaman da kendimi başarılı saydım.

İnsan kişisel olarak "Başardım," dediğinde, toplum için de dünya için de başarılı bir iş yapmış oluyor mu?

Aslına bakarsan bunu hiç düşünmedim. Hatta katıldığım son deprem toplantısında hep şöyle söyleniyordu: "Biz yer bilimleri kuruluyuz ve vatandaşlarımızın canını düşünmemiz gerekir." Ben en sonunda dayanamayıp "Bakın bu bizi ilgilendirmiyor. Çünkü bizi ilgilendiren, deprem konusunda jeolojik olarak ne olup bittiğini anlamak olmalıdır," dedim.

Toplum olarak bunu kaçırıyoruz, oysa jeolojik olarak ne olup bittiğini anladığımız zaman vatandaşlarımızın canı zaten kurtulmuş olur. İşte sosyal bilimler bu yüzden bir türlü bilim olamıyor. Her defasında insanlığı kurtarmak için yola çıkıyorlar, anlamak için değil! Marx'ın bir alıntısı vardır Ludwig Feuerbach'ın tezlerinin on birincisi için "Bugüne kadar filozoflar tabiatı anlamak için çalıştılar. Oysa maksat onu değiştirmektir," diyor. Buna katılmıyorum; anlamadan neyi, nasıl değiştireceksin ki? Nihayetinde Marksist ülkelerde tabiatın ne hale getirildiğini de görüyoruz.

Sizin için çalışkanlık ne demektir?

Hayatım, insan zevk aldığı sürece çalışır. Çünkü çalışmak bir zorakilik içerirse onu sürdüremezsin. Tabii yaşamın ve alacağın maaş ona bağlıysa bu başka konudur. O zaman da işte kaytarmanın yollarını arayıp durursun. Fakat benim çalışkanlığım, tamamen zevk aldığım için yapılan bir çalışkanlıktır.

Peki, sizin çalışma yöntemleriniz nelerdir?

Bu sorunun cevabı ne iş yaptığına bağlı olarak değişmelidir. Bu yüzden konuyu üçe ayıralım.

1- Kitap okurken: Post-it'lerim vardır, kitabın ilginç bulduğum yerlerine yapıştırırım. Okumayı bitirdikten sonra kitabı post-it'ler üzerinden tekrar gözden geçiririm. Bu yöntem kitabın özünü çıkarmama ve okuduklarımı hatırlamama büyük ölçüde yardımcı olur. Tabii ben bazı kitapları sayfa sayfa hatırlıyorum. Özellikle görsel hafızanız iyiyse bu post-it yöntemi insana kitabı nasıl hatırlayacağı konusunda yol gösterir. Zira her kitabın nasıl hatırlanacağı önemlidir. Örneğin bir kitabı bütün halinde hatırlarsın, bir kitabın içindeki bazı yerleri hatırlarsın, başka bir kitabın da sadece verdiği mesajı hatırlarsın. Bunlar kendini belli eder, herkes için tecrübe kazandıkça bunu fark etmesi kolaylaşır ve o zaman okumanı da ona göre yaparsın tabii.

2- Yazı yazarken: Yazmak konusunda kendime karşı acımasız olduğumu söyleyebilirim çünkü genellikle işimin başına oturduğumda o işi bitirmek niyetindeyimdir. Onun için öneri olarak almazsanız daha iyi olabilir. Çünkü benim yöntemimde bana sadece çok yorulmak ve uyku hali mâni olur. Ertesi gün kalktığımda hemen kaldığım yerden devam ederim. Üzerinde çalıştığım yazının tam halinde aklımda kalmış olması benim için çok önemlidir çünkü ara verdiğin zaman devam etmek zor oluyor.

3- Konferansa gittiğimde: Bir konferansa gittiğimde "Dinlediğim konferans yeni bir şey söylüyor mu?" ve "Ben buradan ne öğrendim?" sorularına yanıt ararım. Ben genellikle not almayı tercih etmiyorum ama herhalde akıllıcası not almak olacaktır. Ben, konferans bittikten sonra orada anlatılanların aynısını sana tekrar anlatabilirim. Çok bir şey yapmıyorum ama yine de aklımda kalıyor.

Yalnız burada hemen bir saptama yapmak istiyorum; ben sadece beni ilgilendiren şeyleri hatırlıyorum. Çok enteresandır, mesela Oya daha geçen gün bir şey söylediğini vurgulayıp serzenişte bulunabiliyor. Oysa hiç kaydetmemiş zihnim, hatırlamıyorum. Kendimi biliyorum "Bana ne!" deyip geçmişimdir, kaydetmemişimdir.

Siz sık sık konferanslar veriyorsunuz ve etkili bir konuşmanız var. Etkili konuşma metotları hakkında neler önerirsiniz?

1- Anlatacağın konuyu iyi bileceksin.

2- Konferans verdiğin salonun en arkasındaki kişi bile seni duyabilecek.

3- Cümlelerini teker teker söyleyeceksin ve yutmayacaksın.

4- Konuşmada herhangi bir konu beş dakikada da anlatılır, iki saatte de. Şunu unutma ki hiç kimse yarım saatten daha fazla tam konsantre olarak seni dinleyemez. Onun için kısa konuşmalar çok önemlidir. Türkiye'de politikacıların anlamadığı şeylerden biri de budur, çok uzun konuşurlar. Teknik Üniversite'de ders verirken bana üç saatlik ders yazıyorlardı. Ben dersi hep keserdim ve şaklabanlık yapardım. Daha önce söylediğim gibi iyi hocalığın yarısı aktörlüktür ve öğrenciyi eğlendirmek gerekir. Ayrıca öğrencinin sana güveninin olması, kendini serbest hissetmesi ve "Hocamı kızdırır mıyım?" korkusunun olmaması lazım. Bir şeyi anlamadıysa da "Anlamadım!" diyebilmesi lazım.

5- Konuşman bittikten sonra da insanlara soru hakkı vermelisin.

Birçok genç, donanımlı ya da bilgili değil ve bu yüzden de kendisini geliştiremiyor. Bunlar için de "Zaman yetmiyor!" deniliyor. Bunun için ne söylersiniz?

Buna kat'iyyen katılmıyorum. Ben çok iyi tahsil gördüm ve her zaman bol bol vaktim de vardı. Doktoramı bitirdiğim zaman doktoramla hiç ilgisi olmayan, uluslararası alanda yayımlanmış yirmi yedi tane makale yazmıştım. Çünkü bilimsel araştırmalar yapıyordum. Bunun dışında çokça da vaktim vardı, örneğin sık sık operaya gidiyordum. Yani zamanım yok hikâyesine benim kulağım her zaman tıkalıdır, isterseniz zaman yaratırsınız. Ben bunu kendimde deneyimledim, zaman yaratmak mümkündür. Öyle ki ben Albany'den kalkıp dört saat tren yolculuğuyla New York'a opera seyretmeye bile gidiyordum.

Hayat tecrübeleriniz size en temelde neyi öğretti?

Tecrübelerim bana mümkün olduğu kadar ciddi yalan söylememeyi öğretti. Çünkü yalan söylediğin zaman o yalanı sürdürmek çok zor hale geliyor. Zira bunun için kusursuz bir hafızan olması gerek.

Aslında kusursuz bir hafızanız var.

Hayır, hafızam o kadar kusursuz değildir. Çünkü söylenen bir yalanı sürdürmek çok zordur. Onun için kişinin seçebileceği en akıllıca yol, yalan söylememek olmalıdır. Ben bunu tecrübelerimle öğrendim. Etrafındaki insanların söylediği yalanların nasıl açığa çıktığını gördüğünde bunu öğrenmek çok kolay oluyor.

İkincisi ve en önemli tecrübelerimden biri de şudur: Bilirsiniz, her okulda sınıf birincileri vardır. Onlarla siz de karşılaşmışsınızdır, pırlanta öğrencilerdir. İşte ben eğitim hayatım boyunca onlardan biri olmamayı öğrendim. Sadece kendi ilgilendiğim konuya yoğunlaştım ve onun hakkında bir şeyler öğrenmeye çalıştım. Anladım ki her şeyin mükemmelse

Her şeyin mükemmelse hiçbir şey değilsin demektir.

hiçbir şey değilsin demektir. Bunu içgüdüsel bir şekilde daha ortaokuldayken fark ettiğimi samimiyetle söyleyebilirim. Çünkü insan, o pırlanta öğrencilerin "adam olacak çocuklardan" biri olmadığını daha o yaşlarda kestirebiliyor. Bu tecrübe de bana çok şey kazandırdı.

Sonra karşılaştığım iyi hocalarımın, tüm yaşamım boyunca ne kadar önemli olduğunu tecrübe ettim. Mesela ben üniversitede ilk iki senemi Houston'da geçirdim ve bana orada gerçekten çok iyi muamele ettiler. Özel oda bile verdiler ama hocaların yetersiz olduğunu fark ettiğimde bunların pek bir değerinin olmadığını da gördüm. İngiliz hocalarım John Dewey ve Kevin Burke'le de bu Houston serüvenimden sonra tanıştık ve onlar sayesinde İngilizler ile Amerikalılar arasında jeolojiye yaklaşımda çok önemli bir fark olduğunu anladım. İngilizler konuya kapsamlı bir şekilde hâkim olabiliyorken Amerikalılar belirli konuları çok iyi biliyordu. Bu da tabii yetersiz kalıyor çünkü Amerikalılar dünyayı tanımıyor. Oysa İngilizler dünyaya kendi mallarıymış gibi bakıyor ve her tarafını biliyor, tıpkı Profesör Lidenbrock gibi. İşte ben de bunun için iki senenin sonunda Houstan'dan ayrıldım, bu kararımın ufkumu muazzam bir şekilde açan ve hayatımda aldığım en önemli kararlardan biri olduğunu söyleyebilirim. Üstelik hocalarım John ve Kevin'den öğrendiklerim jeolojiyle de sınırlı kalmadı.

Mesela onlardan, İngiliz Edebiyatı'nın tüm klasiklerini öğrendim. Bana hangi romanda ne anlatılıyor, İngiltere'nin hangi toplumsal sorunlarına temas ediliyor ya da niçin Thomas Hardy'nin romanları insanın içini kapatır gibi detaylar hakkında bilgi veriyorlardı. Ben Shakespeare'i de John ve Kevin sayesinde yaşayarak öğrendim. Adobe Illustrator programını kullanmayı da bana John öğretti. Öyle ki John, bana ömrüm boyunca hocalık yaptı ve şimdi 87 yaşına geldi.

Sizin hayatınız hep çalışarak mı geçti? Eğlence, dinlenmek ve keyfe keder boş zaman geçirmek yok mu?

Benim mesleğim aynı zamanda hobimdir. Bana hiç dinlenmediğimi söylüyorlar ama ben aslında sürekli dinleniyorum. Ben kendimi zorlamıyorum ki bunu keyif aldığım için yapıyorum. Yoksa beni zorlayan kimse ve bu işi yapıyorum diye para veren de yok. Hani güya var da bana verilen maaş, benim şoförümün aldığı maaştan daha azdır.

Benim eğlencem yaptığım işi yapmaktır, dolayısıyla çalışmak ve eğlenmek arasında hiçbir zaman ayrım yapmadım. Benim hayatım uzun bir tatildi, ben jeolojiye iş olarak bakmıyorum. Jeoloji benim keyif aldığım ve yapmaktan çok hoşlandığım bir şey, onu yaparken kendimi bir rüya âleminde addediyorum. Muharrem İnceler, Tayyip Erdoğanlar, Donald Trumplar falan yok bu âlemde. Dolayısıyla ben mutluyum.

Mesela yaptığım iş beni fazla bunalttı diyelim, hemen başka bir işe geçiyorum. Konu başlığı değişince insanın kafası da dağılıyor ve bu benim için yeterli oluyor. Aslında ben içine kapanık bir adamım. Jeoloji çok hayatımın merkezinde ve tabii bir de Türkiye'yle temasım çok az. En son ne zaman bir konser dinledin diye sorarsan, gerçekten hatırlamıyorum bile.

İnsanlar işten uzaklaşmak için seyahat eder mesela, geçenlerde Hawaii'de bir püskürme oldu, ben kalktım Hawaii'ye gittim. İş ve seyahat bir aradaydı. Çok da hoş oldu tabii.

Çok güzel bir hayat dizaynı, keşke herkes kendi tutkusunu işine dönüştürebilse...

Evet. Hani *My Fair Lady*'de de Henry Higgins diyor ya aynen öyle: "My job is my hobby."[50]

Bizler için de öyle.

Ne kadar güzel aferin size, akıllı insanlarsınız.

[50] İşim benim hobimdir.

Hocam, bir insanı tanıdığınıza nasıl ikna olursunuz? Ona nasıl güven duyarsınız?

Hiç kimseye güven duyamam, önce buradan başlayayım. Fakat çeşitli şartlar altında bir insanla beraber olduğun zaman, onun nasıl reaksiyon göstereceğini yavaş yavaş öğreniyorsun. Bir seferde olmuyor tabii ama bazen biriyle tanışıyorsun, beş dakika sonra "Bu adama güvenirim!" diyorsun. Bu duygu âdeta bir içgüdü olarak geliyor. Karşındakinin vücut dili ve yüz ifadesi bir şekilde sana, "Bu itimada şayan bir adamdır!" diyor. Bazı adamları ise uzun zamandır tanıyorsun ama yine de "Arkamı dönmem ben bu adama!" diyorsun.

Bir gününüzü nasıl geçiriyorsunuz?

Rutinim çok basittir benim. Kısaca sayayım; sabah kalkıyorum ve kahvaltımı ediyorum. Tabii kalkış saatim ne zaman yattığıma ve ne yaptığıma bağlı olarak sabah 06.00-07.00 ile öğlen 12.00 arası değişebiliyor.

Kahvaltıdan sonra Oya'nın bilgisayarından kendi e-postalarımı kontrol ediyorum. Sonra biraz haberleri seyrediyorum ve içim iyice karardıktan sonra kütüphaneme, yani çalışma alanıma geçiyorum. Buraya geçtiğimde içim tekrar açılıyor çünkü jeoloji var ve güzel güzel onu çalışıyorum. Ondan sonra öğle yemeğinde ne yiyeceğimi soruyorlar. Evde yapılan yemeği beğenmezsem bana lahmacun ya da kokoreç gibi lezzetli şeyler almalarını istiyorum.

Yemeğimi yedikten sonra da çalışmaya devam ediyorum. Akşam 19.00 olduğunda da -ki buna genellikle şahit oluyorsun- yukarıya yemeğe gidiyorum. Yemek yedikten sonra Oya'yla televizyonun karşısına geçip sevdiğimiz bir şey varsa onu seyrediyoruz. Oya genellikle gazetecilerin konuşma programlarını seviyor. O programlar içimi çok kararttığı için ben pek seyretmemeye gayret ediyorum. Bazen çalışma masama geliyorum, bazen gidip uzanıyorum. Zaten yorulmuş olduğum için biraz şekerleme yapıyorum, sonra tekrar kalkıyorum. Oya ilaçlarımı veriyor ve tekrar yatıyorum. Uyku saatim de akşam saat 22.00 ile sabaha karşı 04.00 arasında değişebiliyor. Muntazam bir saatim yok, işte hayatım bundan ibaret.

Hocam çok zekisiniz ve yorgun bir zihniniz olmalı. Siz zihninizi nasıl rahatlatıyorsunuz?

Benim zihnim hep rahat güzelim. Ben sıkıntıda değilim ki ben doğduğumdan beri tatildeyim, çok hoş bir şeydir bu. Bu arada ben fazla zeki bir adam da değilim, sakın onu yanlış takdim etme! Ben meraklı ve merak ettiği konuyu çok erken seçmiş bir adamım.

Peki sizin "Hiçbir şey yapmadan durdum," dediğiniz zamanlarınız var mı?

Çok var tabii. Salonda bu koltukta oturuyorum bazen kendi kendime ve yarım gün boyunca hiçbir şey yapmıyorum. Bazen vücut istiyor demek ki. Ben kendimi hiçbir şeye zorlamadım hayatım boyunca ve keyfim ne istiyorsa onu yaptım. Aslında bana sürekli madalyalar veriyorlar diye kendimi suçlu da hissediyorum. Oya'ya hep "Ben keyfim ne istiyorsa onu yaptım, bir de bunun için madalya alıyorum," derim.

İşte belki bunu keyfi ve stressiz yapabilmiş olmanız başarıyı tetikliyor. Çünkü insanlarda takdir edersiniz ki geçim kaygısı var.

Damla, bu konu kitapta karşına çıkacak önemli bir sorun. Benim hiç böyle bir derdim olmadı. Burada Gamze ve sen beni nasıl takdim edeceksiniz? İnsanların bu kitaba vereceği cevap "Benim bu kadar param olsa belki ben de öyle olurdum!" olacak. Ben bunu çok duydum.

Ama bunu size daha önce de söyledim hocam, bizim ABD Ulusal Bilimler Akademisi'ne ve Rusya Bilimler Akademisi'ne üye olmuş başka insanımız yok. Ayrıca ülkemizdeki tek zengin de sizin babanız değil. İnsanın ailesinden gelen imkânları nasıl ve ne için değerlendirdiği de çok kıymetlidir. Siz çalışmak zorunda olmadığınız halde hayatınızı çalışmaya adamışsınız. Kısacası, endişenizi anlıyorum ama görmek isteyen için de cevaplar önünde duruyor.

Doğru hatta babamdan çok daha zenginler de vardı. Fakat nasıl anlatacaksın bunu görmek istemeyene? Bu, sizin önemli bir göreviniz. Para faktörü, aslında sadece benim işimi kolaylaştırdı.

Hocam, para bir şeylere sebep olmaz belki ama engel olabilir. Sizin bu engeliniz yoktu ama para sizi madalyalar kazanan bir bilim insanına da çevirmedi. Şu olabilirdi; Celâl Şengör yoksul bir ailede doğmuş olsaydı, belki bunların hepsine ulaşamayabilirdi. Çünkü hayatınızı geçindirmek, ailenize bakmak ya da dünya ülkelerindeki eğitimleri alamadan burada bir iş kurup evinizin kirasını ödemek gibi kaygılar içerisinde olabilirdiniz. Para engel olabilir ama para sebep olmuyor.

Evet, çok haklısın. Mesela İhsan Ketin'i anlattım, hademenin oğluymuş. İhsan Hoca, "Siz nasıl bu kadar başarılı oldunuz?" sorusuna her zaman "Atatürk sayesinde!" diye cevap verirdi. "O, bize bu imkânları vermeseydi, hiçbir şey olamazdım, Kayseri'de kalırdım. Benim ailemin yerini devlet almış, Atatürk'ün devleti," derdi. Ekrem Akurgal, varlıklı bir ailenin çocuğuydu ama o da burslu okumuş yurtdışında. Bir de dünya çapında ünlü Hititolog Sedat Alp vardır. Saydığım bu üç kişi de burs kazanmış insanlar, Atatürk üçünü de eğitim için göndermiş. Üçü de iyi arkadaştılar, ömürlerinin sonuna kadar da arkadaş kaldılar.

Bizi bugün buraya getiren de Atatürk.

Tabii... İşte ben bunu da bir yerde yazdım. Ben zengin aile çocuğuyum, tamam. Peki, zengin olmayanlar için de devletin onlara imkân vermesi gereklidir. Fakat bu imkân verilirken acımasızca da bir eleme yapılmalıdır. Yani imkânı başarısız olana vermemelidir. Türkiye'de herkes her şeyi kendine hak görüyor ama bu çok yanlış bir yaklaşımdır. Herkes her şeye ulaşamaz, ulaşamamalı da! Öncelikle hak etmek gerekir.

İhsan Hoca okuduğu lisenin en iyisiymiş. Hademenin çocuğu olabilir ama şahane bir öğrenciymiş. Seçilip İstanbul'a gönderilmiş ve burada da bir imtihana girmiş. Söylediğim gibi sonra da burs kazanıp Almanya'ya gitmiş. Bir gün, "Hocam siz nereden çıktınız? Kusura bakmayın ama bokun içine doğmuşsunuz. O zamanın Kayseri'sinde ne yol var ne bir şey. 1914 yılı, Balkan Savaşı'ndan yeni çıkmışsınız, arkasından Birinci Dünya Savaşı başlamış. Siz mümkün olmaması gereken bir insansınız," demiştim. Sivas Eğitim Enstitüsü'nden gelmiş ilkokul hocaları Yümnü Tolgay Bey'den söz etti. İhsan Hoca 1921 yılında okula başlamış, yani henüz savaşın içindeyiz. O zaman okutulan kitaplar Osmanlı kitabı tabii, Yümnü Tolgay Bey tabii eski harflerle okuma yazmayı öğretmiş. Ayrıca aynı zamanda İhsan Hoca *Kur'an* kursuna da gidiyormuş, çok da iyi bir hafızdı. Hem sureyi okuyup tercüme eder hem de onun tarihini anlatırdı. Mesela amcası Hz. Hamza, Hz. Muhammed'e "Mekkeliler bizim kervanları basıyorlar ama sen de 'İnsan öldürmemeli!' diyorsun. Ne yapacağız?" diye soruyor. İşte o akşam Savaş Suresi iniyor. Ben bunu İhsan Hoca'dan öğrendim.

İçine kapanık ve enteresan bir adamdı. Mesela ben bir gün "Toros" kelimesinin kökenini merak ettim, karşılıklı sohbet ediyoruz. Ben, "Ekrem Akurgal'a ulaşmak lazım ama nasıl?" dedim. O da gayet sakin bir şekilde "Bizim Ekrem mi? Dur, ben Ekrem'i arayayım," dedi. Cebinden defteri çıkardı, telefonu çevirdi, "Ekremciğim, şekerim ben İhsan..." diyerek konuşmaya başladı. Ben çok şaşırdım, bunca yıllık asistanıydım, insan söylemez mi böyle bir adam tanıyorum diye? Sonra telefonu bana verdi, Ekrem Hoca'dan randevu aldım. Telefonu kapatınca de "Pes be hocam!" demiştim.

Siz başarılı, elit, entelektüel, meraklı ve iyi bir insan olduğunuzda çevrenizde de bu tarz insanlar bulunmaya başlıyor değil mi?

Evet, doğru. Ama Damla, İhsan Hoca kırk sene yalnız çalışmış, tam kırk sene beklemiş. Ekrem Bey'le arkadaşlar ama yolları ayrı; Ekrem Bey Ankara'da kalmış, İhsan Bey İstanbul'da. Kırk sene kimseyi bulamamış yanına yoldaş ve kendi öğrencilerine hiçbir zaman "Aman benim yanımda kalın, doktora yapın," dememiş. Bana da demedi. İhsan Bey herkese, "Gidin yurtdışına, orayı tanıyın, gerçek üniversite neye benzer bir görün, ondan sonra gelin," diyordu.

Örneğin Naci, İhsan Bey'le beraber şahane bir bitirme ödevi hazırlamış ve sonra İhsan Bey, Naci'yi İngiltere'ye göndermiş. Herkesin yerini de ayarlamış ve çok az kişiyi yanında tutmuş. Türkiye gibi boktan bir yerde, hiç yılmadan bekleyip bu kadar uzun süre direnmiş. Ayrıca bu arada iki de oğlu ölmüş; bir tanesi üç yaşındayken, bir tanesi de ODTÜ'yü bitirdiği gün apandisit krizinden. Adamın başına neler gelmiş... 1938-1978 yılları arasını tek tabanca olarak geçirmiş. Yanında ona arkadaşlık edecek sadece Kazım Ergin varmış, onun da İTÜ'ye gelmesini İhsan Bey sağlamış.

İhsan Bey olağanüstü ve müthiş bilgili biridir. Türkiye'de en iyi jeoloji ders kitabını yazan kişidir. Mesela levha tektoniği ilk kez ortaya çıktığında kıtalara bunu ilk uygulayan adam Dan McKenzie'dir. Dan buraya geldiğinde "Benim çalışmalarımın temelinde İhsan Bey var," demişti. Yücel Yılmaz'la bizim evde oturuyoruz, "Bu adama bunu söyletmek için bile davet etmemize değdi. Bir İngiliz'e bunu söyletmek zordur!" demişti.

Ekrem Akurgal da dünyanın önemli arkeologlarından biridir ve teorik arkeolojideki nadir isimlerdendir. Sedat Alp, Hititoloji'nin önemli isimlerinden biridir. Doğan Kuban mimarlık tarihinin önemli isimlerinden biridir. Fakat benim bugün en büyük sıkıntım, onların arkasında kimsenin kalmamış olması.

1983 yılında İhsan Hoca emekli oldu. Biz hep beraber gittik, "Devlet sizi emekli etmiş olabilir fakat lütfen evinize dönmeyin. Odanız burada, kullanmaya devam edin," dedik. O da kabul etti ve üniversite de bizi destekledi. Dolayısıyla İhsan Hoca öldüğü güne kadar üniversitedeki görevinin başındaydı. Bugün odasının üstünde, "İhsan Ketin 44 yıllık bilim adamı ve eğitmen olarak hayatını bu odada noktaladı," yazar.

Siz hayatınızdaki insanlardan bahsederken onların sözlerini de aktarıyorsunuz. Mutlaka bir cümle oluyor aklınızdan bugüne kadar hiç çıkmamış. Örnek verebilir misiniz?

"Kabadayı ve yaşlı pilot yoktur!" sözünü çok severim. "Aptalca risk alma!" demenin Türkçesidir. Pilot Kıdemli Başçavuş Sami Tabaköz söylemiştir, nur içinde yatsın.

Önemli bir anekdot anlatayım; ben 2000 yılında Amerikan Bilimler Akademisi'ne seçildim. Celasin General, Hava Kuvvetleri Komutanı'ydı o zaman, ertesi gün sabah 8.30'da beni ilk arayan o oldu. Daha ben "Alo!" bile demeden "Görevini en iyi yapan vatanını en çok sevendir. Vatanseverlik dediğin böyle olur, tebrik ederim!" dedi. İşte bu söz bana söylendikten sonra yaygınlaştı diye düşünüyorum. Hatta Fatih bir gün televizyonda Atatürk'ün sözü diye yayınladı, hemen arayıp düzelttirdim. Celasin General de çok gülmüştü.

Babamdan aldığım öğütler de çoktur. "Yaptığın işi severek yap," derdi hep. "Ne iş olduğu mühim değil ama çok severek yapman lazım," sözünü her zaman söylerdi. Sonra "Matematiği iyi öğren. Matematik, sadece matematikçi olmak için öğrenilmez. Düşünmeyi öğrenmek için öğrenilir," derdi.

Dünyayı değiştiren insanların sözlerinden en sevdikleriniz nelerdir?

Direkt sözden ziyade şöyle anlatayım, Popper'in bendeki etkisi muazzam olmuştur. Çünkü Popper'le düşüncelerimiz benzeşiyor. "Herhangi bir bilimsel problemle karşı karşıyaysan önce gözlemle başlayalım demek aptallıktır. Oysa önce yapacağın iş hakkında bilinenleri derleyip bir hipotez oluşturmalısın. Sonra da o hipotezi acımasızca test etmek gerekir," der Popper.

Bugünün prensipleri yarının yanlışlarını oluşturur, öyleyse problemin peşinde koşmak gerekir.

Bu düşünce Alplerde doktorama başladığım zaman çok işime yaramıştı. Çünkü bugünün prensipleri yarının yanlışlarını oluşturur, öyleyse problemin peşinde koşmak gerekir. Bilim ilginizi çekiyorsa Popper'i okumanızı tavsiye ederim. Çünkü ben okuduğumda birdenbire kendime müthiş bir güven duymaya başladım. "Demek bilim böyle yapılıyor," dedim kendi kendime ve doğruyu yakaladığım için çok mutluyum.

Bir insan ölmeden önce sizce ne yapmalıdır?

İnsan, nerede doğduysa oradan başlayıp içinde yaşadığı dünya hakkında fikir edinmeye çalışmalıdır. Tamamen anlamak mümkün olmayacaktır ama anlamaya çalışmalıdır. Sadece kendinden öncekilerden aldığını sonrakine taşımaktan bahsetmiyorum, aldıklarını geliştirmeli ve yeni bir şeyler de eklemelidir. Bunu yapabilmek için de dünyayı tanıyıp anlamalıdır. Zaten onu yaparken yeni şeyler ilave edecektir.

Işık Lisesi'nde bir Türkçe hocam vardı, Erkan Eren. Onun bir lafını ömrüm boyunca unutmadım, "Mantar gibi gelip geçmeyin," derdi. Bugün hâlâ Erkan Hoca'yla konuşurum, yaşlandı tabii şimdi. "Hocam o lafınız hâlâ kulağımda," derim, o da bana gülüp "Sen de biraz aşırıya kaçırdın!" der.

Mantar gibi gelip geçmemek için de herkesin yöntemi farklı olacaktır. Mesela, insan ömrünü yemek yaparak da geçirebilir. Yeni yemekler hâlâ icat ediliyor ve bunun da bir sınırı yok.

Bir söz vardır, "Çöpçü olacaksan da en iyisi ol, burada çöpçünün en iyisi yaşıyor desinler." Bunu rahmetli dedem, babamın babası Celâlettin Bey her zaman söylerdi. "Ben cahil bir adamım, senden bir isteğim var, ne yaparsan yap ama mümkünse en iyisi ol!" derdi. Hiç unutmuyorum, Amerika'ya gideceğim zaman elini öpmeye gittiğimde "Senden istediğim ailemize bir bayrak ver," demişti.

Hocam, Türkiye'de kıymetinizin bilinmediğini düşünüyor musunuz?

Yöneticiler ya bilmiyorlar ya da bilmek istemiyorlar. Halkın bilip bilmediğini anlamıyorum ama çok popüler olduğumun farkındayım. Fakat halk beni kıymet bilerek mi seyrediyor, yoksa maymun gösterisi hoşlarına gidiyor da bunu mu seyrediyorlar emin olamıyorum.

İnsanlar Fatih Bey'le yaptığınız programı iki kere izliyor anlayabilmek için. Bazen çok hızlı geçiyor konular ama birçok öğrencinin çok sıkı takip ettiğini biliyorum.

Bu çok güzel bir haber. Mesela bugün Alman Lisesi'ne gittim, Müdire Hanım "Tarkan'ı davet etsek bu kadar tezahürat olmazdı," dedi. Fakat dediğim gibi ben halkla çok teması olan bir adam olmadığım için bunu ölçemiyorum.

Peki hocam temas ettiğinizde ne hissediyorsunuz? Bugün gittiniz, orası televizyon gibi de değil.

Aslında tabii sıkıntı oluyor çünkü üstüne üşüşüyorlar, çoğu da fotoğraf çektirmek istiyor. Ama işte bana niye geliyor ve neden fotoğraf çektirmek istiyorlar, bunu ölçemiyorum. Instagram'a fotoğraf koyup beğeni almak için mi istiyorlar, yoksa hakikaten beni dinleyip bir şey öğrenmek için mi istiyorlar? Okulun konferans salonu doluydu, yerlerde oturan öğrenciler bile vardı. Bu davet kariyer günleriymiş, bugüne kadar yapılan konferanslar içinde hiç bugünkü kadar ilgi göreni olmamış.

Fakat orada bir şey dikkatimi çekti; Alman Lisesi'nde Türk hocalar da var Alman hocalar da var. Türk hocalarla sohbetimiz, "Hocam ne iyi ettiniz de geldiniz, Asım ne kadar büyümüş"ten öteye geçemedi. Ama Alman hocalarla kendi konularını konuştuk. Mesela Alman bir coğrafya hocası, Batı Afrika'da doktora yapmış ve meslekle ilgili şeyler sordu. Öğrenciler ise daha çok Asım'a üniversite tercihlerini sordular; Alman üniversitelerine mi gidelim, Avrupa'daki üniversiteler mi yoksa Amerika'daki üniversiteler mi daha iyi? Ama örneğin ne araştırma yaptığını sormadılar. Mesela yanıma Gabriel adında bir öğretmen geldi, "Ben doktor coğrafyacıyım," dedi. Adam doktor ama lise öğretmeni olmayı tercih etmiş. Bana Batı Afrika'daki tezini anlattı, Frankfurt'taki Goethe Üniversitesi mezunuymuş. Yani Avrupa'nın en iyi üniversitelerinden birinden mezun olmuş. Ben de onu bir gün gelmesi için bize davet ettim çünkü beni bilimsel olarak en çok etkileyen o oldu.

Siz ezberci bilgiye karşı mısınız?

Hayır, karşı değilim. Çünkü ezberci bilgi olmadan tam olarak öğrenemezsin. Öncelikle bir şeyi bilmen lazım ki mantığını oturtabilesin. "Ezberci eğitim yapmıyoruz," demek, eğitim yapmıyorsunuz demektir. Bilmek ve ezberlemek gereklidir, İlber de işte buna çok kızıyor. Ezberlediklerinin arasında ilişki kurmaya başladığın zaman işin içine mantık ve neden-sonuç ilişkisi giriyor. Şöyle diyeyim; bilgi, bankadaki paradır. Anlamak, o parayı kullanmaktır.

Bilgi, bankadaki paradır. Anlamak, o parayı kullanmaktır.

Bizde öğretmenlik çoğunlukla mesai saatlerinin azlığı ve hafta sonu tatillerinden dolayı tercih ediliyor. Mesela özellikle kadın öğretmen sayısı bu sebeple daha fazladır.

İşte buyur dam üstünde saksağan! Oysa benim üzerimde en çok etki yapan öğretmenlerime bakıyorum, örneğin Nuriye Hanım, sabah bize derse gelip öğleden sonra üniversiteye ders vermeye gidiyordu. Hocamın yayımlanmış birçok araştırması vardı. Ortaokul öğretmeni, düşünebiliyor musun? Ben yüzüne de "Mutluluğumu borçlu olduğum birkaç insandan birisiniz!" diye söylemiştim.

Siz kadirşinas da bir insansınız hocam, bakın sayenizde Nuriye Hanım'ı çok iyi tanıyoruz.

Çünkü bu insanlarla beraber olmak bana büyük keyif veriyordu. Ben Nuriye Hanım'ı sık sık ziyarete giderdim. Vefat etti ama ondan bahsetmek ve o hatıraları tekrar yaşamak bana keyif veriyor. Bu kadirşinaslığın altında da egoistlik yatıyor aslında çünkü onu andığım zaman ben de mutlu oluyorum. Bugün jeolojide önemli bir iş yapıyor gibiysem, inanmazsın hâlâ gözümün önüne Nuriye Hanım geliyor. Darwin hakkındaki kitabımı da yazarken her sayfasında Nuriye Hanım gözümün önünde olduğu için ona ithaf etmiştim.

Hocam böyle konulardan bahsederken de duygusallaşıyorsunuz, asperger olduğunuza inanamıyorum.

Ama hayatım, bu duygu değil. Dedim ya, bu egoist bir yaklaşım. Çünkü ben mutlu oluyorum bu durumdan.

Mutluluğu nasıl tanımlarsınız?

Mutluluk, tatmin olmaktır. Çünkü tatmin olduğumuzda mutlu hissederiz. Daha önce de söylemiştim; tayyarede olduğumda benim bütün dertlerim aşağıda kalıyor, yukarıda sadece mutluluk var.

Yine Hava Kuvvetleri'ne bağlandık... Hocam, bazen size kızacağınız bir şey sorulduğunda sinirlendiğiniz çok belli oluyor ama durumu da çok güzel idare ediyorsunuz.

Bir tartışma ortamı yaratmanın anlamı yok çünkü öyle bir tartışmada sinirlenirsen karşındakini haklı gösterirsin. Hiç sinirlenmeyeceksin ve karşındakini kudurtacaksın.

Peki, hemen konuyu değiştiriyorum. Sizin tanımınızla yetenek nedir?

"Ben yetenekliyim," diyemezsin. "Ben şu konuda yetenekliyim," diyebilirsin.

Yetenek, herhangi bir konuda bir şeyi iyi yapabilme becerisidir. Yetenek genel olamaz. Yani "Ben yetenekliyim," diyemezsin. "Ben şu konuda yetenekliyim," diyebilirsin. Bu da o konuda herhangi bir şeyi başarılı bir şekilde yapabilmektir.

Cehaletten bizi kurtaracak olanın merak etmek ve okumak olduğunu konuştuk. Merak etmek ve okumak da sizce bir yetenek mi peki?

Okumak yetenek değildir, belli bir disiplin gerektirir. Merak etmek ise aldığın kültürün bir fonksiyonudur ve geliştirilebilir. Fakat erken geliştirilmesi gereken bir şeydir, belli bir yaştan sonra benim görebildiğim kadarıyla merak geliştirilemiyor.

Peki, sizce yeteneğimiz neyse o doğrultuda mı yaşamalıyız?

Akıllıcası bu olur. Eğer imkânın varsa yeteneğinin sana gösterdiği yoldan gitmek doğrusudur çünkü o işi iyi yaparsın. Ama hep söylüyorum, tutkuyla bağlı olduğunuz bir konu bulmanız önemlidir. O konuda da yeteneğiniz varsa yaşadınız... Bunun için de salt yetenek şart değildir, disiplin sağlarsan bunu aşabilirsin. Dediğim gibi okumak bir disiplinle olur.

Okuyarak bir sürü şey elde edebilirsin ama aptalsan o okuduğun şey hiçbir işe yaramaz.

Peki, sizin işe yaramaz gördüğünüz yetenekler var mı?

Bunun cevabını vermek çok zor çünkü benim beş para etmez dediğim bir yetenek, bir başkasının çok işine gelir ve para ya da şöhret kazandırır. Örneğin ip cambazı olabilirsin, bir sirkte çalışırsın ve birçok insanı eğlendirirsin. Her şey dünyayı dönüştürmez ama insan hayatını daha eğlenceli ve daha mümkün kılar. Belki de bu, dünyanın dönüşmesine katkıda bulunur. Örneğin birisi gelir seni seyreder, mutlu olur, akşam evine gider ve faydalı bir iş yapar. Bu da çok kıymetlidir.

Hocam, artık yapay zekânın insanın yerini alacağı günlerden konuşuyoruz. Yapay zekâya yazdırılan kitaplar da olmaya başladı. Bu konuda neler söylersiniz?

Bu konu baş döndürücü bir hızla gelişiyor. Dün Asım bana ilginç bir şey söyledi; "Ben hayatı hissedebilmek olarak tanımlıyorum," dedi. Tel Aviv'de bir çalışma yapılmış ve anlaşılmış ki bitkiler acı çektikleri zaman ses çıkarıyormuş. Asım, "Şimdi bu, vejetaryenlerin canına okudu!" dedi. Bütün canlılar acı çeker, yani hissedebilir. Şimdi insanlık herhalde duyuya sahip makineler üretecektir, belki de üretti bile. Bir de kendi kendini programlayan şeyler üretilecektir. Böyle olunca da zaten bizim gibi varlıklar ortaya çıkacaktır.

Biz ne yapacağız sonra?

Bu çok ilginç bir soru çünkü bizden daha becerikli makineler ortaya çıkarsa bizi lüzumsuz görebilirler. Ayrıca onların birim maliyeti çok daha düşük olacaktır ve böylece çok daha rasyonel yaşayabilirler. Bunun geleceğini kestirmek çok zor ama uzaydan bizi ziyarete gelecek olan birisi olursa bence bu bir makine olacaktır ve o makineler de bizi çok ilkel bulacaktır.

Hocam, peki bunu teknolojiye bağlayalım, bu konuda ne düşünüyorsunuz? Siz telefon ve sosyal medya da kullanmayan birisiniz.

Evet ama ben çok geri kalmış bir adamım. Ben elimdeki bilgisayarı daktilo, şekil çizmek ve bir de e-postalarımı kontrol etmek için kullanıyorum. Başka da hiçbir özelliğini bilmiyorum. Dolayısıyla teknoloji hakkında bilgi sahibi olan bir adam değilim.

Yalnız şunu söyleyebilirim; yer bilimlerinde son 70 yılda yaşanan bütün önemli sıçramalar hep teknolojiyi ve teknolojideki yenilikleri izlemiştir. Mesela levha tektoniğinin ortaya çıkması sonar aletlerinin hassaslaşmasıyla olmuştur. Sismografların hassaslaşması, bütün dünyaya yayılması ve manyetik anomalilerin hassas ölçülebilmesi hep teknoloji sayesindedir. Bu gelişmeler olmasaydı levha tektoniği alanı da olmazdı. Sonar cihazı derinlik gösteriyor ve ona dayanarak okyanus tabanlarının müthiş bir haritasını yapabiliyorsun. Fakat düşün ki İkinci Dünya Savaşı'na gelene kadar okyanus tabanları hakkında hiçbir şey bilmiyorduk. Dünyanın yüzeyinin yüzde yedisini hiç bilmiyorduk ve insanlar jeoloji yapmaya çalışıyordu. Buna rağmen jeoloji büyük başarılar elde etti, işte ben hâlâ buna hayret ediyorum.

İkinci Dünya Savaşı başlayınca, denizaltı savaşları için sonar cihazı geliştirildi. Harp bitti ve soğuk savaş başladı. Sonra insanlar merak etmeye başladı: Ruslar nükleer bomba denemesi yapıyorlar mı, yapmıyorlar mı? Bunun tam yerini tespit edebilmek için çok hassas ve bütün dünyaya yayılmış, senkronize ve standardize edilmiş sismograflar üretmek gerekti. Bunlardan bir tanesi Maçka'da, İTÜ Maden Fakültesi'nin bodrumundadır. Bütün dünyada aynı anda ölçüm yapıyor ve size iletiyor. Bu, eskiden yüz kilometreye kadar hata verebilen bir depremin nerede olduğunun belirlenmesini birkaç kilometreye indirdi. Tabii aslında teknolojinin bu kadar gelişmesinin sebebi de

İkinci Dünya Savaşı'dır. Heraklitos'un dediği gibi "İnsan hayatındaki bütün büyük ve önemli sıçramalar, didişmeyle olur." Kim üste çıkacak sorusu, yenilik yapma ihtiyacını doğurur.

Köşe yazılarınızı yazmaya ne zaman başladınız?

Ekrem Akurgal'ın *Anadolu Medeniyetleri* kitabını okuduğumda onun da arkasında birçok gazete yazısı olduğunu gördüm. Ekrem Hoca'ya sordum, "Bunlar çok önemli, senin de yazman lazım. Bak halka bilimi başka türlü anlatamazsın ve bilimi sürdüremeyiz," dedi. '90'lı yılların başındaydık. Orhan Bursalı da beni o tarihlerde *Cumhuriyet Bilim Teknik*'e davet etti. Orada bana "Zümrüt Ayna" adında bir köşe verildi. Her şey Ekrem Hoca ve Orhan Bursalı'yla başladı ve çok haklılardı çünkü halkın desteği çok önemliydi.

Mesela Ekrem Hoca, bu durumu bir arkeolog üzerinden örnek vermişti: "Bir arkeolog kazı yaptığında bunun parası nereden geliyor? Devletten geliyor. Peki, devlet parayı nereden buluyor? Vergilerden buluyor, yani halkın ilgisini bu işe çekmek lazım," demişti.

Kendinizi en çok kaç yaşındayken mutlu hissettiniz?

68- 72 yılları arasındaki yazlarda çünkü Hava Kuvvetleri'ndeydim. Tabii şimdi de çok mutluyum hatta ben hep çok mutlu bir adamdım. Jeolojide kazandığım başarılar ve yaptığım keşifler bana inanılmaz bir tatmin verdi. Sonra Oya'yla evli olmam ve Asım gibi bir çocuğumuzun olması ayrı bir mutluluk oldu.

Hep diyorum ya, benim hayatım tatil gibi geçti. Ama işte Hava Kuvvetleri, tüm bunların arasında bir tık yukarıda kalıyor. Çünkü orada bulduğum dostluğu her şeye rağmen başka hiçbir yerde bulamadım. Hâlâ görüşüyoruz, onlarla bir araya geldiğimiz zaman birbirimize sarılıyoruz ve aile gibiyiz. Hatta diyebilirim ki başka kimsemiz yok. Mesela bayramlarda otururuz telefonun başına, sıradan hepsini ararız.

Altmışlı yaşlarınız nasıl geçiyor?

Zor geçiyor. Zor bir ülkede yaşamanın etkileri var tabii ama ben bunu daha çok kendimden kaynaklı söylüyorum. Çünkü kendime "Ne yapmak istiyorsun?" diye soruyorum her zaman. Tabii gençken hedeflerim vardı ve artık bu hedeflerin bazılarını gerçekleştirdim. "Peki, bu yaştan sonra ne bekliyorsun?" diye soruyorum kendime.

Ama Oya'ya da bir yandan "Artık vakit daraldı," diyorum. Kitap alırken bile düşünüyorum. Çok samimiyim, 68 yaşına geldim. Üstelik 90'lara varacağımı da pek sanmıyorum çünkü o kadar sağlıklı bir adam değilim. Dolayısıyla bu yaşlarımı da yine sevdiğim işleri yapmaya devam ederek geçiriyorum.

Peki, var mı yeni hedefleriniz?

İki kitap yazma hedefim var. Bir kitap yazıyorum, özellikle onu bitirmeyi çok arzu ediyorum. Bir de Türkçe ders kitabına başladım, onu da bitirmek istiyorum. Sevdiğim konularda makaleler de yazayım istiyorum hep. Kısacası bundan sonraki hedeflerim hep yazmak üzerine. Başka yapacak bir şeyim pek kalmadı. And Dağları'nı görmek istiyordum ama bu hevesimden vazgeçtim artık. Göremem çünkü kalbim o irtifalara çıkmayı kaldırmaz.

Hocam, geriye dönüp baktığınızda hayatınızı bir cümleyle özetleyin desem ne dersiniz?

Aklın kılavuzluğunda mutlu bir yaşamım oldu.

Yaşamın tadını çıkarmaktan ne anlıyorsunuz?

Mutlu olmak.

Peki insan sizce mutlu olmak için mi yaşıyor?

Evet, kesinlikle. Mazoşistler var mesela, onlar kendilerine eziyet ettiriyorlar ama ondan da mutluluk duyuyorlar.

CELÂL ŞENGÖR'LE TEK KELİME, TEK ANLAM

• **Aşk:** Karşılıksız sevgi ve saygıdır.

• **Mutluluk:** İstediğini yapabilme hürriyetidir.

• **Hayal kırıklığı:** İstediğini yapamamaktır.

• **Oya:** En büyük aşktır.

• **Asım:** Mutlu bir üründür.

• **Zenginlik:** İstediğimi yapabilme hürriyetidir.

• **Deprem:** Başına gelene büyük afet, biz bilim insanları için büyük fırsattır.

• **Jeoloji:** Hayatta en çok zevk aldığım iki şeyden biri. Diğeri de uçmak.

• **Felsefe:** Bildiğimizi, nasıl bilebildiğimizi öğreten düşünce sistemidir.

• **Din:** Yaşamda artık tamamen lüzumsuz hale gelmiş bir düşünce sistemidir.

• **Dil:** Haberleşmenin en önemli ürünü olduğu için çok önemlidir.

• **İstanbul:** İçinde yaşamaktan en çok hoşlandığım şehirdir.

BÖLÜM XII

DEPREM GERÇEĞİ

" İstanbul yaşayan bir şehirdir,
müze değil."

İstanbul'da deprem riski nedir?

Öncelikle Türkiye bir levha sınır bölgesi içerisinde bulunuyor. Bu sınır bölgesinin kuzey kenarı Kırım'ın kuzeyidir, güney kenarı da Mısır'ın ortasıdır. Buralarda büyük depremler olur. Bilhassa Türkiye, bizim yanal atımlı faylar dediğimiz fay ailesinin en çok deprem yarattığı yerlerden biridir. Çünkü iki büyük fay hattına sahip; biri Kuzey Anadolu fayı diğeri de Doğu Anadolu fayıdır. Bunlar arasında daha küçük faylar var ve aslında onlar da epey okkalı faylardır. Fakat bu küçük faylar, daha geniş aralıklarla deprem üretir. Birkaç yüz senede bir veya bin senede bir büyük deprem üretebilir. Çünkü yavaş hareket ediyorlar.

Doğu Anadolu'da depremler belirli çizgilere bağlı değildir çünkü Doğu Anadolu'nun altı sünger gibi yumuşaktır. Dolayısıyla sıkıştırdığın zaman nereden patlayacağı belli olmaz. Bu yüzden deprem bir gün Erzurum'da olur, bir gün Ağrı'da olur, bir gün Muş'ta olur, bir gün de Van'da olur. Bu şekilde dağınık bir manzara sunar Doğu Anadolu depremleri.

İstanbul depremine gelince bu çok çetrefilli bir konudur. Öncelikle biz İstanbul depreminin nasıl olacağını tahmin edebiliyoruz. Bu deprem bir yanal atım depremi olacak. Büyüklüğünü sınırlayabiliyoruz, 7,2 ile 7,6 arasında olacak. Yerini çok kaba da olsa tahmin edebiliyoruz, büyük bir ihtimalle Kumburgaz ve Silivri arasındaki bir bölgenin güneyinde başlayacak. İki ihtimal var: Ya öncelikle oradan doğuya doğru ilk defa kırılacak ve ondan sonra oradan batıya doğru olan kısmı kırılacak, ki bu 1766 senesinde de olan manzaradır. Ya da bir seferde hepsi kırılacak, bu da 1509'da olan Kıyamet-i Kübra dedikleri manzaradır ve bu muazzam bir depremdir. Bunların herhangi biri olabilir ve her ikisi de büyük felakettir İstanbul için. Büyük yıkım yapar.

Yurtdışında kullanıldığı söylenen ve depremi bize önceden haber veren uygulamaların detayları nedir?

Depremi önceden bilmek mümkün değildir. Çünkü öncelikle P dalgalarının geldiğini bilen sismometrelerle entegre olmak gerekir. Onu yapabiliyorlarsa olabilir, belki de yapmışlardır ama ben bakmadım. Deprem olurken önce P dalgaları gelir, bunlar en hızlı dalgalardır. Ondan birkaç saniye sonra da S dalgaları gelir ki onlar esas yıkıcı dalgalardır. P dalgaları yıkıcı değildir. Deprem P dalgasıyla başlar ve P dalgası gelir gelmez sismograf bunu hisseder. Önlem almak için önceden haber verme durumu işte budur. O gelir gelmez sizin hava gazını, elektriği ve suyu kapatmanız mümkündür. Çünkü bu ancak birkaç saniye izin veriyor fakat kaçmak mümkün olmuyor.

Bu güzel İstanbul'un depremde yok olup gideceğini konuşuyoruz... Mesela ben de hep burada yaşamayı çok istedim, Adana'dan geldim. Şimdi çok üzgünüm ve şaşkınım. Şu an gitmeye zorlanıyorum gibi hissediyorum.

Evet, kaçınılmaz bir şekilde ama şunu unutma, İstanbul böyle depremleri sık sık görmüştür. Her defasında da eksilerek devam etmiş ve yerine yenisini koymuştur. İstanbul yaşayan bir şehirdir, müze değil.

Hocam beklenen depremi ülke olarak atlatabilecek miyiz sizce?

Ben bunu çok zor görüyorum, Türkiye'nin bugünkü ekonomik durumuyla çok zor... Belki Türkiye İstanbul'u kaybeder, o zaman İstanbul kurtulabilir. Ben Türkiye'nin çok daha iyi olacağını hayal etmiyordum, hatta buraya gittiğini de biliyordum. Dolayısıyla bunun için hayal kırıklığı diyemeyeceğim ama keşke beni şaşırtsaydı diyebilirim tabii.

Sizin bu günlerdeki gitme düşünceniz de depremle mi ilgili?

Tabii, depremle ilgili. O yıkımda burada hayatta kalmak çok zor olacaktır. Hayatta kaldın diyelim, ondan sonraki sürünme faktörü de çok kötü. Evim güvenli ama deprem ânında burada olacağım da garanti değil. Ayrıca deprem olduktan sonra ne olacak? Ekmeğimi nereden bulacağım? Bunları düşünüyoruz ve insan düşündükçe kahroluyor.

Ne kadar vaktimiz var?

Ah bilebilsem ama önümüzdeki yirmi sene içinde olmazsa çok hayret ederim. Tabii otuz sene sonra'da olabilir, kırk sene sonra da... Fakat bilemiyorsun ki, bu akşam da olabilir. Bu akşam olsa mesela sen ne yapacaksın? Şimdi deprem olsa evine bile dönemezsin. Düşün, telefon hatları da çökecek.

Bununla ilgili çalışmalar da tabii yapılıyor. Bir gün, bizim rektörümüz Faruk Karadoğan arayıp askerlerin Selimiye'de yapacağı konferansı haber vermişti. Saat 9.00'da orada olmamız gerekiyordu ve ben erken gitmiştim. Kapıdaki astsubay tanıyınca "Hoş geldiniz hocam," diyerek beni generallerin yanına götürdü. Meğer Boğaziçi Üniversitesi'nden, Kandilli'den, TÜBİTAK'tan, bizim Teknik Üniversite'den deprem hakkında bilgi sahibi olan siviller de davetliymiş. O zaman İlker Başbuğ birinci ordu komutanıydı, Gülay Barbarosoğlu da Kandilli müdiresiydi. Bir tarafta siviller ve bir tarafta askerler olmak üzere iki grup şeklinde yerlerimizi aldık. İstanbul'u hazırlama ekibini oluşturan askerlerin başında da Cengiz Arslan General vardı. Biz sivillerin başında ise herhangi birisi yoktu.

Programın saat 10.00'da başlanacağı söylenmişti ancak komutan gelmemişti. Askeriyede böyle bir şeyle ilk kez karşılaştım. Nihayet 10.25'te yanında Vali Muammer Bey (Güler) ve Kadir Topbaş birlikte geldiler. Meğerse komutanı dışarıda bekletmişler. Bunun yanında, programda herkese konuşmaları için onar dakika verilmiş ve sorular da belliydi. İlk konuşmacı Niyazi Türkoğlu'ydu ve kendisine "Deprem olduğu zaman nerede ve ne büyüklükte olacak? Sarsıntısı ne kadar olur?" soruları soruldu. Niyazi jeofizikçidir, yirmi beş dakika Türkiye'nin jeolojisini anlattı. Sonra TÜBİTAK'tan biri çıktı, onun da konuşması yirmi dakika sürdü. En sonunda dayanamayıp toplantıyı yöneten Kurmay Başkanı Tümgeneral'e "Şu adamları susturun!" diye not yazdım. O da "Ne yapabilirim?" anlamında işaret etti. Sonra sıra askerlere geldi, hazırladıkları sunumlarla çıkıp onar dakikada sadece kendilerine sorulan soruları yanıtladılar ve sahneden indiler. Bu arada bizi helikopterle İstanbul'da da gezdireceklerdi ama tabii zaman yetmediği için iptal edildi.

Çok sinirlendim çünkü o helikopterlerle hiç uçmamıştım. Sonra Başbuğ Komutan'a da söyledim. Neyse, sonra yemek yedik ve ben yemekte de generallerin yanındaydım. Yemekten sonra Başbuğ Komutan tekrar, "Bakın, deprem olduğu zaman İstanbul'da telefon iletişimi kalmayacak fakat birinci ordunun kendi telefon sistemi kendi içinde çalışacak. Onun için biz iletişimi İstanbul için de sağlayabiliriz. Fakat şunları bilmek istiyoruz; deprem olduğunda merkez üssü neresidir, büyüklüğü nedir, ne kadar sarsıntı yaratır, sarsıntı alanı ne olabilir? Bunların toplandığı tek bir el var mıdır?" diye sordu. Gülay Hanım, "Bizde bu veriler toplanıyor paşam," deyince İTÜ'den Haluk Eyidoğan, "Gülay Hanım, bakanlığın verileri size gelmiyor," dedi.

İnanır mısın, Gülay Hanım yanıt olarak, "Aaa o mühim değil, biz telefonla alırız onları!" dedi. Daha beş dakika önce telefon bağlantısının kesileceği söylenmemiş gibi! Toplantı bittiğinde komutanın yanına koşup "Komutanım, size iki şey söylemek istiyorum. Öncelikle sabrınıza hayran oldum. İkincisi de lütfen depremde bizi bu adamların eline bırakmayın!" dedim. O da "Sen merak etme!" dedi. Fakat sonra tabii bunların tam tersi oldu ve Ergenekon'la birlikte kahrolduk. Ben vakit buldukça gidebildim ama Oya bütün duruşmalara katıldı. Hatta orada mahkeme başkanı beni salondan dışarı atmaya kalkmıştı, çok büyük saygısızlıktı. Sonrasında da Pamuk General[51] bizi akraba yazdırmıştı da açık görüşe gidebiliyorduk.

Deprem konusuna devam edersek bugün İstanbul'da deprem olsa ilk yapılması gereken şey nedir?

Açıkçası yapılması gereken en önemli şeyleri Ekrem İmamoğlu yapıyor. Kendisi güvenebileceği bilim insanları, sosyal bilimciler ve başka ilgili kişileri bir araya getirdi. Onlarla bir toplantı yaptı. Toplantıda belediye olarak kendi vizyonunu anlattı, ki çok aklı başında bir vizyondu. Ondan sonra bizi gruplara ayırdı. Bu gruplar içinde mühendislik grubu, yer bilimleri grubu, ulaşım grubu ve ekonomi grubu gibi yirmi tane grup vardı. Grupların temsilcileri, neler konuşulduğu ve neler yapıldığı konularında rapor verdiler. Sonra İmamoğlu bir toplantı daha yaptı. Bu kez o gruplara tekabül eden belediye birimlerinin başkanları takdim yaptılar.

Fakat tabii bütün bunların yapılabilmesi çok büyük ölçüde merkezi hükümetin desteğine bağlıdır. Merkezi hükümet destek olmak bir yana, köstek oluyor. Mesela daha sonra Cumhurbaşkanı, Dolmabahçe Sarayı'nda bir toplantı yaptı ancak ne İstanbul Belediye Başkanı ne de ben davetliydim.

[51] Mustafa Erhan Pamuk, Türk Hava Kuvvetleri'nde Tuğgeneral.

Cumhurbaşkanı siz olsanız yapacağınız ilk üç icraat ne olurdu?

Herhalde yapacağım ilk iş İmamoğlu'nu çağırıp "İstanbul için ne yapabiliriz?" diyerek milli seferberlik yaratmak olurdu. İkinci iş orduyu eski haline getirmek; askeri okullar, hastaneleri açmak ve Genelkurmay Başkanı'nı yeniden cumhurbaşkanlığına bağlamak olurdu. En doğrusu ordunun siyasetten çıkarılmasıdır. Üçüncüsü de Milli Eğitim Bakanı'nı çağırıp milli eğitimi düzeltmek olurdu. Bunları yaptıktan sonra da gerisi gelirdi zaten.

SÖYLEŞİDE ADI GEÇEN KİŞİLER

Ali Polat (d.1963)
Kanada Windsor Üniversitesi'nde jeoloji profesörüdür. 1988 yılında İTÜ'de lisans eğitimi aldığı sırada Celâl Şengör'ün öğrencisidir. Tüm bilim insanları arasında atıf sıralamasında yüzde ikilik dilimdedir.

Asım Şengör (1928-2018)
Celâl Şengör'ün babası ve ailede İstanbul'da doğan ilk nesildir. Yüksek Ticaret mezunudur. İstanbul'a ilk geldiğinde halıcılığa başlamış, '60'lı yılların ortalarında da Fruko ve Tamek'in pazarlama tarafıyla ilgilenmiştir.

Asım Şengör (d.1989)
Celâl Şengör'ün oğludur ve İstanbul'da dünyaya gelmiştir. İsviçre Federal Teknoloji Enstitüsü'nde biyoloji eğitimi almış ve doktorasını genetik alanında yapmıştır. Şu anda İsrail'de çalışmalarına devam etmektedir.

Aydoğan Babaoğlu (d.1944)
30 Ağustos 2005 tarihinde Orgeneral rütbesine terfi ederek Harp Akademileri Komutanı olan Babaoğlu, 2007 yılında 26. Hava Kuvvetleri Komutanlığı görevine atanmıştır. Görevi sırasında Kıbrıs Harekâtı'na katılmıştır.

Bilgin Balanlı (d.1948)
1977 yılında Hava Harp Akademisi'ne giren Balanlı, 2009 yılında Orgeneral rütbesine terfi ederek Genelkurmay II. Başkan Yardımcılığı'na ve 2011 yılında da Yüksek Askerî Şûra üyeliğine atanmıştır.

Canip Orhun (1922-2002)
Hava Okulu öğrencisiyken gönderildiği İngiltere'de 1943-1944 yılları arasında Torquay ve Cranwell'de King's College of R.A.F.'te havacılık ve uçuş eğitimi görmüştür. 1945-1960 yılları arasında Türk Hava Kuvvetleri'nde görev almıştır.

Celâlettin (Vagancı) Şengör (1900-1978)
Celâl Şengör'ün babasının babasıdır ve Arnavut kökenlidir. Kurtuluş Savaşı'ndan hemen önce Kosova'nın Prizren şehrinden Uşak'a göç etmiştir. Uşak da Yunan işgaline uğrayınca İstanbul'a gelmiş ve Kapalıçarşı'da halıcılığa başlamıştır.

Cengiz Dökmeci (d.1936)
Dünyaca ünlü İTÜ Gemi İnşaatı ve Deniz Bilimleri Fakültesi profesörüdür. Mukavemet konusunda sayılı insanlardan biri olan Prof. Dr. Dökmeci, branşında temel taşı olmuş makalelere imza atmıştır.

Cevdet Mutlu (d. 1957)
1978 yılında göçmen olarak Bursa'ya gelen Mutlu, 1981'de de İstanbul'a gelmiştir. 1983 yılından bu yana Celâl Şengör'ün makam şoförlüğünü yapmakta ve beş dil bilmektedir.

Dan Peter McKenzie (d.1942)
Cambridge Üniversitesi'nde jeofizik profesörü olan McKenzie, Cambridge Yer Bilimleri Akademisi'nde Bullard Laboratuvarlarının başkanlığını yapmıştır. Bir küre üzerindeki levha tektoniğinin matematiksel ilkelerini tanımlayan ilk makaleyi yazmıştır.

Doğan Kuban (1926-2021)
Celâl ve Oya Şengör çiftinin evini de planlayan, Türkiye'nin ilk ve en önemli mimarlık tarihçilerindendir. İTÜ Mimarlık Bölümü öğretim programında "Modern Mimarlık Tarihi"nin ayrıntılı olarak yer almasını sağlamıştır.

Ekrem Akurgal (1911-2002)
1957 yılında Ankara Üniversitesi Dil ve Tarih-Coğrafya Fakültesinde ordinaryüs profesör olan arkeolog Akurgal, Avrupa'da yedi akademiye üyedir. Türkiye'de arkeoloji alanında "Hocaların Hocası" olarak anılır.

Ergin Celasin (d.1938)
1997 yılında Orgeneral rütbesine terfi ederek Milli Güvenlik Kurulu Genel Sekreterliği'ne terfi eden Celasin, 25 Ağustos 1999 tarihi itibarıyla 22. Hava Kuvvetleri Komutanlığı'na atanmıştır. 30 Ağustos 2021 tarihinde emekliye ayrılmıştır.

Esat Paşa (Mehmet Esat Bülkat) (1862-1952)
Balkan Savaşları sırasında Yanya'da gösterdiği savunma ve direnişle tanınır ve Çanakkale Savaşı'nda da Atatürk'ün komutanıdır. Aynı zamanda Celâl Şengör'ün anneannesinin kuzenidir.

Güler (Sipahioğlu) Şengör (1933-2012)
Celâl Şengör'ün annesidir. Amerikan Kız Koleji'ni yarıda bırakmıştır. Çok iyi Rumca, İngilizce ve Almanca konuşabilmektedir.

Halil İbrahim Fırtına (d.1941)
1997 tarihinde Korgeneral rütbesi alarak Harp Akademileri Komutan Yardımcılığı yapan Fırtına, 2001 tarihinde Orgeneral rütbesine terfi etmiştir. Bu rütbede Harp Akademileri ve Hava Kuvvetleri Komutanlığı yapmıştır.

İhsan Ketin (1914-1995)
Atatürk'ün gelişim için başlattığı bursla Almanya'ya gitmiştir. Türkiye'de "Jeolojinin Babası" olarak anılan Ketin, dünyada da 1948 yılında Kuzey Anadolu Fay Hattı'nın gerçek yapısını ortaya koymasıyla tanınmaktadır.

John Frederick Dewey (d.1937)
Celâl Şengör'ün doktora hocalarından biri olan Britanyalı jeolog, 1960'larda ve 1970'lerde gerçekleştirilen ilk çalışmaların üzerine inşa edilen İngiliz yapısal jeoloji ve levha tektoniği teorisinin güçlü bir savunucusudur.

Kazım Çeçen (1919-1997)
Türkiye'de hidrolik mühendisliği alanında önde gelen isimlerden biridir. Akarsularda katı madde taşınımı üzerine yaptığı çalışmalarla hidroelektrik santrallerinin daha verimli çalışmasını sağlayacak bir model geliştirilmiştir.

Kazım Taşkent (1895-1991)
Yapı Kredi Bankası, Yapı Kredi Yayınları, Doğan Kardeş Dergisi, Doğan Kardeş Kitaplığı'nın kurucusu ve Celâl Şengör'ün anneannesinin kuzenidir.

Kevin Burke (1929-2018)
Celâl Şengör'ün doktora hocalarından biridir ve levha tektoniği teorisine katkılarıyla tanınır. Yaşamı boyunca alanında birden fazla profesörlük yapmıştır.

Mehmet Sipahioğlu (1894-1968)
Celâl Şengör'ün annesinin babasıdır. Savaştan önce Yunanistan'ın Yanya şehrinden İstanbul'a göç etmiştir. Rumca bilmesi sebebiyle Ayastefanos Tayyare İstasyonu'nda, hava askeri olarak Birinci Dünya Savaşı'na katılmıştır.

Melih Sipahioğlu (d.1930)
Celâl Şengör'ün dayısıdır. University of Nebraska mezunudur. Ailenin en okumuş çocuğu olan Sipahioğlu, Almanya'ya geçmiş ve Hamburg'da Diplom Kaufmann olmuştur.

Naci Görür (d.1947)
Jeolog, sedimantoloji ile deniz jeolojisi uzmanı, akademisyen ve İTÜ Maden Fakültesi Jeoloji Mühendisliği Bölümü'nde öğretim üyesidir.

Oya Şengör (d.1963)
İstanbul'da dünyaya gelmiş ve sekiz yaşındayken ailesi Amerika'ya yerleşmiştir. William & Mary Üniversitesi'nde İşletme okumuştur. 1986'da Celâl Şengör'le evlenen Şengör, Hava Harp Okulu'nda 13 yıl İngilizce öğretmenliği yapmıştır.

Semih Sipahioğlu (1925-2000)

Celâl Şengör'ün dayısıdır. Önce Robert Kolej'den ve British High School'dan atıldıktan sonra İstanbul Feyz-i Âti Lisesi'nden mezun olmuştur. Fruko ve Pepsi markalarını Türkiye'ye getiren şirket kurucusudur.

Sırrı Erinç (1918-2002)

Türkiye'de ilk kez coğrafya ve jeolojiyi eş zamanlı okuyan kişidir. 1962-1985 yılları arasında İstanbul Üniversitesi Senatörlüğü görevlerini yapmıştır. 1982 yılında İstanbul Üniversitesi Deniz Bilimleri ve Coğrafya Enstitüsü'nü kurmuştur.

Şevket Dingiloğlu (d.1949)

Kırklareli doğumlu Hava Pilot Tümgeneral Dingiloğlu, 1968 yılında Asteğmen olarak Hava Kuvvetleri'ne katılmıştır. 2000 yılında Tümgeneralliğe terfi etmiş ve 2002 yılında Hava Harp Okulu Komutanlığına atanmıştır.

Yücel Yılmaz (d.1942)

MTA'da jeolog olarak kısa bir süre görev almış ve 1973 yılı itibarıyla İstanbul Üniversitesi'nde görev yapmıştır. 2002-2010 yılları arasında Kadir Has Üniversitesi rektörüdür ve bugün üniversitenin mütevelli heyeti üyesidir.

ALBÜM

Celâl Şengör, 5 yaşında.

Jeolog olmaya karar verdiği gün, Londra.

Baba Asım Şengör ve Celâl Şengör.

Çekirdek aile; kardeşi Meral Taşlıklıoğlu, Asım Şengör, Güler Şengör ve Celâl Şengör.

Babaanne Saniye Şengör ve Güler Şengör.

Doçent olduğu gün, İstanbul Teknik Üniversitesi, 1986.

Oya Şengör ve Celâl Şengör'ün tanışmasına vesile olan, İTÜ'den Prof. Dr. Dr. M. Cengiz Dökmeci'yle birlikte.

Amerika'daki nişan günü Oya Şengör'ün ailesi; babası Hakkı Maltepe, kardeşi Mete Maltepe, kardeşi Emin Maltepe ve annesi Sevgin Maltepe.

Evliliklerinin 20. yılında Oya ve Celâl Şengör.

Oya Şengör ve Celâl Şengör, Hıdiv Kasrı, 1986.

Oya Şengör ve Celâl Şengör, Hıdiv Kasrı, 1986.

Kevin Burke ve eşi Angela ile birlikte, 3 Mayıs 1987.

Asım Şengör, 1991.

Dede ve torun Asım Şengörler.

Küçük Asım yuvaya giderken yapılan bir maskeli baloda
Kaptan Cook olarak, Güler Şengör ve Asım Şengör'le birlikte.

Celâl Şengör ve Naci Görür.

Asım Şengör

Bedia Ketin, Ali Polat ve İhsan Ketin.

Naci Görür, İhsan Ketin, Oya Şengör ve Celâl Şengör.

Celâl Şengör, Asım Şengör, Sırrı Erinç, Oya Şengör, Bedia Ketin, Vahide Erinç ve İhsan Ketin.

John Dewey, Kevin Burke ve Celâl Şengör.

Soldan sağa: Fahamettin Akıngüç, Bozkurt Güvenç ve Doğan Kuban, Celâl Şengör'ün evinde.

Mustafa Bahaeddin Gürfırat

Sırrı Erinç

Celâl Şengör ve İlber Ortaylı.
Resim: Azerbaycanlı ressam Vüsal Tərlanoğlu.

Yücel Yılmaz

Celâl Şengör, Asım Şengör ve Hava Kuvvetleri Orgeneral Bilgin Balanlı.
İffet Balanlı, Hava Kuvvetleri Pilot Kıdemli Albay Nuri Koyuncu ve Oya Şengör.

Hava Harp Okulu açıklarında, Trilya Yatı'nda.
Soldan sağa: Hv. K. Pilot Kıdemli Albay Nuri Koyuncu, Hava Muhabere Kurmay Albay Osman Kapani Aktaş, Hava Pilot Tümgeneral Şevket Dingiloğlu, Asım Şengör, Hava Pilot Tuğgeneral Sinan Şanlı ve Celâl Şengör.

Hava Kuvvetleri Orgeneral Bilgin Balanlı ve Asım Şengör,
Harp Akademileri Komutanlığı, 20 Eylül 2010.

Hava Kuvvetleri Pilot Kıdemli Albay Nuri Koyuncu ile birlikte.

Soldan sağa: 22. Hava Kuv. K. Ergin Celasin, Asım Şengör, Celâl Şengör, 26. Hava Kuv. K. Aydoğan Babaoğlu ve 20. Hava Kuv. K. Halis Burhan. Aydoğan Babaoğlu'nun Hava Kuv. K. olduğu günlerde, 28 Ağustos 2008.

23. Hava Kuvvetleri Komutanı Halil İbrahim Fırtına ve Şengör Ailesi.

Celâl Şengör ilk sevgilisi, C47 Dakota model uçakla.

2000 yılında Amerikan Bilimler Akademisi üyesi seçildikten sonra Anıtkabir'de.

- SON -